知音动漫图书·漫客小说绘
ZHI YIN COMIC BOOK 以梦想之名 点燃阅读   小说绘

玫瑰雾

是今 ◎ 著

中国致公出版社　　知音动漫

知音动漫图书·漫客小说绘出品

- 第十二章 久别重逢　153
- 第十三章 往事如烟　169
- 第十四章 物是人非　185
- 第十五章 一语成谶　201
- 第十六章 无心之失　219
- 第十七章 生死迷局　235
- 第十八章 破镜重圆　251
- 第十九章 水落石出　267
- 第二十章 花开花落　279
- 番外　283

目录

第一章丨神秘礼物　007

第二章丨奇怪夫妻　023

第三章丨当时年少　039

第四章丨命途多舛　055

第五章丨扑朔迷离　069

第六章丨青春年少　083

第七章丨两小无猜　095

第八章丨别有隐情　107

第九章丨暗流涌动　119

第十章丨以守为攻　131

第十一章丨心心相印　143

第一章
神秘礼物

电梯门叮的一声开了。

快递小哥看着走向自己的纤细身影，吓得往后一蹦，手里的快递差点儿掉地上。

虞金金顶着一脸黑乎乎的面膜，咧着嘴笑出四颗白生生的小牙："真是不巧啊，刚敷上面膜就接到你的电话。"

快递小哥不敢直视她的脸，低头看着自己的鞋尖，默然无语地把快递递给她。

虞金金唰唰签了大名，说声"谢谢"，捧着快递一路小跑进了电梯。她这段时间为了赶剧本，晨昏颠倒，作息不规律，外加喝咖啡和浓茶，脸上发了青春痘。在搭档方宝怡的强烈推荐下，她咬咬牙，狠狠心去买了某大牌护肤品的祛痘面膜。虽然效果很好，可是价钱贵到离谱，不到时间就洗掉这种浪费的行为，身为一个负债累累的房奴，她是打死也不能做的。

打开包装，虞金金愣了一下，里面竟然是一束很漂亮的永生玫瑰，通常送这种礼物给女生的不外乎是男朋友或是追求者。遗憾的是，她既没有

男朋友,也没追求者,那送花的人到底是谁?

虞金金仔细查看快递的外包装,寄件人信息那一栏是空白的,她突然觉出一丝不对劲儿。

因为职业的关系,她习惯用笔名"择一",很多人都不知道她的真名,而且外留的电话号码基本上都是工作号码,而这份快递不仅写的是她的真名,电话号码也是私人号码。更不可思议的是,她刚搬进君安花园的新房,知道具体住址的人更是一个巴掌数得过来,除了弟弟虞树,只有好友周梨和搭档方宝怡。

她先给虞树打了个电话,问是不是他。结果,虞树的反应像是受到了惊吓:"你说什么?居然有人给你送花?"

一听这欠扁的语气就不是他。

虞金金哼了一声,言简意赅地说:"不是你?那再见!"

虞树大叫:"等一等!真的有人给你送花?是男人送的吗?"

虞金金不理他,干净利落地挂了电话。这个没心没肺的家伙,也不想想她究竟是为了谁才耽误了大好的青春年华!

最有可能的就是好友周梨。电话打过去,周律师有气无力地说:"老妹儿啊,我最近被一个阔太太的离婚官司折磨得心力交瘁,哪儿还有闲情逸致给你送花啊。"

那就只剩下最不可能的搭档方宝怡了。两人作为朋友和搭档,动不动就被关在酒店里同吃同住几个月写剧本,已经完全是老夫老妻的感觉,而且她俩昨天才从酒店回家,拖着被剧本虐到半残的身心,应该是不会有力气和情调来搞这种惊喜了。

电话打过去，那边是刚刚睡醒的声音，一听有人送花，状态马上从有气无力变成了激情澎湃："啊，亲爱的，你说有人给你送花？谁啊？"

果然不是她。不过虞金金还是不死心地又问了一遍："真不是你？"

方宝怡很抱歉地说："亲爱的，我现在穷到只能送你一棵菜花了。"

虞金金大吃一惊："不是才结了稿费吗？"而且还是一笔不小的稿费。

"嘤嘤嘤，花完了。"

花完了！虞金金心疼得胸大肌都在抽搐，不过还是看在友情的份儿上，违心地安慰了两句："没关系，钱就是用来花的，千金散尽还复来嘛。"

最后一丝线索也断了。

虞金金摸着下巴，思来想去，除了虞树、周梨和方宝怡，真想不到第四人。最后实在懒得再猜，她随手把花盒放在了架子上。

最近连着熬夜赶稿，好不容易有了休息时间，首要任务当然就是补觉。昏天地黑睡得正香，一阵锲而不舍的手机铃声把她吵醒，又来了一份快递。

打开包装，里面是一个经常在影视剧求婚场合里出现的心型小盒子，只不过里面放的并不是戒指，而是一把崭新的钥匙。

虞金金突然心里一动，转身去看那一束永生玫瑰，十三朵，代表暗恋的数字。

本来很淡定的虞金金忽然惊出一身冷汗,马上给方宝怡打电话。电话里是电动牙刷的声音:"呜呜,什么事?"

虞金金觉得在电话里说不清楚,告诉她一会儿在她家楼下的咖啡馆见。挂了电话她直接下楼,打车直奔方宝怡的住处。

玫瑰雾咖啡厅是两人经常码字的地方,服务员和老板都和她们俩熟得不行。

虞金金找了个靠窗的位置,拿着手机刷微博。等了十分钟,就听见高跟鞋踩在木地板上发出的脆脆的脚步声。一位美女婷婷袅袅地走过来——裸色连衣裙,金粉色高跟鞋,珍珠手包,完美的妆容,秀发盘成了一个花苞头。

虞金金撑着脸,露出一副叹服的表情:"方小姐,你只是下个楼,为什么要打扮得这么……隆重啊。"

方宝怡振振有词:"天天宅在家里,新衣服没机会穿啊。"

虞金金感叹:"所以说,你买那么贵的衣服根本就没有用武之地。"

方宝怡拉出凳子坐下来,大言不惭地说:"所以才更要见缝插针地穿啊,出门倒垃圾我都要换衣服的。"

虞金金无言以对。

方宝怡反过来劝她:"你也要适当地打扮打扮啦。"

虞金金哼道:"我现在是房奴。"

方宝怡毫不留情地点破:"你没买房之前也这样。"

"没买之前是为了攒钱买嘛。"虞金金苦口婆心地劝说,"你这一身披挂都可以买0.3平方米了。"

方宝怡顿时哽住。

虞金金捂着心口说:"讲真,如果我把0.3平方米穿到身上,会得心绞痛的。"

方宝怡很有罪恶感地缩了缩身体。

"比起漂亮衣服,我还是更喜欢看存折上的一串零。那种感觉才让人心神荡漾。"

方宝怡弱弱地说:"我没有过。"

每次都花得精光,有过才怪。虞金金清了清嗓子:"好了,言归正传,现在我要和你说个事情。"

"什么事?"

听虞金金说完,方宝怡激动地说:"这肯定是你的暗恋者啊。"

虞金金心神不宁地挠了挠头发:"问题是,这种追女生的招数是我发表的一个短篇故事的情节啊!你记不记得,当时急着交稿,我想不出来名字,就随手把这个咖啡厅的名字当小说名字了。"

方宝怡更加激动:"哇,这个人好浪漫啊,居然用你小说里的情节来追你。"

虞金金一脸僵硬:"我一点儿都不觉得浪漫。这个人既知道我的真名又知道我的笔名,还知道我的私人电话和家庭住址,连我发表在杂志上的一篇小说都留意到了,简直细思极恐啊。"

然后她压低了声音，神神秘秘地说："你知道约翰·列侬是怎么死的吗？"

方宝怡笑得快要岔气："你别这么神经病好不好，要是有人想暗杀你的话，就直接上门找你了。"

话虽如此，虞金金还是觉得心里毛毛的。作为一个写腻了言情小说、早已封印起少女心的房奴，安全和健康以及房贷才是首要的问题。

方宝怡又问："接下来的情节呢？"

"接下来女主将收到一张请柬，约她在饭店吃饭，她前去赴约，终于见到了神秘的男主……然后就是自己暗恋的人刚好也在暗恋自己，俗气却最讨喜的大结局。"

方宝怡兴奋地追问："请柬来了吗？"

虞金金摇头："没有。就算收到请柬我也不敢去啊，谁知道会不会是个变态？"

"餐厅是公众场合，不会有什么危险。你要是不敢去，我替你去。"方宝怡握着拳头，激动得两眼放光。写悬疑的和写言情的就是不大一样。当初蒋汉生让她们俩做搭档就是因为方宝怡擅长推理悬疑，虞金金擅长写情感纠葛。

这个人会不会按照她小说里的套路走下去？

虞金金等到第二天，果然收到一份快递，打开一看是张请柬，约她在云鼎大厦吃饭。

到底是谁呢？真的是暗恋她的人？可她最近没有发觉任何被人暗恋的

迹象啊！

虞金金在屋里来来回回转了七八圈，脑中突然闪过一个人影，会不会是他呢？

但她立刻否定了，依那个人直来直去的个性，绝对不会这么做，而且几年不见，他肯定早就忘了她，根本不会关注她的一切，更不会知道她的地址。

晚上六点半，虞金金到了云鼎大厦楼下。在这么高档的地方请她吃饭，约她的人看来经济实力非同一般。

她吸了口气，慢慢迈步上了台阶。

十分钟后，一个窈窕倩丽的身影来到顶楼某个包厢，敲响了房门。

里面传来一道低沉冷静的男声："请进。"

女服务员轻轻地推开门："先生，刚才有位女士让我把这张纸条转交给您。"

一张折叠好的纸被轻轻放在男人面前，随后，修长白皙的手指慢慢将纸展开。

"我们码字的人喜欢写反转情节，按照那个故事走下去太没意思了。不如明天上午十点钟在玫瑰雾咖啡厅见，放十三支永生玫瑰的那张桌子。"

虞金金自认为这个处理方式非常妥当，可是方宝怡听到这个结局，恨不得隔着电话线咬她。

"答案就在眼前，你为什么不去揭秘！我的好奇心已经被钓到了天花

板上,现在你告诉我你临阵脱逃没有进去。你怎么能这么对我!啊啊啊!我要疯了!"

虞金金没想到她的反应这么大,忙说:"冷静冷静。"

方宝怡不冷静地说:"我没法儿冷静,啊啊啊!"

"难道我不好奇是谁吗,可是安全第一啊!谁知道约我的这个人到底是什么居心、什么来历。"

"那我可以替你去啊!"

"我不能让你涉险啊。"

"我不怕!"

"少安勿躁,我把见面地点改在玫瑰雾了,万一来者是个神经病也不怕,那是咱们的地盘,振臂一呼,群起攻之。"

方宝怡听见这句话,才暂且放她一马。

答案就在眼前,却没有揭开谜底,虞金金自己也被勾得心痒难耐。她高中学文科,大学念中文系,毕业后全职码字,身边几乎全是女孩儿,很少接触到异性,唯一一次恋爱是在四年前,告白来得猝不及防,是在虞树收到大学录取通知书的那天夜晚。

她毫无准备,手忙脚乱地组织了一堆说辞拒绝他,甚至不惜自我抹黑,结果嘴唇被他堵上了……

那场恋爱就像夏天的一场暴雨,来去匆匆,了无痕迹。

虞金金微微苦笑了一下,从卫生间里搬出祛痘面膜的罐子,狠狠心,挖出来一大坨,覆盖在那几个顽固不化的痘上,然后趿拉着拖鞋去厨房煮泡面。

好久没正经做饭了。以前和虞树一起住，天天都会想方设法做各种好吃的，现在一个人，就只想对付过去。她打开冰箱，拿出几根青菜和一个鸡蛋放到泡面里一起煮，自欺欺人地告诉自己，这样营养就够了。

泡面咕嘟咕嘟地冒着泡，她叹了口气，以前天天劝那个人不要吃泡面，没营养，现在才发现这是懒人最佳食品。

端着一盆香气四溢的泡面，她打开电视机，一边挑着面条一边换台，换到娱乐频道的时候，换台的手指不知不觉停下来。

好难得，居然有陆野的专访。业内对这位明星的评价是不爱接受采访，不爱配合宣传，不爱炒作，不爱……人红就是可以任性。

方宝怡最近迷他迷得要死要活，微博小号的名字已经改成了"陆野的老婆"。

陆野坐在一把黑白相间的高脚椅上，比起出色的五官，更引人注目的是他独特出众的气质。

他的背后是一款名表的巨幅广告，墨蓝色的表盘上镶满了钻石，像一幕静美而璀璨的夜空。

"代言这个手表是因为……"他垂目稍作停顿，"有个人很喜欢这个牌子的手表。"

虞金金一眨不眨地盯着电视，所有的动作都停了，心跳仿佛也停了。

主持人笑着问："这个'ta'是女字旁的她吧？是曾经的恋人吗？"

陆野再次停顿，手指支在下颌，面沉如水，腕上的表盘熠熠生辉。虞

金金的视线依旧很难从他的脸上挪开。

他天生气场冷傲，再加上话语极少，访谈真是十足考验人的耐心。

主持人等得笑容都有点儿僵了，却并未等到一个满意的回答。

陆野懒懒地抬起眼眸："抱歉，不想再提，都已经过去了。"

主持人一副哭笑不得的表情。

虞金金觉得自己像从云霄飞车上下来一般，大大呼出一口气，然后关了电视，慢慢地吃着泡面。

一室一厅的小房子，夜晚显得格外幽静。静到回忆开始嚣张地侵占了整个空间，让人呼吸压抑。

是啊，都已经过去了。

连伤疤都长好了，她已经感觉不到疼了。

玫瑰雾的老板叫谢少为，是方宝怡的同学。咖啡厅又离方宝怡家特别近，所以成了虞金金和方宝怡的据点。咖啡厅的服务员和她们俩早就熟得不能再熟，见到虞金金便笑吟吟地打招呼。

谢少为送了两人VIP金卡，给她们一个单独的包厢，虞金金今天没去包厢，而且选了个靠窗的位置，人多势众，情况不对，方便喊人跑路。

她把永生玫瑰放在桌子上，自己坐到附近的位置上，打开笔记本电脑，一边码字一边等人。

当然，她一个字也码不出来，视线不受控制，每隔几秒就看一下门口。

写故事的人往往会在书里设计很多无巧不成书的情节。现实中也不是不可能存在……她越想心越乱。虽然理智上已经判定了百分之一百二的不可能，可是情感上，她还是忍不住往那个方向去想。这个送花和钥匙的人，究竟是不是他？

时间一分一秒地过去，距离十点钟还差三分钟的时候，门口走进来一个气质出众的英俊男人。

虞金金和他对视了两秒，垂下视线。这位陌生人应该是咖啡厅的顾客，不是她要等的人。

可是没想到这个男人径直走到了她的面前，低头温和地问道："你好，请问是虞编剧吧？"

他用的是疑问句，却是笃定的语气，虞金金不由自主地站起来，怔怔地看着这个陌生人："请问你是？"

"我就是你约的那个人，我叫沈烨。"

虞金金万万没想到，送礼物给她的竟是一个完完全全的陌生人，而且他还知道她的职业。

她略带戒备地打量着沈烨，他有一张年轻英俊的面孔，看不出具体的年纪，应该是介于二十岁和三十岁之间，不过从稳重的举止来看，应该偏向于三十岁那一头；穿着简约气派，明显价值不菲。从面相和衣着上看，他绝对不会是个神经病。

虞金金暗暗松了口气，指着旁边的桌子说："我们去那桌吧。"

沈烨从善如流地点头，落座之后，拿出一张名片递给虞金金。

虞金金接过来，看到君安实业总经理几个字便彻彻底底地惊呆了。她新买的房子就是君安实业开发的楼盘。这也太巧了！而且总经理年轻英俊成这个样子也太过分了！

虞金金定了定神，小心翼翼地问："沈先生，您找我有什么事吗？"

沈烨望着她笑了笑："我看过你的作品。"

虞金金既有点儿尴尬又有点儿受宠若惊，她写的都是言情类的小说，没想到还有个男读者，而且还这么帅……

"你的文采很好，构思也很巧妙。"

虽然已经听惯了夸赞，虞金金还是红了脸，不好意思地说："读者能喜欢我的稿子我就已经很满足了，这些礼物我不能收，请沈先生收回。"

虞金金把那个装钥匙的小盒拿了出来，和永生玫瑰一起，往沈烨那边轻轻地推了推。

沈烨见状正色道："我就不故弄玄虚了，开门见山地说吧，我找虞编剧其实是想约稿，定制一个剧本。"

"定制剧本？"

沈烨点点头："我提供这个故事的内容，希望由虞编剧写出来。这是一套面积一百四十平方米的房子的钥匙，就在你住的君安小区的六号楼，算是我支付的稿费。"

虞金金再次彻彻底底地惊呆了。

"我知道虞小姐正在为房贷发愁，新买的房子面积也比较小。心情好才能创作好的作品。这套房子有个漂亮的阳台，还有个书房，是君安小区最好的户型，本来是为一个朋友预留的，他临时又不要了。"

虞金金心里飞快地算了一下，以她目前的身价，写一个剧本如果能够拿到尾款，基本上也就是这套房子二分之一的钱，只不过，很多项目都是半途而废，只能拿个整体大纲和分集大纲的钱，而且还拖得特别久。没见过像他这样，什么都没开始，就先付全款的甲方。

沈烨见她不语，又道："如果虞小姐想要现金，我也可以支付。"

面对这种天上掉馅饼的事儿，不动心那就不是个凡人了。虞金金按捺着紧张和激动，保持住一丝理智，决定先问问是个什么剧本。

沈烨含笑说："这个剧本没什么难度，就是一个爱情故事，我的要求也很简单，你把我讲述的情节写出来就行。我打算拍成网剧，送给我太太作为生日礼物。"

虞金金吃了一惊——这么大手笔的生日礼物！

如果沈烨不是君安实业的老总，虞金金都会觉得他在吹牛，即便是网剧，那也是一个投资很大的项目啊。只能说有钱人的世界，她不懂。

沈烨拿出钱夹，递到虞金金的眼帘下。钱夹里有一张结婚照。新郎是沈烨，新娘是个明艳动人的美女，容貌绝不逊色于当红明星。

这两人真是太般配了。

"这是我太太云雾。她很喜欢你的故事，几乎读过你的每一本小说，家里有很多你的书和杂志。我这个人没什么浪漫细胞，所以时常被她数落。"

沈烨微微笑了笑，又接着说："她曾经拿着《玫瑰雾》这篇小说来批评我，说我求婚的方式一点儿都不浪漫。"

虞金金尴尬地笑了笑。

沈烨合上钱夹，打量了一眼咖啡厅，微笑道："没想到，那个小说的名字就是这个咖啡厅的名字，想必那篇稿子就是在这里写出来的吧？"

虞金金窘笑着点了点头。没错，当时编辑急着要稿子，她一夜之间憋出来五千字，苦于取不出名字，就把咖啡厅的名字用作文章名了。

"今年生日，我想给她一份比较特殊的礼物——由她最喜欢的作家所写的我们的故事。这下她应该不会再说我不浪漫了。"说到太太，沈烨英俊的脸上浮起温柔的笑意。

虞金金情不自禁道："沈先生对太太可真好。"

沈烨笑了笑，语气温柔且深情："我们年少相识，彼此都是对方的初恋，她是我此生挚爱，我当然要竭尽所能地对她好。"

虞金金已经羡慕到说不出话了。她对自己在小说里写尽的各种浪漫桥段都无动于衷，因为她知道那都是自己胡编瞎造的，可是眼前这活生生的例子，怎能不叫人羡慕！

沈烨抱歉地说："离她生日还有八个月的时间，时间有点儿紧，我希望虞小姐能尽快给我回复。"

虞金金爽快地点头点头："好的，我这周五之前给您答复。"

沈烨离开之后，虞金金给方宝怡打了个电话。方宝怡一听她见到了送礼物的神秘人，立刻赶到了玫瑰雾。

虞金金正坐在那儿发呆，手撑着下巴，魂游天外。

方宝怡风风火火走到她跟前："喂，你这是怎么了？被人勾了魂？那个人到底是谁啊？是不是你的暗恋者？"

"不是。是个陌生人。"

方宝怡有点儿泄气："那他神神秘秘地弄这一出儿是什么意思？"

"他想让我给他写个剧本。"

虞金金把沈烨的要求说完，方宝怡激动万分地一拍大腿："这个活儿你不接，你是不是傻？这个剧随便找个编剧都能写，因为故事情节都是他提供的。虽然时间紧，但是他提供情节，你又不用动脑子去构思，应该很快就能写完。而且他给的稿费这么高，这简直就是送钱的！"

虞金金揉着太阳穴："可我这人运气一向不怎么好，可能真的是被坑太多次了，被坑傻了，总觉得好事不会落到我头上，担心有什么陷阱。"

"这能有什么陷阱啊，他找你写是因为他老婆是你的粉丝。"方宝怡羡慕地叹气道，"有钱人就是好，私人订制一个剧本来拍一部网剧。"

"说是送给他老婆的生日礼物。"

方宝怡的羡慕立刻翻倍："这样的老公真的太少见了，举世罕见的真爱啊。"

虞金金犹豫地问："那这个活儿我接了？"

方宝怡急得拍桌子："接啊！干吗不接！这不是天降横财嘛！"

第二章
奇怪夫妻

024 玫 瑰 雾

沈烨从会所出来时已是夜深人静的午夜,他摇下汽车窗户,一股清凉的晚风吹了进来,轻盈飘忽,自由自在,仿佛夜的精灵。他不喜欢开空调,但一年之中也唯有初夏才可以享受到这种清爽明快的自然风。这种风让他回忆起年少时在青山村度过的一段时光。

那是他父亲的老家,也是他认识云雾的地方。

司机把他送到家里,悄然离开。

沈烨带着微醺的酒意站在门口抽了一支烟,然后开门进去。

玄关处亮着一盏古色古香的灯,清淡迷离的光影中坐着一个女孩儿,她长发盈肩,背影如画,睡衣上印着深粉色樱花。听见动静,她转过头,缓缓站起身。

"你回来了。"她说。

沈烨目不转睛地看了她几秒钟,目光由深邃迷离变得清明冷冽。他没有回答,弯腰换鞋,顺手把鞋子放进鞋柜。鞋柜里的女鞋几乎全都是平底鞋,屈指可数的几双高跟鞋都是坡跟的,唯独一双崭新的玫红色细高跟鞋，在一众平跟鞋、运动鞋里显得分外妖娆性感。"

沈烨直起腰身，目光扫过去，带着一丝冷意："你不应该穿这样的鞋，云雾。"最后两个字，他加重了语气。

云雾脸上的笑容有些僵硬："那我明天去退掉。"

沈烨面无表情地看着她："记住你的身份。"

云雾脸上的笑容终于挂不住了，欲言又止地看着沈烨。

沈烨淡淡地说："今年生日，我会送你一份很特别的礼物。"

云雾下意识地问："什么礼物？"

沈烨勾了下嘴角，目光里却没有一丝笑意："先保密，到时给你一个惊喜。"

云雾牵强地笑笑："那你现在就告诉我，不是故意吊我的胃口吗？"

沈烨眯起眼睛打量着她："你不是喜欢刺激和惊喜吗？"

云雾莫名有点儿紧张："我现在不喜欢了，你能不能给我个提示，让我猜一猜？"

沈烨走到她面前，看着她的眼睛，慢慢道："我生日的时候，你送了一份我一辈子都忘不掉的礼物，礼尚往来，你生日的时候我也会送你一份同等价值的大礼。"

云雾脸色突变，嘴角挤出一抹干笑："我生日还有八个月，你也太积极了。"

沈烨挑起她的一缕头发，微微一笑："一辈子那么长，很多事都要从长计议。你说是不是？"

他长相俊美，笑起来尤其动人，可是他这一抹极尽温柔的笑容却让云雾感到后背发冷。

她心神不宁地回到房间。高楼广厦的夜空中闪烁着明亮的星星，她小时候在青山村特别不喜欢浓墨般的黑夜，她喜欢都市里彻夜不息的霓虹灯光，可是她这个卧室的窗帘是打不开的。窗帘的两侧被钉死了，只能卷起半边。

她坐在飘窗上，看着外面遥不可及的灯光和星光，身后是空荡荡的婚床，她一个人睡在上面，可以来回翻滚。

后悔吗？

不。

时间可以改变一切。

时间可以淡化一切。

她还有漫长的一辈子。

怕什么。

虞金金回到家里，立刻上网查了一下君安实业公司。公司的创立人叫沈兆言，膝下只有一子——沈烨，照片的的确确就是今天约她见面的男人。

也许是因为沈兆言掌权多年，又是集团创始人，所以关于他的新闻很多，而沈烨只有一些简单的个人信息，毕业院校和专业，有关他的个人生活却是一片空白，连个绯闻女友都没有。甚至有帖子说他是黄金单身汉，

最帅富二代。他结婚的消息是没有公开，还是新婚不久，没有被挖出来？

虞金金正在发呆，周梨打来电话，关心地问她送花的人找到没有。

虞金金如实说："找到了。"

周梨打趣道："哎哟，我们虞大编剧终于开始走桃花运了啊。"

虞金金挠挠头："那可要让你失望了，完全不是你想象的那回事。"

周梨好整以暇地说："来，我洗耳恭听，不收你咨询费。"

虞金金笑道："有个老板的老婆是我的读者，很喜欢我的文章，这位老板为了讨她欢心，来找我约个定制剧本，要把他们俩的爱情故事拍成网剧，作为生日礼物送给他老婆。"

这句话说完，一向温文尔雅、冷静理智的周梨忍不住在电话那头大呼小叫起来："哎哟妈呀，这谁啊？这么财大气粗，深情似海！还让不让我们这些单身狗活了！"

"君安实业的老总，就是我现在住的这套房子的开发商，你说巧不巧？他给的稿费是一套房子，喏，就是选房子的时候我看上了却没舍得买的那个大户型。"

周梨惊叹道："你不走桃花运，走狗屎运也行啊朋友！"

虞金金莞尔道："你也知道，我这个人一向运气差，倒霉的事多，突然碰见好事了，心里毛毛的，生怕有什么陷阱。我们这一行满地是坑，我这些年被坑了不少回了，有点儿惊弓之鸟。"

"顶多就是骗你干活最后不给钱呗。"

虞金金说:"这次倒是不会,他说不要房子给现金也行,而且一次性给全款,不像挤牙膏似的一批一批给稿费。我第一次碰见这种还没见到一个字就先付全部稿费的甲方爸爸,说真的,很吃惊。可能是人家财大气粗,不在乎这点儿钱吧。"

"他一次性给全款,那就没啥风险啊。这样吧,你签合同的时候叫我一声,我帮你看看。只要合同没问题,那就没什么事。"

和周梨交流了一番,虞金金下定决心接了这个剧本。虽然时间紧,但是活儿简单,只管按照沈烨的陈述去写,一个青春年少的纯情恋爱故事对她来说又有什么难度?

虞金金很没出息地只考虑了一晚上,第二天早上就迫不及待地给沈烨打电话,说她同意接这个剧本,不过要先签合同。

沈烨说:"没问题。虞编剧什么时候有空?"

"我什么时候都有空。看沈先生什么时候有空。"在很多人眼里,码字这行就是全年无休、不分昼夜的工种。

"那我让秘书准备一份合约,明天约个时间,还在玫瑰雾见面。"

"好的,您不介意我带个律师朋友过去吧?帮我看看合同。"

沈烨很大度:"没问题,应该的。"

虞金金高兴地说:"那好,我等沈先生电话。"

翌日上午十点钟,虞金金接到沈烨的电话,说他大约四十分钟后到。虞金金立刻打车赶到玫瑰雾。周梨收到虞金金的信息,也很快赶到。

沈烨也不是一个人来的，同行的是他的秘书。

四人落座之后很快进入正题。虞金金已经不是第一次签合同，以往都是七八页，各种条条框框，复杂难懂。沈烨提供的这份合同史无前例的简单，只有两页，而且很厚道，完全看不出有任何陷阱。

周梨作为资深律师，全神贯注地看了两遍，没挑出什么毛病，更没有发现什么陷阱，便对虞金金点点头，意思是没问题，可以签。虞金金选择了现金支付稿费的方式，签完合约的当天，沈烨就给她打了款。

虞金金直到收到银行入账的通知短信才确定无疑，这几天的经历不是梦，是真的。她从业以来，还是第一次碰见这样的"甲方爸爸"，简直有点儿不可思议，有点儿像方宝怡说的天降横财。

翌日，沈烨依旧约她在玫瑰雾咖啡厅见面。虞金金有备而来，带了录音笔、笔记本等。

沈烨看她严阵以待的样子，忍不住笑了笑："你不需要设计什么桥段，也不需要添加什么情节，按照我口述的内容写出来就行。有些事已经过了十几年，我可能会遗漏一些细节，等我想起来再告诉你，你填补进去。"

虞金金点点头："好的。"

沈烨很谦和地询问："你不介意我抽烟吧？"

虞金金微笑："不介意。"开了无数次剧本研讨会，早就被那些大烟枪们给熏麻木了。

沈烨点了一支烟，慢慢道："我和云雾认识的时候，只有十三岁。故事还要从我父亲说起。"

很多人发达之后都会衣锦还乡，荣归故里，沈兆言是个例外。

离开青山村之后，他再也没有回去过，但他在青山村却声名远播。几乎村子里的每个人都知道，他在海市白手起家，从一个打工仔做到了君安集团的董事长，听起来像一个神话。

相较家乡人对他的念念不忘，沈兆言显得有些冷漠无情，他从不怀念那个地方，偶尔心理压力过大时会梦到，依旧是几十年前的旧模样，偏僻荒芜，穷山恶水，雨后到处都是无穷无尽的泥泞小路，一脚一脚的陷进去，仿佛一生一世也走不到尽头。每次他从泥泞中挣扎着醒来，都会怔忪片刻，心里充斥着一种无可名状的复杂情愫。

他庆幸那只是个梦，自己已经从那里走出来，永远不必再回去。但他也稍稍遗憾那只是个梦，因为梦里常常会出现一个人的影子，她抱着一个青瓷瓶站在树旁，里面是她亲手做的长杆咸菜。

他不常回忆过去，但这些画面一直无法淡忘，躲在回忆的角落里，偶尔在梦境里昙花一现，和现实世界遥远得仿佛是忘川河的两岸。

他现在在海市过得风生水起，这是一个英雄不问出处的地方。他说一口标准的普通话，看上去气质高贵，谈吐不凡，从没有人想过他的出身，会是那样一个小地方。甚至连沈兆言自己几乎都快忘记了。但青山村忘不了他，因为百年难遇的出了这么个富豪。每年的县城同乡会，他都会收到一份很隆重的请帖，海市的所有成功人士都被邀请在列。

沈兆言从来不去，表面上客气委婉地回绝，心里却嗤之一笑，如果他现在在海市捡破烂，只怕没人来邀请他——捡破烂的就不是一个县的同乡吗？人就是这么势利。所幸，他已经有资格不再去应酬这些了。但是，他没想到今年县长汪道才会让一个人来请他——这个人是他高中的班主任蒋成达。

沈兆言在商场厮杀多年，已经不算是良善之辈，有些事情做起来毫不手软，但他绝不是一个忘恩负义的人，有些人他永远都不会忘，蒋成达便是其中之一。当他穷到一天只吃一个馒头的时候，是蒋成达鼓励他把高中念完。

沈兆言去了。同乡会的性质和他料想的一点儿都不差，他觉得索然无味，而且很不耐烦。熬到同乡会结束，他亲自把蒋成达送到了宾馆。虽然他现在功成名就，但蒋成达一日为师，沈兆言终身便会敬他，这种关系不会随着身份和地位的改变而改变。

豪华阔绰的宾馆里，蒋成达在昔日的学生面前显得很局促。因为他在沈兆言身上找不到一丝一毫旧日的气息，现在的沈兆言气宇轩昂，眉目冷峻，和印象中那个清瘦内向的少年判若两人。特别是沈兆言一口标准、流利的普通话，让一直说着青山村方言的蒋成达有种错觉，沈兆言不再是青山村的人了，属于青山村的一切早已从他身上消匿无形。

这种认知让身负重托的蒋成达对自己的使命有些无从开口。沈兆言看得出来蒋成达有话要说，他也知道汪县长这么费心地请他出面必定是有所求，但是他等了许久，蒋成达仍旧没有说什么，沈兆言便起身告辞。

蒋成达局促地起身相送，就在沈兆言快要踏进电梯的时候，蒋成达终于面带窘色地喊住了他。

沈兆言反倒松了口气，回过头来问道："蒋老师，什么事？"

蒋成达生硬地牵了一下嘴角，笑容牵强而紧张："兆言，听说……你现在事业很成功，要是……要是……"他欲言又止，想起自己常在讲台上教诲学生要穷而不失其志，如今却要这样开口求人。

沈兆言笑了笑："蒋老师你有话直说。"

他第一直觉便是汪县长可能委托蒋成达来劝他在县里投资。身为一个商人，沈兆言在事业上绝不会感情用事，就算是蒋成达出面，他也照样会拒绝，更何况青山村从未给过他一丝一毫家乡的温暖。

"要是……你有闲钱，能不能捐些钱把咱们青山中学……修一下。"

蒋成达鼓起勇气说完这些话的时候，局促地握着双手，垂下眼帘，不好意思直视沈兆言的目光。

沈兆言一怔，他没想到蒋成达的要求会是这个。看着他窘迫的面容、破旧的衣服、灰白色的头发，沈兆言突然鼻子一酸。曾经如神祇一般站在讲台上，两袖清风却仿佛坐拥天下的人，这样卑微地向着自己旧日的学生提出这样一个请求。已经被现实打磨得心硬如铁的沈兆言突然觉得心里十分难受，他觉得自己到底还是错了，青山村是溶于他的骨血之中的，就算他鲲鹏展翅九万里，他的根还是在青山村，只要有人动一动这个根系，他还是会感到震撼。

他望着昔日的老师，声音略涩："好，没问题。"

蒋成达当即露出受宠若惊的笑："真的吗？太好了！学校可以冠上你的名字。"

"不用。蒋老师你早点儿休息。"

三天之后，沈兆言带着几个人回到了老家所在的县城，先在招待所住了一晚，第二天一早，司机开车，走了两个多小时的山路，一路颠簸到了青山村。沈兆言一路上眉头紧锁，没有半分游子思乡的情绪，更没有一丝近乡情怯的感慨，只想办完了事就及早离去。

车窗外的景致和他离开时没有什么大的改变，荒芜贫瘠，地势险恶，除了山还是山。初冬时节，放眼之处没有一丝绿色，入目是绵绵不绝的沉闷萧瑟。再过两年世界就要迈入一个新的世纪，而这里似乎被时光遗忘了，仍旧停留在二十世纪六十年代。

车子直接开到了青山中学——村子里唯一的一所中学。沈兆言摇下车窗，看着破败的校舍，一些不愿回忆的过往如开了闸的水一般涌进了心海，百味杂陈。他离开这里就再也没想过回来，没想到二十年的时间，这里还是如此穷，除了更破，没有任何变化。

沈兆言记得东侧教室的最左边两间是老师的办公室。他缓步走了过去，看见了门口上挂着的一个小木牌——办公室。几十年了，格局仍旧未变。门框两边的墙纵横交错的裂着几条大口子，门板更是斑驳得看不出颜色。门是开着的，里面只坐着蒋成达一个人，好像在批改作业。沈兆言站在门口，抬手在门板上轻轻叩了两下。

蒋成达抬头一看，立刻激动地从椅子上站起来："兆言，你来了，快请进！"

沈兆言走进去，伸手请蒋成达坐下，然后说道："蒋老师，房子太破了，还是不要修了，重新选址再盖一所学校吧。"

蒋成达喜不自胜。其实，汪县长的意思就是让他提出重建，但他对沈兆言委实开不了口，"建"到嘴边改成了"修"。

"好，好，都听你的。"

"报告！"门口传来一声清脆的童音。

蒋成达扭头道："进来。"

一个清瘦的小姑娘捧着几十本作业本走了进来，轻手轻脚地放下之后就转身出去了，走到门口，感觉到身后好像有一道目光追随着自己，忍不住又回头看了一眼，正对上沈兆言的目光。小姑娘像受了惊吓，脸色一红，大眼睛忽闪了一下，抬腿就跑了。

沈兆言忍不住笑，莫名其妙地觉得这小姑娘特别亲切、眼熟。

蒋成达像是想起了什么，对沈兆言道："哦，刚才这小姑娘，你知道她是谁吗？"

"谁啊？"沈兆言顺着他的话问了一句。

"你还记得云秋吗？"

沈兆言的心跳了一下，脸上却露出一个平静无波的笑容："记不太清了。"

"哦，也难怪，都二十年没见了。她也在学校教书。"

沈兆言下意识地问道："在这里？"

"嗯，教语文课。她命也不好，婚后生了对双胞胎，都是女孩儿，老公逼着她生个儿子，她不肯因此丢掉工作，闹了几年就离婚了。这孩子判给了她，改成了她的姓，叫云雾。"

沈兆言不知该如何接这个话题，听完之后，他面无表情。

蒋成达本想寻个话题，没想到沈兆言好像已经忘了这个旧日的同学，他便不再提云秋，开始谈建校和选址的事情。

很快，乡长得了消息，带着会计、支书等人来到了学校，他们安排了饭菜，是来请沈兆言前去用餐的——无论在乡村还是在省城，人们谈事都喜欢在酒桌上。办公桌前挤了五六个人，空气浑浊起来，夹杂着劣质烟草的味道和一股子汗臭。

沈兆言无意奉陪，但也不得不去，他站起身，在众人的前呼后拥下走出了办公室。酒席上的阿谀奉承之词让沈兆言觉得刺耳，他的唇边挂着一丝凉薄疏离的笑，回想起几十年前，就在这个名为故乡的地方，他被一群称之为乡亲的人鄙夷、孤立，他父亲因为偷盗入狱，他也就成了贼的儿子，到处被人防备、看不起。如今，他还是他，却被奉为上宾，不外乎因为他如今有了钱而已。想到这一层，他越发不想和这些人多待，草草吃了些饭菜，便打算带着司机离开。

蒋成达忙道："兆言，你做了这样一件大好事，学校里的老师都很感谢你，大家想晚上请你吃个饭，就在我家。"

沈兆言心里一动，云秋是不是也会来？一念迟疑，他放慢了脚步。

蒋成达又盛情挽留："这是我们学校老师的一份心意，就是想谢谢

你,敬你几杯水酒。明天再走吧,你也难得回来一趟,今天晚上就住在我家。"

沈兆言略一沉吟,扭头笑了笑:"那好,麻烦你了。"

蒋成达欢喜至极,仿佛沈兆言能住在自家,便是无上的荣光。乡长露出艳羡的笑,一路恭敬地把他送到蒋家。

农家小院很干净。蒋成达的妻子李桂芝曾见过沈兆言,时隔二十年再见,她不禁在心里惊叹,时间真是天底下最为鬼斧神工的利器,可以让一个人脱胎换骨。

她把最好的房间腾出来,拿出舍不得铺的床单、女儿出嫁时的被子,小心翼翼、诚惶诚恐地招待沈兆言。

李桂芝的热情让沈兆言感到不安,带着三分醉意,也为了不负她的心意,沈兆言在蒋家睡了一个午觉。冬日昼短夜长,他醒来的时候窗外已经没了阳光。远处的山脉暗沉得像一坨抹不开的墨,百无聊赖地挂在天际。

五点多的时候,蒋成达从学校回来了,身后还跟着七八位老师。

沈兆言听见说话声,从马扎上站起来,目光越过庭院一直延展到院门,却没有看到云秋。他说不出是失望还是庆幸,留下的这一晚,已经没有任何意义。

翌日清晨,村子里的狗吠声和鸡鸣声,远远近近,此起彼伏,让沈兆言早早地醒来。他已经很多年没有听过鸡鸣了,竟然觉出了一丝新奇。

李桂芝准备了早饭,是稀粥和咸菜,因为沈兆言是贵客,又特意给他煮了几个鸡蛋。沈兆言吃过早饭便告辞离去。

蒋成达和李桂芝一直将他送到大门口。这时,从蒋家门前的小路上突然跑过来一个身影。

沈兆言抬头一看,是云雾。她手里提着一个小篮子,跑得有点儿急,站在他跟前的时候,还在大口大口喘着气。

"蒋老师,这是昨天下午我们挖的荠菜,妈妈让我拿来送给叔叔,谢谢叔叔给我们建新学校。"

蒋成达问道:"昨天晚上你妈妈怎么没来我家吃饭呢?"

"妈妈挖荠菜的时候伤了手。"

沈兆言不及询问,就听蒋成达道:"不要紧吧?"

小姑娘羞涩地笑了笑:"不要紧。"话是对着蒋成达说的,但那一双纯净得如水晶玛瑙般的眸子却带着温婉的腼腆望着沈兆言。

"谢谢你妈妈。"沈兆言看着满满一篮子荠菜,心里十分震动,他以为她昨晚不来是故意避而不见,没想到这么冷的天,她居然去野地里为他挖荠菜,还伤了手。他知道这个时节,山野间的风有多冷硬刺骨。一念及此,手里的荠菜篮子变得十分沉重,拖着他的心沉甸甸地往下坠。低头看着眼前这张和云秋相似的脸,他心里很乱,有种想要去看一看云秋的冲动,但还是理智地上了车。

"蒋老师,我走了,你们请回。"

沈兆言对蒋成达和李桂芝挥了挥手,又对云雾笑了笑。

司机慢慢发动了引擎。这次回青山村对他是一种考验,他没想到路这么难走,车子几乎一直都处在颠簸状态。

沈兆言从后视镜里看到蒋成达夫妇回了院子,云雾走在车后的路上,辫子生机勃勃地在肩上晃,如云雀一般。沈兆言的目光从后视镜里挪回来,落在身边的小篮子上。竹编的篮子,干干净净的,他随手拿起一棵荠菜,放在鼻子下,嗅到了一股特殊的香气。他那时候最喜欢吃的就是荠菜馅饺子,过了这么多年,她还记得他的喜好,还为了他去挖荠菜。

一些几乎快要忘记的回忆纷纷从不知名的角落里涌了出来,哽在他的心口。他终于忍不住道:"小陈,停一下车。"

司机停稳了车,沈兆言打开车门,对着车后的云雾招了招手。

云雾迟疑了一下,然后跑了过来,腼腆地微笑道:"叔叔你叫我?"

沈兆言弯下腰微笑着说:"我和你妈妈是同学,她告诉过你吗?"

云雾眼的睛一亮,摇了摇头:"她没说过。"

"我想去谢谢你妈妈,你可以带我去吗?"

"好啊。"小姑娘的眼睛又一亮,露出欣喜的光芒。

沈兆言直起身揉了一下她的辫子,说:"上车吧。"

云雾忐忑又兴奋地上了车,拘谨地把手放在膝盖上,不敢乱动。

她对沈兆言充满了好奇。没想到他竟然是妈妈的同学,为什么妈妈从没提起过他?他看上去如此清雅高贵,气宇不凡。这些词语,她早就在书本上学过,但从未在村子里的任何人身上体会到词的意思,见到沈兆言的第一眼,她豁然开朗,是的,这些词说的就是他这样的人。

车子慢慢开向村北的石桥。桥面狭窄得无法过车,沈兆言下了车,云雾领着他走到一处旧宅前。这儿是云秋父母的住处,显然云秋离婚后搬回了娘家。

沈兆言刚走了几步,就听见院门里传来叫骂声。

"都离婚八百年了还让女儿大清早上门讨债,我告诉你,老娘一分钱都不会给的!"狗叫声中,一个高胖的女人怒气冲冲地从里面出来,嘴里还在骂骂咧咧地说着不堪入耳的脏话。

院子里的屋檐下站着一个女人,还有一条狗。一件褪色的蓝色棉衣穿在她身上有些宽大,使她看上去比少女时候更加弱不禁风。她的脸上不复昔日红润的光泽,不再有浅笑的梨涡,但沈兆言还是一眼就认出了她,纵然中间隔着二十年的光阴。

大黄狗看见进来一个陌生人,立刻冲着沈兆言气势汹汹地吠叫起来,云雾连忙过去把狗喝住了。

云秋看见沈兆言,面色瞬间一变,眼神刹那间仿佛变幻了万千情绪,最终化作一抹强压下去的平静。毕竟隔了二十年的光阴，纵然当年情深如海，此时此刻重逢，也已经成为无话可说的陌生人。

云雾不知两人之间的过往，兴冲冲地告诉云秋："妈，是叔叔让我领他来的，说要谢谢你的荠菜。"

云秋如梦初醒，勉力露出一个极浅的笑容："是我该谢你，替孩子们谢你。"

沈兆言不知道如何接话，目光移到了她的左手。她手上缠了一条手帕，上面有一些褐色的血迹。云秋略有些尴尬，悄无声息地把手放在了身后："不知道你现在还吃不吃荠菜，要是不喜欢就送人吧。"

"喜欢，很多年没吃过了，谢谢你还记得。"沈兆言的语速有点儿快，匆匆说完，唇边又是一片空白，话题断了线。她和梦里的样子差不多，依旧是清秀的眉眼，但眼睛里却失去了往日的光华，压抑而平静。

云雾笑着说："我妈妈也喜欢吃荠菜馅饺子。"

"请到屋里来坐吧。"

云秋知道沈兆言要捐资建校，但没想到沈兆言会到自己家来，她有些慌乱失措，毫无任何准备。庭院里的一切都是平素生活的家常样子，晾衣绳上还搭着她的内衣，有些都穿破了。她不知道他看见了没有。这场重逢让她尴尬而窘迫，想当年两人开始本是一样的，可二十年后再见，却有着天壤之别，遥不可及，实在难堪。

沈兆言走进了屋内。堂屋正中是一张供桌，沈兆言记得十几年前就有，不过那时上面供着一个瓷观音，还有香炉。现在干干净净的，什么都没有。

灰色的墙壁两侧贴满了奖状，一列是云雾的，另一列是纪棉的。整整齐齐的，从小学一年级起，每个学期都有。沈兆言估计，这个纪棉要么是她的另外一个女儿，要么就是云雾改名前的名字。

第三章
当时年少

云秋局促地招呼他："请坐吧，云雾，给叔叔倒杯水来。"

虽然沈兆言说自己不渴，但好客的云雾仍旧去厨房为他倒水。

沈兆言拉过一张竹椅坐下："你母亲还好吗？"

云秋低声说："她已经过世了。"

屋子里又是一片沉默。

云雾端了茶水上来，沈兆言端起来抿了两口，嘴里和心里都是一种涩涩的苦味，而此时此刻的云秋比他更加难受。她宁愿他忘了她或是装作忘了她，不要看见她的清苦窘迫，否则会让她的落魄无处遁形。

仿佛心有灵犀一般，沈兆言此刻突然明白自己的到来给她带来的刺激，便站起身道："我先回去了，有机会你去省城，可以来找我。"

他知道她肯定不会来，但依然诚心诚意地双手递过去一张名片。

离开青山村，沈兆言心里盛满了沉甸甸的唏嘘和感喟。十多年来，他觉得自己的心已经变得够冷、够硬，但是回到这里，他发现有些人轻而易举地就可以让他心软，比如蒋成达，比如云秋，比如那些一心求学以脱离

贫困山村的学生。

坐上车之后,他给蒋成达打了个电话,告诉他要设立一个助学金,发给每个年级的前三名。这个突如其来的好消息让蒋成达兴奋得简直不知道该说什么才好,作为一个教师,最大的骄傲就是能有沈兆言这样的学生。

沈兆言让同来的助手留下来办理捐资的事情,自己先回了海市。

回到市区,已是日落黄昏,万家灯火,车水马龙。海市和青山村的差别如此之大,从村里出来再回到市里,仿佛跨越了四十年的光阴。

感喟之中,他走进了家门。满目的豪华富贵让他瞬间想起了云秋的家,心里又是一沉。

"你回来了。"林烟正靠着沙发看电视,见他进来便站起身走了过来。屋里温暖如春,她穿着一件米白色的毛衣、胭脂红的裙子,长卷发披在肩上,如果不看她的容貌,会觉得她很年轻时尚。但是她的颧骨上已经有了很明显的黄褐斑,即便擦了粉也遮不住一股人到中年的气息。她比沈兆言整整大了七岁。

沈兆言脱下外衣,随口问道:"沈烨呢?"

"在楼上写作业呢。"林烟说着,对着楼上喊了一声,"沈烨,爸爸回来了。"

楼上咕咚响了几声,片刻工夫,从楼梯上连蹦带跳着下来一个英俊的少年。

沈兆言皱了皱眉,想说什么又忍住了,儿子长得很像他,性格却一点儿不随他,一点儿沉稳、斯文的迹象也没有,十分淘气。

林烟看着他脚下的篮子，问道："这是什么？"

"荠菜。"

沈烨好奇地弯下腰看了看："荠菜？怎么看着像草啊。爸，你去农村就带这东西回来？"

沈兆言倦倦地在沙发上坐下，对林烟道："拿到厨房让华姐晚上包点儿饺子吧。"

林烟把篮子提到了厨房。华姐正在准备晚饭，一听晚上要吃饺子，便放下手里的活儿来择荠菜。

林烟看着带着泥巴的荠菜，皱着眉道："野菜都是没饭吃的时候才吃的玩意儿，现在都什么年代了还惦记着吃野菜，真是江山易改本性难移。"

她的声音并不大，但客厅里的沈兆言还是听得一清二楚，脸色瞬间冷了下来。

沈烨凑到他跟前问："爸，农村有什么好玩的吗？"

"夏天可以下河捞鱼，冬天可以抓野兔、野鸡。"

沈烨立刻兴奋起来："那我下回跟你一块儿去。"

沈兆言随口答了声"好"，并没当真，因为他觉得自己可能都不会再回去了。

饺子端上来的时候，已是晚上八点。林烟饿得心里窝火，吃着饺子也没什么特别的滋味。沈兆言一副若有所思的样子，仿佛在品尝着一种世间少有的美食，默然不语。

　　林烟有一种直觉，这一趟回乡，沈兆言应该是被触动了一些她不知道的心事。

　　她和他做了十几年的夫妻，他心里的一些地方她一直走不进去，一开始她是不屑，后来发现，就算他肯，她也无法理解，因为两个人的出身有着云泥之别。

　　这场回乡之程就像一个小石子投在万顷碧波之中，倏忽便没了影踪。

　　沈兆言再次回到青山村，是第二年的暑假，新学校建成，乡里请沈兆言回去剪彩。沈兆言本不想去，但县里的教育局局长带着乡长和蒋成达等七八个人盛情邀请，沈兆言无奈，决定带着沈烨一起回去。

　　即将年满十三岁的沈烨正式步入了青春叛逆期，让沈兆言头疼不已。沈兆言常常回忆自己在这个年纪时，每天想的只有一件事，就是好好学习，离开青山村。穷困让他连叛逆的时间都没有。而沈烨，太过优越的生活条件让他衣食无忧，不知道何为珍惜和感恩，也不能理解沈兆言对他的期望。父子俩的关系变得特别僵，而林烟在其中更是起着消极作用，只知道对沈烨一味地纵容娇惯。

　　沈烨身为独子，身上寄托着沈兆言极大的希望，他希望君安集团可以在沈烨手中如日中天，发展壮大，但眼下的沈烨让沈兆言十分失望，也很无奈。

　　沈兆言在商场翻云覆雨，对儿子却有些束手无策，苦口婆心和忆苦思甜对沈烨无效。那些苦难他没亲身经历过，根本无法深刻体会其中的艰辛,也无从找寻奋斗的动力。一筹莫展中,沈兆言无意间看到了一个"交换人生"的电视节目,触动很大。

电视里,一个十七岁的城市孩子和一个十六岁的农村孩子在暑假互相交换身份,去彼此的家庭生活了一个月,回来之后,那个城市的孩子变化特别大,知道体谅父母的艰辛,也懂得珍惜当下的生活。

沈兆言看完这个节目,心里就开始思忖,有机会也把沈烨送到农村去感受一下。如今刚好有机会回青山村,沈兆言便决定带着沈烨同去。自然,他没说出自己的目的。

林烟对这个决定很不高兴,若是数年前,她必定会发大小姐脾气,阻止沈兆言带儿子回乡。但随着自己年岁渐长和沈兆言地位的提升,她的脾气在悄无声息地收敛。沈兆言事业有成,风华正茂,举手投足气度非凡,而她离过婚,大他七岁,目前已经没有任何优势和自信可言。

她偶尔控制不住发火,沈兆言一如当年不置一词,但会一夜不归。翌日再见,她便会觉得自己的气势无形中又弱了几分。沈兆言从不和她争吵,只是沉默,就是这种沉默让她一天一天收敛了自己的骄纵。

沈烨从未去过乡下,一听沈兆言要带他回老家,兴奋不已。但他的新鲜好奇只维持了一会儿,当汽车下了高速进入县城,在山路上颠簸,慢腾腾挪移的时候,他开始不耐烦,有种上了贼船没有退路的感觉。苦熬了几个小时,车子终于到了青山村,乡长等人一早知道沈兆言要来的消息,都等在旧学校的大门口。

沈烨跳下车的那一刹那,眼前的场景让他大吃一惊。这就是学校?一圈低矮的破围墙圈起来的几座破房子而已，没有任何体育设施，更别提篮球场、游泳池，主席台竟然是用石头堆起来的一个台子。

他还是第一次见到这种学校，就在他惊诧错愕的时候，一群人围了上来，热情洋溢地用一种他听不懂的方言围着父亲说话，其中"谢谢"两个字倒是接近普通话的发音，他勉强听得懂。

很快，附近的一些小孩子听见动静赶来看热闹，他们拘谨地站在不远处，用一种探究、羡慕、拘谨的目光看着沈兆言和沈烨等人。沈烨看了那些孩子一眼便不想再看，他们个个脏得不像样子，衣衫破烂，头发凌乱，居然有几个孩子还光着脚，脚趾头黑得瞧不出原本的颜色。

沈兆言敷衍着众人的恭维，目光越过人群，看见了站在后头的云秋。她穿着一件碎花的长袖衬衣，因为天气热，把袖子挽到了肘部，露出一截纤细的小臂，头发比去年长了些，扎在脑后，越发显得瘦弱。

沈兆言拉着沈烨走过去，向云秋介绍："这是我儿子沈烨。"然后又对沈烨说："这是我的同学，云老师。"

沈烨叫了声"阿姨"，云秋笑着看了看他，然后对沈兆言说："长得真像你。"

沈兆言拍了拍儿子的肩膀，指着云雾道："这是云阿姨的女儿云雾。"

云雾初见沈烨的这一刻，真的有惊艳之感。

这种惊艳之感不在于皮相，而在于那种挺拔向上、略带清傲的气质。这和她的同学全然不同，就像修竹之于蒲草。她的同学大多小心翼翼、拘谨刻板,而沈烨身上仿佛散发着张扬、明朗的光。

相反,沈烨对云雾的第一观感极其不好——一个腼腆羞怯的乡下丫头。他根本不屑于和她打招呼,一眼看过去,土气、拘谨、小家子气、穷酸,他的脑子里一刹那蹦出许多在书本上学过的词语,只觉得用在这个女孩儿身上真是无比贴切。

他那时候只是想,她真是白瞎了这么一个好名字。

虞金金听到云雾这个名字,见到云雾的照片时,心想,这个有着雅致名字、出色容貌的女孩儿,想必和沈烨一样,家庭背景很好,是天之骄女,绝没想到却是这样的出身。

如此天壤之别的两个人,又身处两地,最终是如何走到一起的?作为一个编故事的人,虞金金不禁被勾起了好奇。

"那天中午,很多人向我父亲敬酒。我父亲递给我两杯让我替他。他知道我不会喝酒,也从没喝过白酒。我当时觉得奇怪,不过也没多想,又爱面子,一下喝了好几杯,后来怎么醉倒的我都不清楚。醒了之后,我发现自己在云雾家里。我父亲已经带着人走了。他给我留了一封信,一个背包——里面是几件换洗衣服,一堆寒假作业,还有一本字帖。"

沈烨弹了一下烟灰,微微笑道:"我才知道自己上了当。他带我来乡下是有预谋的。信上说,我写完作业之后他来接我回去。那是十四年前,没有智能手机,乡下也没电脑,我不认识回家的路,身上也没钱,只能老老实实地等着他来接我。"

虞金金想笑又不敢笑,憋得肚子疼。这位老沈总也真是够腹黑的。

沈烨醒来之后,看到沈兆言给他留的信,气得三两下把信纸撕得粉碎，然后冲到院子里，看见东西就开始砸。

一个正值青春逆反期的少年，在那种情况下的暴怒心情可想而知。他砸东西倒也不是气恼、埋怨云秋母女，只是心里充满了委屈和气愤，无处发泄。这是他生平第一次感到一种孤立无援的绝望，也是他这辈子第一次碰见挫折，还是这么大的一个"挫折"。

云秋是个成年人，知道沈烨此刻的心情，再加上看在沈兆言的面子上，不好意思呵斥、阻止。云雾可没想这么多，也没顾忌那么多，她心疼自己家里的东西，上前扯着沈烨的胳膊，大声喊道："住手！这是我家的东西，你凭什么砸！"

沈烨红着眼睛，手指差点儿戳到她的脸上："你们和我爸串通好了坑我！"

"才不是！你爸非要把你留下来的，我妈还不想留你呢！要不是看在你爸给我们盖学校的份儿上，我妈才不会答应呢！你爸说了，你要是不想待在我家，就去蒋老师家里。"云雾毫不客气地扯着他的胳膊往外拽，"走，我送你去蒋老师家，你别住我家！"

沈烨一听这话，勉强算是停了手。比起去蒋老头家里，云家到底还是好一些，那个蒋老头一看就比较啰唆难缠，还特别能抽烟。

云秋见他冷静了些，忙搬了一把椅子放在他身边，轻声道："你别急，你爸走的时候说你写完作业马上就接你回去。"

沈烨咬着牙一声不吭，知道这是老爸存心整治他，因为他以往放寒暑假，作业都是拖到最后两天才写，而且是胡乱涂抹一通，应付了事。这次他还特别留了一本行书字帖，也是逼他练字的意思。

云雾点点头："对啊，就那点儿作业，你速度快点儿，一星期就写完了。"

沈烨瞪了云雾一眼，心想怎么可能。

"你爸让你在这里住几天,也是希望你能体验一下生活,并不是人人都有你那么好的条件……"云秋当了多年的语文老师,很擅长做思想工作,和颜悦色地劝解了沈烨半天,然后又让云雾带他出去转转,散散心。

云雾看得出来沈烨对她有轻视之意,而且他还砸了院子里的东西,于是嘟起嘴巴不大乐意。云秋搂过女儿,在她耳边私语:"他是沈叔叔的儿子,是客人呢,你就当他是个不懂事的弟弟,多让着他点儿,嗯?"

云雾想到沈兆言,便点了点头,换了个笑脸走到沈烨跟前,好脾气地劝他:"蒋校长常说,高兴了一天是过,不高兴一天也是过,既来之则安之。找点儿事做,一天很快就过去了,你爸爸很快就来接你了,你说呢?"

沈烨望了她一眼,冷着脸不吭声。

云雾也不生气,笑吟吟地说:"要不去捉鸟吧?"

沈烨心里微微一动,捉鸟?这倒是没玩儿过。

云雾看他的表情松动了,就明白他有兴趣,于是拿起院子的箩筐,又抓了一把谷子,说:"你跟我来。"

沈烨不怎么乐意地跟了出去。

院子外便是稻田,云雾找了个合适的田埂,把箩筐用棍子支起来,棍子上面系了根绳子,下面撒了谷子。

沈烨袖手在一旁看着。云雾布置好了,招呼他趴在田埂后的地上。

沈烨闷了半天,终于开口说了句话:"我还是蹲着吧。"他素来爱干净,别说趴在地上,就连坐在地上他都没有过。

"鸟儿很精的,一看见有人就不会来,你要趴着才行。"

沈烨犹豫了一会儿,半推半就地趴下,马上又腾地一下跳起来:"有虫子!"

云雾被他大惊小怪的样子逗得直笑:"草地上当然有虫子了,还有蛇呢。"

沈烨越发不肯趴下。

云雾又说:"你穿着长裤呢,没事的。"

沈烨纠结了一番,最终还是趴下了。

稻田边不时有鸟飞过,可惜飞来飞去都是过客,并没有一只鸟肯停留看一看诱饵。

沈烨有点儿急:"怎么不来吃?是不是应该放点儿肉?"

云雾忍不住扑哧一声笑了:"你真傻。"

沈烨活这么大,第一次听到有人说他傻,他气得脸色通红,嘴硬地辩解道:"不是有乌鸦吃肉的故事吗?"

云雾忍着笑没有反驳他,只说道:"别急,要有耐心。"

终于,一只鸟低飞了过来,降落在箩筐不远处,小心翼翼地四处看了看,十分谨慎地在箩筐前停了好半天才一点儿一点儿地往前走,最终还是未能抵挡住诱惑,钻进了箩筐里。

沈烨迫不及待地拉动了手边的绳子,箩筐"啪"的一声就落下来了,可是小鸟也扑腾一下飞走了。

云雾惋惜道:"哎呀,你真笨哪。"

沈烨在短短十分钟内收获了人生中的两个第一次——真傻和真笨,气得从地上跳起来:"不玩儿了。"

云雾没想到这个城里来的少年的自尊心如此脆弱,连忙哄着他说:"要不我们去抓鱼吧。"

沈烨板着脸不吭声。

云雾回到院子里,拿了一根长杆和一个鱼篓,笑吟吟地招呼他:"走吧。"

沈烨默不作声地跟在云雾后面,心里打起了小算盘。他在云家的墙壁上看到了云雾的奖状，发现她正好也念初一，和他同级，那些作业可以叫她替他写，两个人分工，时间至少缩短一半。抱着这个打算，沈烨开始放下冷傲的姿态，主动跟她说话。

　　两人年纪相仿，很快就熟了起来，沈烨虽然打心里瞧不起这个乡下丫头，却打着小算盘找机会让她给自己写作业，于是刻意把自己的轻视给收起来，对云雾像对班里的女同学一样客气。

　　不过，说实话，就算是对班里的女生，他也没这么主动过，反倒那些女生喜欢围着他打转儿。他长得好看，家里又富裕，谁都知道他是沈家的小少爷，上学放学都是司机开着奔驰接送。

　　两人到了河塘边，云雾挽了裤腿，在鱼篓里面撒了点儿鱼食，把它沉到水里。沈烨无精打采地站在树荫下，目光无意间落到云雾的小腿上，他发现她腿上的肌肤白皙，而且没有汗毛，光滑干净，莹莹如玉。

　　她低着头，弯着腰，领口的衣服有些松开，他站着的角度，可以看见她领口下一片雪白的肌肤。正处在青春期、懵懵懂懂的少年，对异性充满了好奇，虽然沈烨对她并没有什么好感，却控制不住自己的目光，偷看了几眼。意识到自己的心跳动得有些快，脸上也微微有点儿发热，他赶紧转移目光，指着那个鱼篓不屑地问："这能钓鱼？"

　　"等会儿就有钻进去出不来的小鱼和小虾。"

　　云雾仰着脸对他笑，眼里亮晶晶地映着阳光，梨涡像是水面上的小涟漪。沈烨这才发觉这个乡下丫头长得还挺好看，就是太土了，浑身都土，除了名字。

　　云雾沉了鱼篓之后，她又跑到河塘另一边，把水草一样的东西划拉到岸边，在里面翻翻捡捡。沈烨好奇，走到跟前发现她正在剪一些长刺的东西，便问这是什么。

　　"野菱角。你没见过吗？等会儿煮熟了你尝尝，很好吃的。"

沈烨皱了皱眉,他没什么兴趣,内心烦躁不安,度日如年,不一会儿便催着云雾去把鱼篓捞起来。

"不急,还没到时间呢。"

沈烨不耐烦道:"我要回去。"他好面子,不好意思直说急着回去赶作业,没心思玩儿。

回去时他们走的是另外一条路,小桥东边有一片竹林,丛丛幽篁,笔直高挺,葱葱翠翠的青碧颜色看上去幽静凉爽。沈烨正要从竹林中走,云雾连忙一手拉住了他。

"不要从里面过。"

"为什么?"

"你不觉得阴森吗?"

"不阴森啊,从里面走多凉快。"

云雾只好明说:"那里面闹过鬼。"

沈烨一听就来了兴致:"什么?你快讲讲!"

"以前村里有个妇女,因为丈夫变心,吊死在竹林里面了。后来村里的人晚上老看见里面有鬼火,还听见过哭声,所以我们就不敢从里面过了。"

正说着,突然从河边刮过来一阵风,把竹林里的竹叶吹得簌簌微微响,云雾心里一紧,后背微感凉意,连忙匆匆往一旁走。沈烨素来天不怕地不怕,看见云雾紧张的模样,不由生出作弄之意,跟在她身后,突然出其不意地在她肩头猛地一拍。

云雾惊得大叫了一声,回头的时候脸色都有点儿发白。

沈烨乐了:"胆小鬼,青天白日的怕成这样。"

回到云家,沈烨立刻去写作业,活到十三岁他还从没这么积极过。

云雾把菱角煮熟了端到沈烨面前。沈烨一看那黑黢黢的野菱角,压根儿没兴趣，但是看到菱角上的刺，他灵机一动，不好意思直接开口的话终于能找个借口提出来了。

沈烨拿起一颗放进嘴里，狠心一咬，然后"啊"一声捂住了嘴。

云雾赶紧弯着腰问："你没事吧，扎伤嘴了？张开嘴让我看看。"

沈烨张开嘴把舌头伸出来，云雾凑近一看，发现出血了，吓了一跳。

沈烨捂着嘴，把作业本往她跟前一推："我舌头疼，你替我写。"

云雾摇摇头："这不行，你爸来接你的时候肯定要检查的，我们的字又不一样。"

"没关系，你把答案写到纸上，我抄上去。"

云雾还是不乐意。

沈烨板着脸道："你把我舌头扎流血了，应该表示点儿歉意吧。"

云雾看着他："你自己扎的，怎么成我的错了？"

沈烨冷冷地说："你不帮我的话，这些作业我写不完就要一直住在你家，你也不想这样吧？"

因为建新学校的缘故，她妈不好意思拒绝沈兆言的请求，她也不能怠慢这个"贵客"，可是她也不想侍候这个城里的小少爷，心里恨不得沈烨马上就走。

她想了想："我数学好，我替你写数学吧。"

沈烨求之不得，翻出一个本子给她："你写上编号和页码，回头我抄答案的时候方便找。"

云雾说："我先去做饭，晚上再给你写吧。"她说着便去了厨房。

沈烨写了一会儿作业，闻到了香气。他正在长身体，饿得也快，被饭香勾得饥肠辘辘，于是放下笔，晃进了厨房。

云秋在炒菜，而云雾坐在炉膛的旁边正用力地推着风箱。这一切沈烨只在电视里看过，顿觉新奇，自告奋勇要替云雾推风箱。

拉风箱这活儿看着有趣，其实很痛苦，冬天还好，大热天坐在炉膛前，烤得他前胸后背都热烘烘的，一会儿工夫便满头是汗。但是他也不好意思临阵脱逃，毕竟是自己主动要求做的，只好硬着头皮干完。

出了厨房，他连连呼了几口热气，恨不得拿井水冲个凉。云雾及时递过来一杯茶水，沈烨接过来咕咚咕咚一口气喝尽。

云雾不禁扑哧一笑。

沈烨瞪着她说："你笑什么？"

"啊，没什么。"云雾本来觉得他很傲气，可这一下午相处下来，发现这个城里的少年其实挺能入乡随俗的，比她想象中好相处。

晚饭很简单，自家种的新鲜蔬菜，但用柴火和铁锅烧出来却另有一种风味。沈烨一口气吃了三碗。

收拾完碗筷，两人一起写作业。房间里没有空调，只有一台落地风扇，脚下是一盘蚊香。

沈烨本来想着，村里的学生就算考年级第一，能力又能强到哪里去。直到亲眼看到云雾做题的速度，他才暗暗吃惊。她这个年级第一果然不容小觑。

写到夜里九点，眼看时间不早了，云秋让沈烨洗澡睡觉。

沈烨突然想到她家并没有卫生间，那在哪儿洗澡呢？难不成像电视里演的那样，在河沟里洗？就在他惶惶不安的时候，云雾把他领到菜园后的一个简易棚子前，拉亮了悬在丝瓜架下的灯泡。棚子里放着一个铁制的洗脸架，上面摆着两个搪瓷盆，一旁放着香皂，旁边有一把带靠背的椅子。

沈烨无语道："这怎么洗啊？"

云雾反问："把盆里的水撩到身上，你不会吗？"

面对如此简陋狭小的"浴室"，沈烨对比自家的豪华浴室，心里颇不是滋味——怎么这里的人都像活在几十年前似的？

洗完澡，沈烨躺到床上，刚擦过的竹席子沾着点儿水气，贴着肌肤幽凉幽凉的，十分舒适。

屋外云雾和云秋轻声说着话，两人洗澡之后去了西屋。又过了一会儿，院子里彻底静了下来，只有蛐蛐的叫声。

沈烨翻身朝着窗户的夜空，星光、弯月都清晰可见，山里的天空仿佛离地面特别近。整个山村陷入了一片寂静，仿佛空了一般。只有不知名的虫鸣忽歇忽唱，窗前偶尔飞过一闪一闪的小亮点儿。

对于云雾来说，这是千千万万个夜晚中最普通的一个；而对于沈烨来说，这是他人生中的第一次，终生难忘。

第四章
命途多舛

沈烨的记忆力好到让人惊叹，十几年前的旧事他都记得一清二楚，从第一天讲起，一直到最后一天。

村里有户人家的儿子考上了大学，那天要放电影，云雾听说之后高兴不已。沈烨对看电影没什么兴趣，但听说是露天的，又有点儿好奇。

云雾写了一天数学作业，头晕脑涨的，对他说："你不去，我和我妈一起去。"

云秋说："你和沈烨去吧，妈不想去，要是碰见了那家人，又要多生口舌。"

沈烨想了想，跟着云雾一起去了。

临走时，云秋不放心，特意对云雾轻声叮嘱："要是碰见了，不管他们说什么，你就当没听见，散场了就赶紧回家，知道吗？"

云雾"嗯"了一声，就领着沈烨出门了。

沈烨问："碰见谁啊？"

云雾低头没有回答，过了一会儿才道："我爸那一家。"

沈烨不解地问："你爸那一家？"

云雾有些尴尬地说："我爸和他儿子、他老婆。"

沈烨怔了一下才明白过来："你是说，你爸和你妈离婚了，他又新找

的老婆?"

云雾低声"嗯"了一声。

沈烨便不再多问。他一直没见到云雾的爸爸,还以为去世了或是去外面打工了,没想到居然就在本村。

露天电影在打谷场上放映。荧幕已经挂好了,一些小孩子在荧幕前跑来跑去地打闹,在白色的荧幕上投下影影绰绰的影子,像是皮影戏。沈烨对电影没兴趣,于是走到放映员的身边看他是怎么操作的。云雾怕他走丢,搬着小马扎紧跟着他。

电影是老片子,一点儿也不适合少年人观赏,沈烨看了一会儿就觉得有些不耐烦了。看电影的人叽叽咕咕地说话闲聊,嗑瓜子和吃花生的声音不绝于耳,还掺杂着小孩子的哭闹声。

沈烨的耳边一直有蚊子的嗡嗡声,幸好他穿了长裤,但是脚趾头未能幸免,被蚊子叮了几口,痒得入心。

他很想和云雾回去,但扭头一看,云雾却看得津津有味,非常入神。

沈烨看了她好几次她都没有发觉,目不转睛地盯着荧幕,仿佛走进了电影中的世界,留在荧幕外的不过是个躯壳。沈烨不好意思拉她走,硬着头皮熬到了电影散场。

电影一结束,打谷场便闹嚷起来,众人纷纷朝着自家的方向走去,毫无次序,乱成一团。沈烨站起身来,不料还没站稳就被两个孩子撞了一下,云雾赶紧扶住了他。此刻人多,她怕沈烨走丢,便没有多想,伸手牵住了他的手。

两人手指一碰触,沈烨心里便猛地一跳。从没有一个女生主动牵过他的手,当然,他也没牵过别人的。

城市的孩子更加早熟,男女有别的意识在这个情窦初开的年纪里已经非常明显。

沈烨下意识地要甩开她的手,云雾却死死拉着他。她没想别的,只是怕他走散。

突然，身后一道光束打了过来，还伴随着几声怪笑："不要脸，不要脸，和男的一起看电影。"

沈烨回头，看见两个七八岁的男孩儿站在身后，手里拿着一个手电筒在云雾和沈烨的脸上乱晃。

云雾拉着沈烨就走。

沈烨顿时火起，停住步子问道："这谁啊？"

云雾小声道："纪大鹏，我爸的儿子。"

"你爸的儿子？那不就是你的弟弟吗？"

云雾道："不是我弟弟，是那个女人给他生的，从没叫过我姐姐。走吧，别理他。"

沈烨恼了："我帮你教训他。"

云雾不想生事，忙说："不用了，我们赶紧回去吧。"

云雾伸手拉住了沈烨。这时，身后的光束移到了他们的手上，两个男孩儿阴阳怪气的笑声更加放肆了："狐狸精，不要脸，牵男人的手。"

云雾气得放开了沈烨的手，沈烨立刻停住步子，转身往回走。

"沈烨，你干吗？"

沈烨快步上前，不等云雾看清他的动作，纪大鹏手里的手电筒一下子被他打掉，落到了地上，然后云雾就听见嗷嗷几声惨叫。

云雾急道："沈烨，不要打架。"

纪大鹏扯开嗓门大喊："哥，哥，有人打我。"

云雾一看，赶紧上前拉住沈烨，急道："快跑，他哥很厉害，我们打不过的。"

沈烨就着月光，看见一个高个儿少年已经跑了过来，一迟疑的工夫，云雾已经拉着他跑了起来。

高个儿少年带着纪大鹏在后面追，嘴里喊着："有胆儿你别跑！"

云雾不敢让沈烨有一点儿闪失，不然无法对沈兆言交代，拉着沈烨慌不择路地狂奔。

两人高一脚低一脚地跑着，头上、后背都是汗，慌乱之中已经顾不得找寻方向。一开始是云雾拉着沈烨跑，后来，沈烨跑得快，便变成了他拉着云雾跑。

农村根本没有路灯，脚下的路坑坑洼洼的，借着一点儿月光，两人一阵狂奔，跑不动了才停下来歇口气。云雾弯着腰，扶着膝盖，累得半天说不出话来，沈烨也大口大口地喘气。等两人缓过气来，不约而同地笑了，觉得刚才的一幕真是刺激。

沈烨抹了一把汗，说道："走吧，我们回家。"

云雾看看四周，这才发现自己身后竟然是河塘东头的那片竹林，下意识地就靠近了沈烨，很想再去拉他的手，又有点儿不好意思。

"我们赶快走吧，这是竹林。"云雾的步子很快，恨不得脚下生风。

沈烨一听是竹林，下意识地往里面看了一眼，这一看让他后背的汗毛都快竖起来了——竹林里闪着一些不明的绿色光亮。

沈烨小声道："云雾你看，那就是你们说的鬼火吗？"

云雾扭头看了一眼，撒腿就跑。

沈烨本来不信鬼神，但此刻昏天黑地，又是野外，他一见云雾跑，也跟着她跑。

两人又是一阵狂奔，但是不知道怎么回事，跑来跑去居然又跑回到刚才的那个田埂上。

云雾又急又怕，也顾不上害羞，紧紧地拉住了沈烨的手，带着颤音道："完了，我们碰上鬼打墙了。"

沈烨一听，马上去掰云雾的手。云雾这会儿怕得要死，哪儿肯放开他，恨不得抱着他的胳膊。

"你放手，我要尿尿。据说童子尿可以驱散鬼打墙。"

沈烨此刻有点儿怯，却又觉得刺激惊险，他脑子里想到了以前看的鬼故事，当即就想出了这么一招。

云雾马上松开了手："那你尿吧。"

沈烨站开两步,半天没有动静。虽然漆黑夜色中什么也看不见,但当着一个女生的面尿尿,他还是有心里障碍,酝酿了一会儿还是不行,就对云雾道:"你离我远点儿。"

云雾不肯站远,哆哆嗦嗦地说:"我害怕。"

沈烨无奈,最后闭上眼睛、一咬牙,一阵水声响起。沈烨拉上裤子的拉链,伸手拉云雾继续跑。因为有了童子尿这回事,心理作用占了上风,这一回两人居然没有转回去,跑了一会儿终于看见了自家的院子,两人大喜,放慢了步子。

沈烨问道:"你觉得电影好看吗?"

云雾彻底地松了口气,说:"还行吧,很久才能看上一次,上一回是杨大爷家娶媳妇放的,都有好几个月了呢。"

"等你考上大学,是不是你妈也给你放电影。"

"放电影要花钱的,我不舍得。"

沈烨脱口就说:"那我给你出钱。"

云雾怔了一下,夜色中看不见沈烨的脸,但他这句话说得无比肯定,掷地有声。她当然不会要他的钱,但他的这句话让她很高兴,头脑一热,握着拳头说:"我今天晚上熬夜给你把作业写完。"

沈烨反而有点儿不好意思起来,忙说:"我不是让你给我写作业才这么说的。等你以后考上大学,我请你看电影,在电影院里给你包场。"

云雾高高兴兴地点头:"行,等我考上大学,我去海市找你!"

夏夜的晚风凉爽舒适,天空挂起了一弯银钩,暗青色的苍穹中开始有星星若隐若现。

沈烨看着眼前少女亮晶晶的眼睛,心里有种奇怪的感觉,这个女孩儿肯定会考上大学,也肯定会和他再相见。

沈烨抽完第三支烟,将烟头按灭在烟灰缸里:"那是我离开青山村的最后一晚,第二天下午,我父亲来接我回去。有关我和青山村的故事,到

此为止。"

虞金金接着问："那再见是在大学里？"

"不，再见是一年后。"沈烨垂下眼帘，"暴雨后山体滑坡，她家被埋了，她母亲没跑出来。"

虞金金呆住了。

沈烨道："我父亲听说后，把她接到省城，给她找了一所私立学校，供她念书，给她生活费，对她十分关照。我母亲因为比我父亲年长几岁，一直有危机感，杯弓蛇影得厉害。我父亲怕她误会，一直没告诉她这件事。有时候他去外地出差，便交代我替他去学校给云雾送东西、送钱。"

虞金金的心里莫名沉重。

人生就是这样，不知道什么时候会突然降临祸事。那年，母亲退休，父亲买了辆车，开开心心带着她出去旅游，结果在高速上出了事，她和虞树瞬间失去了父母。

沈烨从包里拿出几张图纸递给虞金金："我根据她家里的布局，画了几张图给你，方便你写场景。一切都要还原成她童年的样子。"

虞金金看着那一沓图纸，心里十分感慨——沈烨也太用心了。房间里的床、窗户、书桌，都一一标了位置，甚至堂屋里墙壁上贴着的奖状他都标注上了。但并不是只有云雾，还有一个名字，纪棉。

沈烨讲过，云秋生的是双胞胎，一个判给了父亲，而云雾是被判给云秋后改的名字。

虞金金忍不住问："纪棉是你太太以前的名字？"

沈烨淡淡道："不，那是她妹妹。"

虞金金不知道的是，沈烨口中的纪棉，此时正和周梨一起。

周梨身为律师，见过太多夫妻关系或是情侣关系出现问题的女人，她们大都是一脸憔悴、悲观、绝望、颓废甚至暴戾。纪棉是屈指可数的镇定的一类，也是屈指可数的漂亮女人。她年轻的面孔上有一双极成熟的眼睛，而且这双眼睛十分灵动澄澈，可以说很漂亮。

因为好友虞金金是个编剧，周梨耳濡目染，所以对娱乐圈也较为关注，偶尔还跟着虞金金去剧组看一下明星。

可就算是明星也很少见到素颜时皮肤这么好的，光洁紧致，近乎看不见毛孔。

两人最开始认识，是有人推荐纪棉来找她打一个名誉侵权的小官司——有人在网上散布纪棉是地产商沈兆言的私生女。这个小官司毫无悬念地胜诉了。

从那以后，纪棉时不时向她咨询一些法律问题，后来又很巧地在同一个健身俱乐部健身，于是她们便成了朋友。

但是两人的友情并不深厚，只停留在表面，对彼此的私生活也所知甚少。

周梨直到最近才知道她结了婚。丈夫是谁，纪棉不提，周梨也不打听。正因为这样，纪棉才觉得她很可靠，所以就最近生活里出现的一些状况来咨询她的意见。

"作为全职太太，我有大把大把的时间，我最大的爱好就是看剧，尤其是福尔摩斯探案之类的美剧。所以，我先生的不对劲儿，我第一时间就感觉到了。"

周梨保持着职业性的认真倾听的表情。

纪棉叹气道："从小到大追我的人数不胜数，我从来都没想过自己会有今天。这件事我没和别人谈过，我不想被人背地里议论。和家人说，又怕他们担心。"

周梨问："和闺蜜呢？"

纪棉撑着腮，妩媚地叹了口气："你觉得我这么漂亮、运气又这么好的女人会有闺蜜吗？"

周梨憋着笑。

纪棉一脸认真地说:"我从小就没有女性朋友,她们怕和我站一起被比成丑八怪。长大后就更没有了,她们担心男朋友被我抢走。再后来,我嫁给我先生,她们就更不想和我一起,不仅把她们比下去了,我先生也把她们的老公比下去了,简直是双重打击。"

周梨似笑非笑地看着她。她长得甜美妩媚,所以说出这么嚣张的话并不让人反感。唉,这个看脸的世界。

纪棉娇嗔地看着周梨:"我想来想去就只有你这个朋友能帮我出点儿主意了,你嘴巴又严,点子又多。"

周梨微笑道:"承蒙夸奖,不胜荣幸。"

"我先生事业有成,是个知名人士,我不想去找私家侦探,也不想传出八卦绯闻,我只想让他把心收回来。你说,一般感情出现问题,挽回的概率有多大?"

周梨想了想,很认真地回复她:"因人而异。乐观地说,只要对方还活着,就有挽回的机会。"

纪棉扑哧一声笑了。

周梨看着她的灿烂笑靥,心想,笑得这么明艳开心,哪里像是老公要出轨的太太:"感情出现问题是很正常的。斯滕伯格的爱情理论认为,亲密、激情、承诺是爱情的三要素。你先生处在一个诱惑比较多的位置,承诺那一项比较难遵守。"

纪棉苦恼地揉着太阳穴:"是啊,年少多金的男人,不知道多少女人主动往上扑呢。"

周梨道:"我建议你还是要出去工作。举个例子,你在商场里看到一件漂亮衣服,总是担心它会被别人买走,但是你买回来放在衣柜里,就再也不会担心了,唯一担心的大约就是它会过时。"

纪棉摇了摇头:"他不想让我出去工作,就让我在家里当全职太太。"

周梨欲言又止。全职太太风险高,哪怕年轻貌美,可脸总是会老的,江山代有美人出啊。

刚好周梨有个客户来,纪棉便起身告辞了。

此后几天风平浪静,周梨也不知道纪棉和她先生之间究竟如何了,是风声鹤唳草木皆兵,还是当真有出轨的苗头?

周五的傍晚,她突然接到纪棉的电话,让她赶紧过来帮一个忙。

周梨开车赶到燕湖的时候,纪棉已经等得不耐烦了,她手里还提着一个大包,像是要去远足。

"你这是?"

"这是我准备的工具。"纪棉气势汹汹地打开包。里面装着照相机、防狼喷雾,还有一个小型的擀面杖。

周梨摸了一下眉毛……陪同捉奸?她当然不会同去。一来,和纪棉的友情还没好到那个地步,若是虞金金的对象,自然要两肋插刀。二来,捉奸搞不好就会出事,她一个律师,学法律的,绝对不会插手。可若是掉头就走,以后连朋友都没法做了,像纪棉这种富太太都是潜在客户,需要好好维护关系。

纪棉催她:"快点儿,他已经走了二十分钟了。"

周梨反问道:"你确定他是去见女人?"

"他接了一个电话,告诉我要出去和朋友谈事。"

周梨如实说:"这很正常啊。"

作为一家公司的总裁,晚上有应酬非常正常。

"和男人谈事,出门前还要洗澡换衣服就不太正常。我趁他洗澡时看了他的手机,通话记录里显示最近一个电话是七点十分,但他明明是八点钟接的电话，心里没鬼的话，为什么接完那个电话要删掉通话记录呢？"

女人都有当福尔摩斯的天分。周梨很认同她的直觉，但并不认同她的做法，于是让她把这些东西都放回家，换条裙子，化个妆再下来，还很体贴地问她半个小时够不够。

纪棉风度全无地跺着脚说："半小时？半小时他们都做完了！"

"不会的，他们还没走到那一步。如果出轨很久了，他不会如此注重仪表。"周梨的声音清澈干净，语气非常笃定，莫名有一种让人信服的力量。

纪棉又问："那我要不要给他打电话，说我病了，让他回来？"

周梨笑了："以后再遇到这种情况怎么办？你不可能天天病。"

"那怎么办？"

"追过你的男人中，有没有比较优秀的，你先生知道名字但没见过面的？"

纪棉没好气地回答："当然有啊，追我的人多了去了，他知道的。"

周梨点头道："那你现在给他打电话，就说一个男同学出差来这里，要约你见面，你可能会晚点儿回家，让他不要等你。"

纪棉不解地问："什么意思？"

"你先按我说的做。保持平静，别让他觉出你的异样。"

纪棉做了几个深呼吸，拿出手机。打完电话，周梨又给她发了一张照片，交代她发朋友圈，然后配文字："十年不见，有些激动。"

纪棉看着照片，不禁愣了一下。

不知名的山丘，旭日初升，一个男人站在岩石上，照片上的他只有一个侧颜，肌肤白皙，轮廓挺秀，虽然留着过耳长发，却丝毫不觉得阴柔，反而有一种极度清俊的美。

"这是谁？"

周梨说："一个朋友。"

纪棉此时此刻根本无暇关心别人，他按照周梨的吩咐发完朋友圈，提着一包凶器急匆匆地回去了。

周梨锁了车，站在湖边吹风。杨柳依依，风里带着水气，在这个干燥少雨的城市，燕湖区是房价最贵的地方，她身后这片依水而居的别墅区更是贵中之贵。不知道多少人羡慕这燕湖别墅区里过着富太太生活的女人，然而富太太们也并非都是快乐无忧的，比如刚才这位纪棉。

周梨也是情急之中临时想出这个办法来安抚纪棉，至于成不成，她没有十足的把握，反正不能跟着她去捉奸。

很快，纪棉收拾妥当出来了，这可能是她有史以来打扮得最快的一次。

她生了一张标准的古典美人脸——鹅蛋脸、柳叶眉、樱桃小口，额头顶着美人尖，毫无瑕疵的肌肤和完美无缺的身材，是那种走在街上，哪怕是在漆黑的夜晚，也能引得男人回头再看一眼的女人。

周梨看着她，心里想如果自己是男人，家里有一个这样的美颜娇妻，是否还会出轨。

答案是：会。

纪棉上了车，问："接下来怎么办？"

周梨镇定地说："我们去喝茶。"

纪棉急道："喝茶？这个节骨眼上还喝什么茶，我要去看看那个女人是谁。"

周梨问："你是要挽回你先生的心呢，还是要去查出那个人是谁？"

纪棉瞪着她说："当然是前者。"

周梨笑道："那你先听我一回。"

周梨把车子停到燕湖边的一家茶社,带着纪棉进去。茶艺师手法娴熟,姿态优美,然而纪棉根本没心思看,也没心情喝茶,她看着手机,度日如年,极端焦躁之下,居然开始抖腿,意识到这样极不淑女,便跷起了二郎腿。

周梨拍了几张室内的照片,挑了几张比较好看的发给了纪棉,接着又给她发了一张照片,还是那个男人,这次是他的背影,站在一架书前,手里捧着一杯咖啡,懒懒散散地站着,却是风流倜傥的模样。

纪棉仔细一看,居然就是这家茶社。周梨带她来这里,原来是为了让这个莫须有的约会看上去比较真实。

"你朋友很帅啊。"

周梨莞尔:"不帅的话,怎么能让你先生有危机感呢?"

纪棉恍然大悟:"哦,我懂你的意思了,再给几张正面照吧。"

周梨摇着头说:"放正面照一看就是假的,偷拍只有背影和侧面。"

纪棉笑了笑:"也是。气得我智商都下降了。"

周梨稳操胜券地说:"放心吧,如果我没猜错的话,大约再过半小时,你先生就会给你打电话,问你在哪儿,说他已经谈完事情,顺路来接你了。"

纪棉半信半疑地问:"当真?"

周梨信心满满地点点头:"攘外必先安内,后院都要起火了,他哪儿还有心情去约会,得赶紧回来灭火。"

纪棉笑了:"有道理。"

果然,不到十分钟,手机响了,纪棉一看电话号码,立刻露出开心的笑靥。

"嗯,你来接我?那好啊……啊,不用上楼。你到了给我打电话,我下去就行了。"纪棉喜滋滋地挂了电话,对周梨竖起大拇指:"果然被你猜对了。"

周梨暗暗松了口气,还好,这一步险棋走对了。

十五分钟后,纪棉接到电话下楼,周梨送她到楼梯口,纪棉提着裙子下了几步台阶,突然停住,然后回眸一笑:"周梨,你不愧姓周。"

周梨懂了她的梗,嫣然一笑:"周瑜可不是我先祖,同姓而已。"

纪棉挥挥手,笑吟吟下了楼梯。

周梨回到房间,走到窗户前,看见一辆黑色奔驰停在茶社的楼下。

从车上下来一个高挺英俊的男人,有钱人很多,可是年少多金又如此俊美的堪称难得,纪棉所言不虚,的确是很招人嫉妒。他替她打开车门,风度翩翩,在他关上车门转过身来的那一刻,灯光照亮了他的脸,那是一副英俊得让人过目不忘的面孔。

周梨手里的杯子差点儿掉到地上,她丈夫竟然是沈烨!

第五章
扑朔迷离

"我最恨别人骗我。我希望这是最后一次。"踏入家门，沈烨说出了自上车以来的第一句话。清冷的灯光下，他的眼神格外冷寂。

云雾心里一沉，第一念头便是难道他发现了她在说谎？转念一想，怎么可能。周梨给她出的主意是临时想出来的，只有她们两个人知道，周梨不认识他，绝对不可能给他通气。除非他派人跟踪了她，才会知道今天晚上并没有什么"同学"与她约会，朋友圈的照片是假的。可是她百分之一万的肯定，沈烨绝对不会派人跟踪她。

云雾压下不安，反问："我怎么骗你了？"

沈烨不作声，目光冷冷地盯着她看了半晌，才一字一句地问："你当真没骗我？"

云雾心里一慌，低声道："我说的是今天。"

"我说的也是今天。"沈烨面无表情地看着她，目光锐利如刀。

云雾在他的目光中久久没有出声。他如此肯定，显然再辩解也是多余，可他究竟是怎么发现的呢？他真的派人跟踪她？如果是那样，那反倒是个好事，证明在他心里，她还不是那么轻如鸿毛。

夜静无声。

两人的距离很近，近到她一伸手臂就能抱住他，近到可以闻见他身上好闻的气息。

她壮着胆子，刚刚抬起手，沈烨却猛然往后一步退开，然后转身走进房间，砰的一声关上了房门。
　　云雾咬着唇，看着关上的房门，一动不动地站着，良久，她长长地吐出一口气。

　　虞金金从洗澡间出来，看到手机上有三个周梨的未接来电，忙打过去问她什么事。
　　周梨一向冷静，今天却像方宝怡看见偶像一样，语气一惊一乍的："你猜我今天看到谁了？"
　　虞金金一头雾水："谁啊？"
　　"沈烨。"
　　虞金金扑哧一声笑了："这没什么稀奇的啊，他虽然是个老总，可也是个凡人，出现在凡间不是很正常吗？"
　　"不不，你听我说完，我一直好奇沈烨的老婆是个什么样的人，没想到居然就是我的一个客户。这真是太巧了！"
　　虞金金也被这个巧合惊到了："你的客户？"
　　周梨笑道："对啊，叫纪棉。刚刚她老公来接她，我一看是沈烨，差点儿没喊出来。你说是不是太巧了？"
　　虞金金一听，愣了："你说什么？他老婆叫纪棉？不可能的，他老婆叫云雾。"
　　周梨愕然："不会啊，千真万确，就叫纪棉。我当年给她打官司的时候见过她的身份证，的的确确就叫这个名字。"
　　虞金金很笃定地说："不对，纪棉是云雾的妹妹。两人是双胞胎，沈烨亲口告诉我的。"
　　周梨不解地问："那她们俩为什么不一个姓？"
　　"父母离婚，一人判了一个孩子，云雾改名跟她母亲姓了。"
　　"原来如此。"

虞金金说:"是不是晚上天黑,你认错人了?你就签合同那天见了沈烨一次,没记清他长什么样吧?"

"不可能。我干这行可是练就了一双火眼金睛,绝对不会轻易认错人,而且像沈烨那么帅的男人并不多见。我绝对没有认错。"

虞金金相信周梨的话,她的的确确在认人这方面有过目不忘的本事。难道说,还有个人和沈烨长得一模一样?沈烨也有个双胞胎兄弟?一对双胞胎和另一对双胞胎?

脑子里一闪过这个念头,她就自己先否定了,那不可能,没那么巧的事,她在小说剧本里都不好意思这么写。

虞金金问她:"你有没有纪棉的照片?"

周梨先说没有,想了想又说:"我有一张健身房的自拍照,里面拍到了她,你稍等,我给你找找看。"

"嗯,你发给我看看是不是一个人。"

周梨挂了电话,去翻朋友圈的照片。

虞金金脑子有点儿转不动了。这究竟是怎么回事?难道说,沈烨这边和云雾结了婚,那边和纪棉在一起,脚踏两只船?如果真是这样,无论纪棉还是云雾都不会答应的,毕竟是新时代女性,还受过高等教育,谁能接受两女共侍一夫?

除非,沈烨是瞒着两人的。可是,他把自己和云雾的爱情故事拍成网剧昭告天下,就不担心纪棉知道?不担心纪棉嫉妒?无论是谁,也不会大方到这个地步吧?哪怕对手是自己的亲姐姐。

虞金金琢磨得入了神,设想了各种可能,直到周梨给她发了微信消息。

虞金金看了之后,不能百分之百确定这就是那张结婚照上的云雾,但至少长得很像。

周梨迫不及待地问:"是同一个人吗?"

虞金金如实说:"我不能确认她们是不是同一个人,但至少看起来很

像很像。"

"双胞胎一般都很像。要么是同一个人，要么就是姐妹。难不成是沈烨左拥右抱，娶了一个还包养了一个？"

虞金金感到一阵恶寒："别说了，再说下去，我这剧本都写不下去了。"

周梨好奇不已："那你说这是怎么回事？"

虞金金揪着头发："我也想不通啊。除非是她以前叫纪棉，后来改名叫云雾，可是沈烨明明白白地告诉我，纪棉是云雾的妹妹。"

"如果沈烨没撒谎，真的有双胞胎，那就是沈烨同时和姐妹俩在一起，脚踏两只船。"

虞金金立刻否定了她的猜测："不，我觉得沈烨不是个朝秦暮楚的男人。他说起云雾的时候，眼神很温柔，语气也很温柔。他没必要对我一个外人演戏，而且我也接触过演员，我觉得沈烨那种表情不是演出来的，是真的陷在回忆里了。"

"这就奇怪了，我一个律师都被搞糊涂了。"周梨拍了一下脑门，"对了，你知道纪棉来找我干什么吗？她怀疑沈烨出轨，让我给她出主意。"

虞金金惊呆了："出轨？他一边替她安排如此大手笔的生日礼物，一边出轨？"

周梨道："你错了，如果纪棉和云雾不是一个人的话，他安排礼物送给的是云雾，可不是给纪棉。"

"那你的意思是，沈烨出轨的对象是云雾？这也太搞笑了吧，那是他老婆。"

周梨分析道："沈烨分别和两个人在一起，她们彼此不知情，是说得通的。云雾不知道他和纪棉在一起，而纪棉也不知道他和云雾在一起。所以，纪棉感觉他有问题，怀疑他出轨。"

虞金金又断然否定道："这不可能！他已经和云雾结婚了。结婚照我亲眼看见过。如果他谈恋爱时脚踏两只船还能瞒住,这都结了婚还怎么瞒?难道姐姐结婚了,不告诉亲妹妹?"

周梨忽然灵光一闪:"对了,纪棉被判给她爸了。如果姐妹俩就此断了联系,彼此都不知道对方的存在。那沈烨不就可以在两人之间周旋了吗?"

虞金金一愣,是啊,可再转念一想,又觉得不对:"脚踏两只船的男人,一般送礼物都是背着两边,分别讨好的。沈烨明知道两人是姐妹,那他送云雾这样的礼物,等于是昭告天下他爱云雾。他这么大张旗鼓,闹得众人皆知,不担心纪棉会吃醋?而且两人可是同一天生日啊。"

周梨也愣住了:"对啊,这不是活生生地打脸吗?"

"我觉得最大的可能就是云雾就是纪棉,纪棉是她改名之前的名字。"

"难道说,她只是口头改了名字,身份证和户口本上都没改?沈烨告诉你纪棉是云雾的妹妹,难道说他连云雾以前的名字都不知道?云雾在外面用的身份证上写的是纪棉,他不知道?那他结婚的时候总会看到她的身份证的吧!"

虞金金也确实不解这一点,想了想说:"你不是和纪棉在一个健身俱乐部吗,你下次见她,问问看她都看什么书。沈烨说云雾是我的读者,而且她很喜欢《玫瑰雾》那个小说,如果纪棉不知道这部小说,也就不是我的读者,那就说明有问题。"

周梨无意中收获一个惊天的八卦,好奇心被勾到了天花板上,一晚上激动不已地在网上搜沈烨的新闻,想找些蛛丝马迹,可惜的是,没搜出任何有用的消息。

还好,第二天她就在健身房见到了纪棉。两人以往经常在一起聊天,说说美食和影视剧。周梨这次从一部小说改编的当红电视剧说起,然后说到了原作,话题自然而然地就带到了小说上面。

周梨试探着问:"你平时喜欢看网络小说吗?"

纪棉一边做拉伸运动一边说:"我不怎么看小说,看剧比较多,我上次不是和你说过吗,我喜欢看快节奏的美剧,尤其是推理型的。"

周梨接着套她的话:"我挺喜欢看小说的,有个叫择一的作者你知道吗?"

纪棉摇摇头说:"没听过。"

周梨心里一凉,接着说:"她不是很出名,写了几年小说之后开始做编剧了。"

"是吗,那她编剧过什么作品?我抽时间去看看。"

周梨说了一个剧名。

纪棉笑着摇头道:"没看过,我晚上回去瞅瞅。"

周梨几乎确定她不是云雾了,那感觉就如同看到一部精彩的小说,如痴如醉地看到最后,发现作者烂尾了。

当初听虞金金说沈烨和云雾的故事,她这个一向对感情淡漠的人都生出了羡慕向往之意,可现在突然发现这是个弥天大谎。

她瞬间就失去了和纪棉聊天的兴致,默默地去踩椭圆机。纪棉也上了旁边的椭圆机,踩了几下,突然停下来,扭头说:"周梨,我告诉你一个事,你别生气哈。"

周梨意兴阑珊地问:"什么事啊?"

"其实,纪棉是我妹妹,我叫云雾。"

怎么回事?她是云雾?

"我和我妹是双胞胎,她身体不好,一直有病,当初去律师事务所找你的是她,后来再和你见面的人都是我。我们长得很像,所以很少有人能分得清。"

"……"

云雾不好意思地笑着说:"本来以为办完那个案子之后我们就不会再见面了,没想到现在有缘成了朋友,再这么一直骗你好像不合适了。"

周梨一时半会儿转不过弯儿,愕然半晌才挤出一抹笑:"原来是这样。"

云雾嫣然一笑："对啊，你以后叫我云雾吧。"

周梨愣了一下，笑着说"好啊"，心里却暗暗后怕，以后再接案子可真的要小心一点儿，居然还有这种操作。不过，这种事谁能想到啊，简直绝了。

不过如此一来，终于解释通了为什么沈烨会"脚踏两只船"，因为她就是云雾。想到沈烨，周梨忍不住问："对了，你先生那边……"

云雾不好意思地说："可能是我多心了吧。昨天晚上回去之后，我留意看了看他的衣服，没有发现什么。今天早上他秘书给他发行程表，我偷偷瞄了一眼，刚好看到昨晚上的最后一项行程，是去见一个法国设计师。"

周梨莞尔："所以特意打扮了一下。"

云雾窘笑道："对啊。"

周梨安慰她说："有你这么漂亮的太太，又是新婚，他应该不会有别的想法的。"

云雾吐了吐舌头："那可难说。我先生算是人见人爱的那种男人，就算他对别人没有什么想法，也挡不住别人对他有想法啊。"

周梨笑而不语。果然是情人眼里出西施啊，沈烨的的确确很帅，可人见人爱，这未免太绝对了。比如她，别人再好她也不会动心，因为她心里还有更好的。

她昨晚发给云雾的那两张照片，其实是她偷拍的老板闻凯的照片。

年少有为，英俊温柔，知识广博……都不足以形容闻凯的好，所以她足足将他放在心里暗恋了三年，打死也不想跳槽。

从健身房出来，周梨给虞金金打了个电话，把云雾的话转述了一遍。

虞金金听完，如释重负地松了一口气："我就说嘛，沈烨怎么可能是那种人。你都不知道，他讲起云雾的时候，那种眼神和表情是没法作假的。尤其是对着我这么一个无关的外人，他压根儿也不需要演戏啊。"

无论写过多少感天动地的爱情故事，那都是她虚构的、想象的，震撼人心的力度远比不上在眼前看到这样的爱情。虞金金于公于私都不希望沈烨是在做戏，更不希望沈烨是那种脚踏两只船的渣男。如果沈烨真的是那种人，她这个剧本就有点儿写不下去了。

周梨笑嘻嘻道："虚惊一场。好吧，我又重新相信这世上还是有爱情这个玩意儿的。"

虞金金叹气道："本来就有啊，只不过是我们碰不到而已。"

周梨马上说："只是我，不包括你哈，你好歹还和陆野有过一段呢。如果爆出来你是他的初恋，说不定你就红了。"

虞金金苦笑道："我们得靠实力啊，剧本写得烂，认识谁也不行。再说我可不想被爆出来，那样的话，肯定被扒得体无完肤。"

周梨打趣道："说起来你们也是蛮有缘分的，兜兜转转，现在差不多也算是一个圈里的人了，说不定哪天就碰上了。到时候久别重逢，旧情复燃，哈哈哈哈。"

"怎么可能呢。他现在是炙手可热的明星，我是名不见经传的小编剧，天差地别，早就不是一个世界的人了。"

周梨一本正经地说："那可不一定啊，我看他对你还是念念不忘的，那天我看到一段采访，他提到了给那款手表代言的缘由，一看想说的就是你，欲言又止的。"

虞金金忙转开了话题："对了，你以后和云雾经常见面，你可别说漏了剧本的事，沈烨打算给她一个惊喜的。"

"我当然知道，这还用你交代！对了，我就好奇地问一下，云雾和沈烨是怎么认识的？"

"沈烨的父亲沈兆言，和云雾的妈是一个村的同学，后来云雾的妈去世了，沈兆言把云雾带到省城来抚养长大。"

周梨哦了一声，突然又咦道："那很奇怪啊！"

"怎么奇怪了？"

"我当时是给纪棉打的官司。按你的这个说法，造谣的人应该怀疑云雾是沈兆言的私生女才对，怎么会是纪棉呢？纪棉不是判给了她父亲，一直没和沈兆言有什么来往吗？"

虞金金道："我不知道。沈烨目前还没提到。"

在沈烨的讲述中，纪棉至今还只是出现在奖状上的一个名字，虞金金对她的了解也仅此而已。

周梨摸着下巴，分析道："既然云雾替纪棉打官司跑腿，说明姐妹俩一直有联系，而且关系还很亲密，平素肯定有来往，这样的话，造谣的人应该知道她们是一对双胞胎，那为什么单单造谣纪棉是沈兆言的私生女，而不造谣云雾呢？"

虞金金一愣："是啊，这么说来是有点儿奇怪。"

周梨突然想起来一件事："对了，我问她是不是看过你的小说，她竟然毫无印象。这也有点儿不对劲儿啊。"

"可能是时间久了忘记了，像我和方宝怡这种经常看小说的人，看完基本上也记不住作者是谁，除非是大神。"

"可沈烨不是说，云雾是你的粉丝？"

"可粉丝也会爬墙啊，方宝怡粉的偶像三天两头就换，你问她前年粉过谁，她压根儿就记不清。而且读者粉作者，往往不是唯一的，一粉一大堆。也或者是她这几年不怎么看小说了。"

虞金金的理由并没有说服周梨："我有一种诡异的直觉，事情好像没那么简单。"

虞金金忍不住笑道："我看你别当律师了，改行当侦探吧。"

周梨认真道:"我是说真的,以我这么多年的从业经验来看,这个事有点儿蹊跷。沈烨那边如果提到纪棉的事,你给我讲讲。我的性格你也知道,一定要弄个水落石出才行。"

"好,你别告诉别人就成。"

"这个你放心。我周律师的嘴巴有多严你还不知道吗?"

沈烨隔天约了虞金金,继续讲述云雾离开青山村的故事,纪棉也终于在他的故事里出现。出乎意料的是,她并不是一个身体羸弱、常年有病的小姑娘。

云秋过世的消息,沈兆言是两个月后从蒋成达那里知道的。那天是教师节,他心血来潮给蒋成达打了个电话。蒋成达说起了云秋的事情,很是唏嘘。

云秋的前夫纪发为了要个儿子,和云秋离婚后娶了张霞。张霞带过来一个儿子,叫陈钢,两人婚后又生了一个儿子,就是纪大鹏,加上纪棉,一家三个孩子,负担很重,所以张霞坚决不肯接受云雾。

纪发本来就重男轻女,云雾打小就没跟着他,一点儿感情也没有,索性也就不管不问。

云雾无家可归,只好暂住在蒋成达家里。

沈兆言素来不是个心软的人,但云秋和蒋成达在他心里不同于别人——一个是在他最苦难的时候帮过他的人,一个是他被人轻贱嫌恶时给他温暖爱意的人。以他现在的财力和能力,养大一个小姑娘不在话下,于是他让司机赶去青山村把云雾接了过来,给她找了一所私立学校读书。

这所私立学校管理很严,要求必须住校。可是沈兆言想到云雾刚从乡下来,担心她无法融入新环境,或者在宿舍里被同学排挤、欺负,便在学校旁边租了一套房子,请了个保姆来照顾她的生活起居。

在外面租房子，其实沈兆言还有一个不便对云雾说出口的原因。平时云雾可以住校，可是寒暑假和周末总要有个容身之所，把她领回自己家是不可能的，以林烟的脾气绝对不会答应，而且还会疑神疑鬼，无事生非。

沈兆言打算一直不告诉林烟，但他忙起来顾不得去关照这个孩子会是常有的事，于是便把沈烨叫到书房。

周六难得放松一天，沈烨正在热火朝天地打游戏，被老爸打断了一脸的不高兴。但是当听到云秋去世的消息，他那一脸的不快瞬间消失得无影无踪。

他在青山村的那段时间，云秋对他极其温柔和善，而且关照有加。就算相处时间不长，可毕竟不是陌生人。这是沈烨第一次听到认识的人离世的消息，对他来说是个严重的打击。

沈兆言交代他说："云雾她妈妈刚过世，她肯定很伤心，她在这里又没朋友。你周末和同学出去玩儿的时候叫上她，带她去看看电影、打打球。"

沈烨点了点头说："知道了。"

沈兆言又嘱咐他："你可别欺负她。"

沈烨一脸不悦，反问道："我干吗要欺负她？"

沈兆言欲言又止，想了想说："这事别告诉你妈。"

"为什么不能告诉我妈？你心里有鬼啊？"沈烨正值青春期，对父母的关系已经很敏感，当即就翻了脸，说话毫不客气。

沈兆言脸色一沉："你去过云老师家，她过的什么日子你很清楚，我心里要是有鬼，会等她去世了才去关照她女儿？"

沈烨想想也对。如果父亲真的和云雾的妈妈有什么瓜葛，肯定不会这么多年也不回青山村。就算不回去，他也会让人送钱过去给云秋，不至于让她过得那么清贫。

翌日，沈兆言便开车带着沈烨去看云雾。

时隔一年，沈烨再见到云雾，吓了一跳，本来就很清瘦的一个女孩儿，现在简直跟纸片一样，被风一吹就能飞走。

"你怎么瘦成这样了？"沈烨都有点儿不敢大声说话，生怕一口气把她给吹飞了。

沈兆言见惯了儿子对同学大呼小叫、横眉竖眼的样子，忽然看见他对云雾的这个态度，倒是放心了，觉得沈烨应该不会欺负她。

时隔一年再见，云雾有点儿腼腆，打量着一年之内比自己高了一个头的少年，小声说："你长得好高了呀。"

沈烨说："你多喝点儿牛奶，回头我带你打篮球，打球长个儿。"

沈兆言道："我平时很忙，不能经常过来。你有事就给我打电话，要是我不在，有急事就找沈烨。"

云雾忙说："叔叔，我会自己照顾自己的。"言下之意，她不会去叨扰他们父子俩。

沈兆言柔声说："你在学校里如果碰见什么事要及时告诉我。比如同学欺负你了，老师针对你了，都要说出来。"

云雾点点头说："叔叔放心，我不会在学校里惹事，会好好学习给叔叔争气的。"

沈兆言忍不住摸摸她的头："不是给叔叔争气，而是给自己争一个光明的前途。叔叔不需要你回报，你不要有任何的压力，好好学习。"

云雾红了眼眶，她望着沈兆言，半响才出声："谢谢叔叔。"

沈兆言看着小姑娘单薄的身体，柔声道："你要好好吃饭，好好锻炼身体。叔叔活到这岁数，发现这一辈子什么都是虚的，唯有身体是从头到尾陪你一起打江山，永远不会离开你的战友。"

云雾似懂非懂地点了点头。从见到沈兆言的那一刻起，她就没有大声说过话，也没有反对过沈兆言的任何提议。

沈兆言心想，还是养姑娘好，多乖巧听话，不像沈烨这浑小子，越大越不好管。

沈烨听着父亲柔声细气地和云雾说话，心里莫名泛酸。沈兆言对他可没这样过，从来都是冷眉冷眼地板着脸。他不耐烦地打断沈兆言："我和人约好了在体育馆打球，你把我们捎过去吧。"

云雾忙说："我不会，你自己去吧。"

"没事，今天你先看我们打。再说，你还没衣服和运动鞋呢。等我们打完球了，我带你去买衣服和鞋。"说完，沈烨趁机找沈兆言要零花钱。

云雾忙说："我有衣服的。"

沈兆言直接给了沈烨一张卡："你给她买点儿衣服和日用品，再买个手机。"

那时，手机还不像现在这般常见，尤其是在乡村。云雾急得脸色都变了："叔叔，真的不用，你为我花这么多钱，我晚上都睡不着觉了。"

沈兆言忍不住笑着说："算叔叔借你的总行吧？等你长大挣钱了，发再还我。"

云雾当然知道这是沈兆言宽慰她的话，也不知道如何表达自己心里的感动，咬着嘴唇，眼眶红红的不知道说什么。

沈烨看着她，忽然想起自己小时候养的一只小白兔。她和他班里的那些女生同龄，可怎么看都不是一个世界的人。他可以对班里的女生不客气，甚至粗声大气，可要是对她也那样，似乎有些胜之不武的意思，相反，他对她有种莫名其妙的不忍心。

第六章
青春年少

沈烨到了体育馆,早有三个男生在等着,都是他的同学,他们平时关系很好,周末放假喜欢约在一起玩儿。

他们见沈烨带了个女孩儿过来,都有些惊讶。因为沈烨平素最不喜欢和女生相处,嫌她们事儿多,今天打球居然带了个女孩儿,实在是新鲜。

处在青春期的孩子,最喜欢八卦感情的事,可是他们看到云雾,却全都没往别处想,学校里追沈烨的女生数不胜数,这么土的女孩儿,绝不可能和沈烨有什么。

以他们对沈烨的了解,沈烨绝对瞧不上云雾,这女孩儿虽然皮肤挺白,长得好看,可两人的气质实在差得太大了。

颜正比较活泼,率先问:"这是谁啊?"

"我亲戚家的小孩儿。云雾,这是颜正,周博,叶城。"沈烨简单地介绍了一下,便让云雾坐到旁边观战,让她看他们怎么运球,怎么投篮。

云雾很听话,一动不动地坐在旁边看。

这是四个和她同龄的少年,可是个个都长得高大挺拔,在球场上生龙活虎地跳跃争抢,开怀大笑。

云雾静静地看着,心里充满了不能对人言说的自卑。

她在青山村时从来没觉自卑,虽然父母离婚了,可云秋是学校老师,她是尖子生,成绩优异,她周围是和她一样的同学,甚至有的还不如她。

可是，来到这里，她成了班里最土、最穷的那个，她蹩脚的普通话引起别人的哄笑，她引以为傲的好成绩在这里也不值一提，班里比她成绩优异的人比比皆是。这所私立学校里的孩子从小就上各种辅导班、学习班，不论学习还是家境，都和她不可同日而语。

她和他们原本不在同一个操场、同一条跑道上，她没感觉到自己的落后，也不觉得有压力。

可是来到市里，在沈兆言给她提供了最好的条件后，她突然和这些人站在了同一个操场、同一条跑道上，她这个落后了很多圈的人要怎么样才能赶上去？

虽然她没有在沈兆言面前表现出任何不安和压力，可是这会儿看着眼前的这四个男生，她情不自禁地在心里暗暗对比着自己和他们的差距，深藏着的自卑和黯然不由自主地就露了出来。

沈烨无意中扭头看见云雾脸上的表情，动作一顿，停了下来。

颜正刚好朝着他传球，他毫无反应，篮球从他的肩头越过，径直朝着云雾砸过去。

云雾正在发呆，眼前黑影一闪，就听见"砰"的一声，她的鼻梁一阵剧痛，整个人仰面倒了下去。

四个人赶紧围了上来，沈烨一把扶起她，云雾觉得鼻子下热乎乎的，抹了一把，手上全是血。

颜正又惊又怕，赶紧问："你们带卫生纸了吗？"

几个男生互相看了看，表示都没带。

沈烨伸手捏住了云雾的鼻梁，说："你不要仰头，我妈说捏着这里一会儿就好。"

在城市里长大的孩子之间比较开放，谁都没觉得这有什么不妥当，可是对云雾来说，和男生的脸挨这么近，她很不自在。

她小声说："我自己来。"

沈烨说:"你别动。"

少年蹲在她面前,清秀俊逸的面孔就在她眼前,咫尺之遥,他身上有淡淡的汗味儿,可并不难闻。

云雾更觉得别扭,只能垂着眼帘。

沈烨后知后觉地发现她的眼睫毛很长,眼睛也很修长,眼尾有个上挑的弧度,似乎有点儿丹凤眼的意思,由于她的眼睛很大,所以只有垂着眼帘的时候才能瞧出来那种好看的弧度。他继而感觉到手指下的肌肤很光滑,小小的鼻梁和软软的鼻骨都和自己的大不一样。原来女生是这样的,他心想。

"好了吧。"云雾很不自在地催他放手。

"你去卫生间洗洗吧。"沈烨错开目光,指了指旁边的过道。

云雾捂着鼻子就去了。

颜正看着她的背影,突然来了一句:"刚才仔细一看,你家这亲戚长得还蛮好看的,就是有点儿土。"

沈烨斜了他一眼:"对啊,就你不土,蓝裤子配紫鞋。"

周博和叶城都忍不住笑了。

云雾洗了脸回来,沈烨没心思再打球了,便领她去商场,要给她买衣服和篮球鞋。云雾借口在学校要穿校服,死活也不肯试衣服,怎么都不肯买。

沈烨知道她的心思,没勉强她,把她送回去之后,自己替她做主买了衣服和鞋子,还有一个翻盖手机,直接送了过去。

云雾觉得衣服和鞋子已经是一大笔开销,再看见手机,更是坚决不要,非让沈烨去退掉。沈烨只好说这是他妈不要的旧手机,骗云雾收了。

此后数月,沈兆言去看过云雾几次,见她生活没什么问题,在学校适应得很好,便放了心,有时候忙得没时间,便让沈烨过去看看,送点儿好吃的零食和水果。

一晃到了春节,沈烨放了寒假。沈兆言交代他没事带云雾出去玩儿,可是沈烨无论怎么叫,云雾都不肯,她买了下学期的课本,要趁着假期赶超别人。

她和别人不同,她承着沈兆言的恩,所以,中招考试她无论如何都要考好。她不能丢沈兆言的脸,不能让他失望。

虽然沈兆言说过不要她报答,可是她心里把这个恩情记得清清楚楚,哪怕做梦都梦到自己已经长大成人,替沈兆言做事来报答他。可是醒后她又十分懊恼,沈叔叔什么都不缺,他那么有本事,她该怎么报答呢?

除夕这天,沈兆言下班很早,从公司出来,先去了云雾那里。保姆回家过年去了,就留小姑娘一个人在家,沈兆言心里实在过意不去,按说带她回家过年比较好,可是林烟必定不肯,闹起来,这个春节大家都别想过好。

到了租处,看到云雾一个人孤零零的,连电视都不看,还在看书学习,沈兆言更是心里不忍,给了小姑娘一个大红包作为压岁钱。

云雾推辞不掉就收下了。她有个小本子,沈叔叔为她花了多少钱,她都记着,打算以后加倍还给他。

沈兆言回到家里,年夜饭吃得心不在焉。电视里热热闹闹地播放着春晚,林烟一边吃着蜜糖橘一边看着电视。沈烨突然从沙发上蹦起来,让沈兆言带他去郊外放烟花。

林烟不悦道:"你都多大的人了,放什么烟花,外面那么冷,还不如在家里看春晚。"

沈烨说:"你怕冷就别去了,我和我爸去。"

沈兆言带着沈烨上了车,还没等他开口,沈烨说:"去把云雾接上。"

沈兆言十分意外地看着儿子。

沈烨说:"她不是一个人嘛。"

沈兆言心里颇为欣慰,这孩子虽然不听话,动不动顶撞他,心眼儿倒是很好。这样的话倒是不用怎么操心,等他过了逆反期就好了。

云雾见到两人当然是又惊又喜。沈兆言带着两个孩子去郊外放烟花。

沈烨突然看见云雾的眼睛湿湿的，他以为她是因为一个人过年心里难过，没想到云雾却说："我要是有沈叔叔这样的爸爸就好了。"

沈烨迟疑了一下，问："你爸一点儿都不管你？"

云雾苦笑："别说我被判给我妈了，就连纪棉他都不怎么管。我们俩一样大，她却比我低一年级，就是因为我后妈生了小孩儿，我爸让她在家干活儿看弟弟，不让她上学。我妈为这事上门和他们吵了好多次，和我爸彻底闹翻了，像仇人一样。"

沈烨无意识地接了一句："你妹和你长得像不像？"

云雾点点头："像啊，特别像。学校里很多人分不清我们。幸好我们不在一个班、一个年级，不然老师和同学更容易弄混。"

沈烨看了看她，心想，和她一模一样，那他见了会不会认错？

不久之后便是清明，学校放假，云雾要回村里给云秋扫墓。

沈兆言安排司机送云雾回去，心想沈烨放假在家也是打游戏，不如让他陪着云雾回去，就当是出去转转，歇歇眼睛，沈烨对于老爸的提议也不反对。

清明节那天，沈烨在云秋的墓前第一次见到纪棉。正如云雾所说，她们长得很像。纪棉的眼睛更圆一点儿，云雾的修长一些，这是五官上唯一的区别，若不细细分辨绝对看不出来。

沈烨不知是自己和云雾相处久了，还是他天生观察力敏锐，他一眼就看出来两个女孩儿最大的不同——眼神。

纪棉从小跟着父亲长大，家庭环境复杂，处境艰难，她的眼睛比同龄人更为成熟，深潭一般。云雾相对清纯许多，眼神清澈通透。沈烨甚至有种错觉，纪棉才应该是姐姐，比云雾大一两岁的姐姐。

因为从小被判给父亲，没有跟着云秋生活，纪棉并不像云雾对云秋的感情那么深，烧纸钱时，她也落泪，可是她的悲伤没有云雾那般深刻入骨。

云雾哭得两眼红肿,纪棉只是鼻头略红。

两人虽然是姐妹,却因为不在一个家庭生活,也不像一般的姐妹那么亲密,看上去反而更像是同学。

沈烨和纪棉压根儿不熟,打了声招呼之后便在车里玩手机,几乎没怎么和她说话。

离开青山村的时候,沈烨觉得他和纪棉就此别过,就算再见面至少也是数年之后,但是他没想到,纪棉会以一种他想不到的方式出现在他的生活中。

云雾和纪棉虽然不同班,可是学校很小,两人几乎每天都见面。在几乎是同样的生活环境和学习环境中,云雾没有感觉到自己和纪棉有什么差别,除了纪棉在家里多干点儿活,多受点儿气。

然而时隔半年多,当她们面对面站在一起时,两人都无比真切地感受到了彼此之间的差距。

云雾身在海市,接受良好的教育,接触到生活条件优越的同龄人,谈吐和见识都提升得飞快,她穿的虽然是校服,却质量上乘、款式新颖,比纪棉身上的旧棉袄好看无数倍。

初春的山里非常寒冷,纪棉的手背上带着冻疮;云雾在有暖气的房间里,手上白白净净,什么都没有,甚至无形之中,她的气质都开始变了。

云雾来的时候并没有想那么多,内心里,她觉得自己还是以前的自己,可见到纪棉之后,她才知道自己已经不是原来的自己了,而纪棉还停留在原地。

不见面的时候没有体会,也想不到这些,等她亲眼见到纪棉和自己拉开差别的样子,心里才受到冲击。

而且显而易见,两人之间的差距会越来越大。想到这些,云雾心里倍感煎熬,甚至有种羞愧之感。

她来的时候给纪棉带了一个很大的背包,里面是沈烨买给她的新衣服，她给纪棉准备的学习资料和辅导书，还有各种零食。但是见到纪棉，她觉得这些远远不够，于是把手机也留给了纪棉。

回去的路上，沈烨和来时一样，有说有笑地和云雾聊天，不知道是因为他是个男生，心比较粗，还是因为他毕竟不是云雾的手足，感受不到那种心痛，他丝毫没体会到云雾此刻的难受和内疚。

纪棉站在风里目送车子离开的样子一刀一刀刻在了云雾心里。她对纪棉心生内疚，她觉得自己对不起妹妹。可是她已经受了沈家很大的恩惠，她怎么好意思开口，让沈兆言把妹妹也接来呢？

她开不了这个口。过了两周，沈烨给云雾打电话一直打不通，他这才知道她把手机给了纪棉。

云雾解释说学校不让带手机，她根本用不上。沈烨虽然生气却也无话可说，又不敢说重话，怕伤了她的自尊，于是把林烟淘汰的一个八成新的手机给了她。

依云雾的年纪和能力，她唯一能想到帮助纪棉的办法就是让她好好学习，考上好的高中、好的大学，离开青山村，离开那个家。而她也要拼命学习，有了好前途，将来才可以帮到纪棉。

在报答沈兆言和帮助纪棉的双重动力和压力之下，云雾学习更拼命了。沈烨每次去找她，她不是在做卷子就是在背书。

沈兆言偶尔带他们出去吃饭，点菜的工夫，她还能见缝插针地背一会儿单词，简直成了学痴。

中考结束，当沈兆言得知云雾和沈烨都考到了市里最好的高中时，当真非常吃惊。

沈烨能考出这样的成绩，他一点儿都不意外，从沈烨小学起沈兆言就请名师给他一对一辅导，幼儿园到中学上的也都是最好的学校，若是考不好才让人意外，而云雾的基础和沈烨没有任何可比性。

两人考入同一所高中,但是班级不同,沈烨上的是清北班。顾名思义,就是为了培养清华北大而开设的班级,高二就可以参加高考。云雾上的是普通班,即便如此,她能考上这所高中也是相当的不容易。

中招考试成绩出来后,云雾把自己的复习资料、笔记等都打包好,准备寄给纪棉。

纪棉接到她的电话,却说:"你别寄过来了,我去海市找你吧,反正我放假了也没什么事,你可以给我辅导一下功课。"

两室一厅的房子,只有云雾和保姆同住,纪棉来了和她住一个房间,完全没问题,可问题是房子不是她的,是沈兆言租的,她不能做主。

云雾犹豫了一会儿,说:"我问问沈叔叔吧。"

纪棉说:"他又不经常去,你不告诉他,他就不会知道。"

"那样不好。我得征得他的同意。"

因为两个孩子考得都很好,沈兆言很高兴,晚上带着沈烨和云雾去吃大餐,又想着这个假期可以让他们放松一下,于是吃饭的时候提出带两人出去旅行。

沈烨直接就提出要出国游,他想着云雾还没出过国,可以趁机带她出门开阔眼界。沈兆言没反对,交代沈烨带云雾去办护照。

云雾忙说:"沈叔叔,我不去旅游,暑假我想给我妹妹补课,她明年中考。"

沈烨脱口就问:"你要回青山村啊?"

云雾面露尴尬,欲言又止地看着沈兆言。

沈兆言当即便明白了,笑道:"让纪棉来市里,刚好和你做伴,免得你放假了也没人玩。"

云雾喜不自胜,连忙道谢。

沈烨皱着眉头,一脸的不高兴:"你出去玩几天也不耽误什么事啊,等旅行回来再给她补课呗。"

云雾摇头，不管沈烨怎么劝，她就是不去。沈兆言明白她是怕花钱，于是便不再勉强。没有人比他更理解云雾的种种心态，这也是他欣赏并怜惜这个小姑娘的原因。

云雾回去之后便给纪棉打了电话，告知她怎么坐车来海市，然后约好时间去车站接她。

这边，沈烨和父母一起出国旅行了一趟。

林烟一直不知道云雾的存在，看儿子在免税店买了几样小姑娘用的护肤品，还很奇怪："怎么，你有女朋友了？"

沈烨说是替叶城的妹妹买的，林烟也就没再怀疑什么，她知道儿子小小年纪有点儿大男子主义，嫌女生啰唆娇气，再加上少爷脾气，最讨厌哄人，平素不怎么和女生打交道。

回国的第二天，沈烨便带着给云雾买的礼物来到她住的祥云小区。保姆给他开的门。

纪棉正坐在客厅里看电视，听见门响，抬起头看着沈烨。

云雾的普通话已经非常好了，可是纪棉的还不行，所以她没出声，冲沈烨轻轻笑了一下。

从小到大，太多人分不清她们，她很喜欢看别人弄混她和云雾，很有趣。而且她今天穿的是云雾的衣服，所以她认定沈烨不会分辨出来。可是沈烨的反应让她很意外。

他几乎没有露出努力分辨的眼神，只是扫了她一眼，然后略略惊讶了一下，就直截了当地问："云雾呢？"

纪棉忍不住惊讶："你认得出我们？"

"我当然认得。"沈烨又问，"云雾呢？"

纪棉好奇道："她去买菜了。你怎么认出我们的？"

沈烨没什么耐心和一个陌生人打交道，也懒得告诉纪棉，她和云雾的眼神他一眼就能分辨出来。他随便找了个理由，说："她从来不看电视。"

云雾是个学痴，电视机是个摆设，只有保姆看，她每天书本不离手。

纪棉讪讪地笑了笑。

沈烨来过这里很多次，很随意地坐在沙发上玩手机游戏，等着云雾。

纪棉坐在沙发另一边看电视。沈烨没找她说话，她也没主动开口去找他聊天。她看得出来，沈烨的眼神里充满疏离和冷淡。

沈烨初次见到云雾的时候也是带着轻视的，甚至看到她贴在墙上的奖状时也不屑一顾，毕竟是村里的学生，水平可想而知。可当云雾帮他写作业，尤其是解数学题的时候，她思路敏捷、字也漂亮，他才没那么轻视她的成绩和智商。

他和云雾之间的友情是一天天积累起来的，他对云雾的欣赏也是一天天积累起来的，而且是因为她的个性，并非因为她的容貌。所以，即便是看到和云雾有着相似容貌的纪棉，他也一样把她当陌生人，并没有生出什么亲近之感。

从幼儿园到初中，林烟给他找的都是贵族学校，班里的女孩儿个个都很金贵，总喜欢让男生们哄着、让着，而且认为这是理所应当的。偏偏沈烨也是被林烟和外祖父娇惯着长大的，最烦这一套，既没那个耐心也没那个脾气去哄谁、将就谁。所以他从小到大都不喜欢和女生玩儿，唯独云雾是个例外。

云雾一点儿也不娇气，也没那么多小脾气，和她在一起，不用考虑她是个女生，不用想着要怎么关心她、照顾她，完全没一点儿负担。而且她也没有心眼儿，没有心机，心地十分纯善，就算生气也不过三分钟，根本不用哄。

　　云雾买菜回来，见到沈烨十分高兴，留他吃饭。席间，沈烨讲起国外的见闻，云雾一脸向往，偶尔还一惊一乍的"哇"一声，非常可爱。坐在她身边的纪棉也在听，却是静悄悄的，一点儿声音都没出。

　　沈烨大部分时间都看着云雾，偶尔碰到纪棉直勾勾的目光。那种眼神很容易让人误会，可沈烨不会。他可以肯定的是，纪棉虽然目不转睛地看着他，可那种目光并非倾慕。

　　他很难形容那是什么样的眼神，深如浓雾。

第七章
两小无猜

沈烨不喜欢和陌生人打交道，吃完饭就要走。

云雾送他下楼的时候，沈烨把她叫到跟前，让她把手伸出来。云雾一边摊开手，一边问他干吗。

沈烨从口袋里摸出一个手机链放在她手心里。这个礼物比较特别，刚才屋里有纪棉和保姆，他没有拿出来，只把那几样护肤品给了云雾。

手机链是一颗粉色的小星球，可爱又精致，云雾爱不释手，连连说"好看"。

沈烨把自己的手机掏出来，在她眼前晃了一下，说："我也买了一个。"这是他在巴黎街头的一个时尚店里淘到的宝贝，只不过他那颗星球是墨蓝色的。

云雾本来觉得粉色星球很好看，可是一对比蓝色星球，粉色便显得有点儿稚气，不如蓝色神秘。

她在沈烨面前一向很直白，笑嘻嘻地说："你怎么不给我也买蓝色的啊？粉色和蓝色一对比，有点儿幼稚。"

沈烨把手机塞进口袋，扭头就走了。云雾以为他生气自己嫌弃他送的礼物幼稚，连忙发短信道歉："粉色的我也很喜欢，谢谢你。"

沈烨回复："女生就是粉色的。"

"那可未必，女生也能用蓝色的啊。"

沈烨气得没搭理她,隔了一个多星期才去祥云小区找她。那天,保姆和纪棉都不在,只有云雾自己。沈烨见到屋里只她一个人,莫名有些高兴,随口问:"她们呢?"

"阿姨去超市买东西了,纪棉想跟着去逛逛。"云雾去冰箱里给沈烨拿酸奶。

沈烨看见茶几上放了本小说,翻开一看竟是英文原著,便忍不住说:"看小说就是为了放松,看英文的累得要死,还能体会到看小说的乐趣?"

云雾却一脸兴奋:"当然能啊!既能看小说,还能学英文,这可是双重乐趣呢。"

沈烨"哼"了一声:"书呆子。就知道学习,脑子里没别的。"

云雾愣了一下,眨了两下眼睛,很认真地问他:"我很呆啊?"

"呆死了。"沈烨瞪了她一眼,气得扭头看着别处。云雾也恼了,哼道:"就你聪明。"

沈烨点头道:"对啊,就是比你聪明,我考进清北班了,你呢?"

云雾气鼓鼓地瞪他一眼,拿着书坐到一边去了。

沈烨知道她脾气好,和自己冷战绝不超过五分钟,所以惹恼她了也不急,靠在沙发上,慢吞吞地吸酸奶。

房间里静悄悄的,很安逸,云雾穿了件白色的家常小裙子,露出两条纤细的胳膊,放在书页上的手被阳光照得仿若白玉,手背上薄薄的一层肌肤,能看见下面淡青色的血管。

沈烨不知不觉想起两年前在青山村的那个夜晚,她紧紧地握着他的手在暗夜中奔跑。可因为当时他心无旁骛,竟然什么感觉都没留下来,回忆也回忆不出任何滋味。

他正在走神,房门从外面打开,保姆和纪棉买东西回来了。

沈烨一看纪棉穿的还是云雾的衣服,而且是他让叶城的妹妹帮云雾挑的一条裙子,心里有点儿不快。她来这里住两个月,都不带换洗衣服的?

见沈烨在，纪棉先是愣了一下，随即便笑起来："真巧，阿姨今天买了鲈鱼。"

沈烨上次来因为保姆蒸的鲈鱼十分鲜美，就多吃了几口，没想到这都能被纪棉记住。一般人被别人这么关注惦记，大约会很开心，可沈烨是个例外，这偏偏是他忌讳的一点，因为被人惦记往往意味着有麻烦要缠身。

纪棉连着勾起他两样不快，不巧的是，这时刚好她的手机响了。那个手机是沈烨买给云雾的也就算了，那个粉色星球手机链竟然也挂在她的手机上。

沈烨把手里的酸奶往桌子上重重一放，起身就走。

纪棉正在接电话，很惊讶地看着沈烨。云雾也很莫名其妙，赶紧追着沈烨出来问："你怎么了？"

沈烨没理她，怒气冲冲地下楼。

云雾情急之下一把拉住了他的手腕："你怎么了？"

沈烨停住了步子，扭过脸看着她："手机链你送给纪棉了？"

云雾点头道："是啊，她说很好看，我就送给她了。"

"不是什么东西都能送人的，你懂吗？"沈烨猛地甩开她的手，怒气冲冲地走了。

两人相识以来，沈烨从未发过这么大的脾气。云雾心想他不是小气的人啊，清明节回乡，她把手机留给纪棉，他都没生气，一个手机链又不值钱，他干吗发这么大的火。虽然没明白沈烨如此生气的缘由，云雾还是发短信向他道歉："对不起，以后你送的东西我都不送人了。"

沈烨一看她的短信，就知道她还没明白自己的意思，气得把蓝色星球链拽下来扔进了垃圾桶。

云雾并非不珍视、不爱惜沈烨送她的东西，只是她总觉得自己对不起纪棉，只要有好东西都想给她，似乎这样才能稍微弥补一点儿她内心的歉疚。

沈烨等着云雾想通其中的缘由，主动和他联系，谁知云雾像忘了他的存在,过了一星期都没一点儿动静。他再仔细一想,这两年来都是他主动去找她,主动联系她,她一次都没主动过。沈烨越想越气,整整一个月都没再去祥云小区。

云雾心大,也没觉得异常,还以为他是因为纪棉住在这边,所以不方便过来。

沈烨和云雾赌气赌到了假期快要结束。直到沈兆言听说纪棉要回乡下,抽了一晚上时间请姐妹俩吃饭,沈烨这才有了台阶下。

云雾见到他,还是一如既往的态度,仿佛都忘了上次的事。沈烨本想翻过这一页,可是一看到那个粉色星球居然还挂在纪棉的手机上,脸色就沉了下来。

沈兆言是第一次见到纪棉,打量了一番之后,笑着说:"幸好你们穿的衣服不一样,不然还真是分辨不出来。"

纪棉腼腆地微笑道:"叔叔,如果是以前,就算我们俩穿的衣服不一样,别人也认不出来的。现在我们俩的气质差别太大了。"

沈烨这才注意到,纪棉今天穿的是自己的衣服。他在祥云小区见了纪棉两次,她穿的都是云雾的衣裳,而这次吃饭,来的是一个很高档的饭店,她反而穿的是自己的衣服,土气不说,一看就能看出来,质量和做工都很差。本来纪棉和云雾在气质上就有差别,劣质的衣着顿时让两人的差距更为明显。

在吃饭的时候,纪棉将这种差距表现得更为淋漓尽致。

云雾在市里住了一年多,沈兆言带她来过这里好几次,对山珍海味已经不陌生。纪棉是第一次来,很多菜都不知道是什么,不断露出惊讶好奇的表情,还很直接地问了出来。

沈兆言忍不住笑了,不过没有一丝看不起的意思,反倒觉得小姑娘实诚,因为一般人都会掩饰,不懂也不会直接表现出来。他当年也是如此,从农村出来,没见过世面,第一次请林烟吃西餐就闹了笑话。林烟那时候端着大小姐脾气,没耐心告诉他该怎么做,只嫌弃他丢人,饭没吃完就结账走了。

虽然是第一次见面,纪棉并没有他想象中的拘谨,一顿饭吃完,已经和沈兆言很熟,沈兆言让司机送两人回去的时候,纪棉向他告辞致谢,说了一句让他十分心酸的话。

"谢谢叔叔,我从来没吃过这么好吃的东西,在家里都是吃我弟弟剩下的。"纪棉说着说着,眼圈都红了,可还是努力对沈兆言微笑,强忍着眼泪。

沈兆言原先觉得云雾可怜,母亲离世后她无家可归,现在看着纪棉也好不到哪儿去。她们都是云秋的女儿,忽然间因为自己的一个举措而天差地别,他有些不忍心。于是在回去的路上,沈兆言忍不住对沈烨道:"要不我把纪棉也接过来,和云雾一起在市里上学,你觉得怎么样?"

沈烨没想到一向冷酷无情的父亲竟然会大发善心至此,十分惊讶地看着他。沈兆言感慨道:"有时候改变一个人的命运全在于别人一个举动。反正养一个是养,养两个也是养,只不过多花点儿钱罢了,对我来说连九牛一毛都算不上。"

沈烨直言不讳:"我劝你不要这么做,这不是钱的问题。"

沈兆言有点儿意外,扭头看着沈烨,示意他说下去。

沈烨道:"她和云雾不一样。云雾被判给她妈后,她爹就撒手不管了。可是纪棉不同,她爹虽然对她不怎么好,可是并没有遗弃她,也没有赶她出门。你不是她的监护人,凭什么越俎代庖去管她的事?"

"我倒不是要越俎代庖,不过就当是资助一个学生。她要是来市里上学,将来考个好大学,自然更有前途。"沈兆言这份少见的同情心来自和纪棉相似的经历。当年若不是蒋老师支持他读完高中,他现在要么在务农,要么在工地打工,自然不会有今时今日的地位和财富。

沈烨皱了皱眉:"人和人不同,你不要以为纪棉会和云雾一样,一定能考上大学。纪棉来了之后,我去了两次祥云小区,一次她在看电视,还有一次她去了超市,从没见她学习。而云雾,无论我什么时候去,她都在家里看书，每次都是我各种提议，她才肯出去玩儿。"

沈兆言点了点头，沈烨说的的确没错，中招考试前，他带云雾出来吃饭，这孩子还在见缝插针地背单词。

"纪棉有家有爹，轮不到你来管。你想帮她，给她出点儿钱就行了。"在某些方面，沈烨有着和父亲如出一辙的冷静和冷漠。

沈兆言觉得儿子说得很有道理，便打消了把纪棉接来的念头。

周梨听完这些，若有所思地摸着下巴："你有没有感觉沈烨虽然在讲述事实，可并没有直说纪棉不好，他无形中好像在暗示她很有心计。"

"心计？"

"比如，她平时喜欢穿云雾的衣服，去见沈兆言时，却故意穿着破衣服，故意用没见过世面的样子来反衬自己和云雾的差别，为的是勾起沈兆言的同情心，引起他的歉疚，好让沈兆言把她也接到城里来。"

虞金金忍不住笑道："那是因为沈烨对纪棉没有好感，所以言语中难免会带一些情绪。究竟纪棉是无心还是故意，我觉得不好说，毕竟我们听到的只是沈烨的一面之词。"

周梨托着腮继续说："奇怪啊，他为什么会对纪棉没好感？怎么没有爱屋及乌呢？"

虞金金喝了一口咖啡，解释道："因为云雾好不容易考上一高，因为纪棉，她只上了一年就被迫转学离开，沈家也闹得乌烟瘴气，好几个月才消停下来。"

周梨愈发好奇："怎么回事？"

虞金金继续往下讲。

过年的时候，照顾云雾的保姆要回老家和家人团聚，沈兆言出于一片好心，让云雾把纪棉叫过来，陪她一起过春节，免得小姑娘一个人孤零零的。云雾自然很乐意，赶紧给纪棉打电话。纪棉更是求之不得，她放假在家可不像城里学生那样清闲放松可以玩乐，做饭、洗碗、洗衣服这些活儿全都要做。

除夕那天，沈兆言像往年一样提前下班，在回家之前，带了些水果先拐到了祥云小区。

纪棉来了之后，云雾就让保姆提前回家了，屋内只有两人在。沈兆言上楼的时候，两人正在打扫卫生，说的是青山村方言，沈兆言站在门口听了一会儿才敲门。

纪棉来开的门，见了他又惊又喜地叫了声"沈叔叔"，然后接过他手里的水果篮。

沈兆言知道农村的艰苦，没有热水器，没有空调，也没有暖气，手脚生冻疮是常事。只是他在城市里二十多年，极少见到手上有冻疮的人，看见纪棉的手，心里咯噔了一下。

相比之下，站在纪棉身后的云雾已经完全没了农村孩子的模样，长成了一个漂亮乖巧的少女，斯斯文文，干干净净，很有书卷气。

沈兆言若是单独见到其中一人还好，视觉冲击没那么强。可每次这一对双胞胎同时在他眼前出现的时候，那种反差总会让他想到飘茵落溷这个词，而他就是改变其中一人命运的那阵风。

纪棉的困境原本是她那个复杂的家庭造成的，和沈兆言没有半点儿关系，可是有了云雾做对比，这件事就变得微妙起来。

沈兆言在农村长大，知道很多女孩子十六七岁便会被家人催着订婚嫁人，即便成绩很好，也不许再继续念书，纪棉也极有可能面临这样的情况，所以沈兆言叮嘱纪棉好好念书，不可轻易放弃，唯有读书才可以改变命运。

纪棉很听话地点点头说："叔叔比我爸对我还好。"

沈兆言不禁动了恻隐之心，又说如果在家里遇到困难，继母为难她，可以找他帮忙。

一晃又过了半年，期末考试在即，云雾和沈烨都进入了紧张的复习状态。一高的清北班在高二就可以参加高考，课程紧张得要命，一周只有周日下午休息半天。沈烨和云雾虽然在同一所学校，每天见面的时间也就仅限于中午和傍晚在学校餐厅的短暂时光。

好不容易熬到放暑假，沈烨约云雾出去旅行，云雾一如既往地拒绝了，她现在花的每一笔钱都来自沈兆言，自然是能省则省，绝不肯多花一毛钱。旅游的事属于奢侈开销，她无论如何也不肯去，沈烨知道她的脾气，没有强求，约了叶城、颜正和周博，跑到俄罗斯玩儿了小半个月。

回来的那天，他还没进家门就听见父母激烈的争吵，这种情况极其罕见。林烟在刚结婚那几年还能动不动发个小姐脾气，后来沈兆言事业越来越成功，林父也从领导位置上退下来，林烟就不由自主地没了那么多底气再在沈兆言面前骄横。

沈兆言年轻时受过岳父的提携，即便对林烟不满，也都隐忍不发，至多便是冷战，夫妻俩像这样在家里撕破脸大吵大闹几乎没有过。

沈烨当然是护着他妈，当下三两步跨入客厅，将行李箱往地上一扔，怒视着沈兆言："怎么回事？"

"你问她是怎么回事吧，无理取闹，神经病。"沈兆言指着林烟气得直哆嗦，全没了平时英俊儒雅的风度。

林烟也毫不顾忌形象了，看见儿子回来便委屈地号啕大哭起来："他在外面养了人你知道吗？对方都找到公司里了！"

沈烨听了这话，第一反应是父亲在外面养了小三，立刻两眼冒火地看向沈兆言。

沈兆言气道："是纪棉！你妈说纪棉和云雾是我的私生女！"

沈烨一听便愣了。

林烟觉得不对劲儿，立刻质问沈烨："你也知道？你也瞒着我？"

沈烨赶紧拉着沈兆言去了书房，细问究竟。原来，沈烨出国的第二天，纪棉就来了市里，而且来的那天，直接从车站去了沈兆言的公司，她没有先到祥云小区找云雾。

林烟因为不放心沈兆言，在公司里安插了自己的眼线，时刻关注着沈兆言的动向。纪棉那天穿了一件短袖衬衣，两条胳膊上都有伤，可怜巴巴地在前台等了半天，要见沈兆言，公司很多人都看到了她，林烟的眼线也向她报告了这事。林烟听说之后觉得不正常，便立刻找人去查，这一查不要紧，发现沈兆言竟然在祥云小区里还养了个小姑娘，而且已经养了两三年之久，气得要炸了。

　　再一查云雾的来历，又得知沈兆言和云秋曾经有过一段恋情，顿时脑洞大开，认定云雾和纪棉是他的女儿，否则沈兆言一向冷漠，对青山村的人更是冷血，为什么要管这两个丫头的死活。

　　林烟当下就和沈兆言大闹起来。沈兆言一是气林烟冤枉自己，二是恼怒她派人调查自己。若不是看在旧日情分上，他几乎想要离婚。

　　沈烨在书房听完了来龙去脉，忍不住气道："纪棉来找你干吗？"

　　沈兆言揉着眉心道："她继母的儿子考上了大学，家里经济比较紧张，继母要给她定亲，好用对方的彩礼供她儿子上大学。"

　　沈烨被惊到了，他根本想象不到，在偏远农村，并没有什么法定结婚年龄之说，很多女孩儿十七八岁就嫁人，甚至孩子都好几个了还没领结婚证。

　　"那你想解决这事，是不是还得给她继母钱，供她继母的儿子上大学？这都是一家什么东西！"沈烨气得爆了一句粗口。

　　"不，纪棉没提钱，她想脱离那个家，和云雾一起在市里上学。"

　　她和云雾在一起，那沈烨再去找云雾便非常不方便了，沈烨的第一反应是阻止："我早就和你说过，你不能插手她的事，她会给你惹来很大的麻烦。"

　　沈兆言也很无奈。当初让纪棉有困难向他求助，他的言外之意是如果继母让她辍学，他可以资助她，供她读书，仅此而已。没想到纪棉竟然直接找到公司里向他求助，以至于被林烟发现，闹得不可开交。沈烨自然不信父亲和云秋有私情。但是林烟有怀疑的理由，她觉得云秋怀的不是前夫

的孩子，所以前夫才和她离婚，才会在云秋死后不管云雾的死活，因为不是他亲生的。

沈兆言无论如何解释林烟也不肯相信，逼着他去做亲子鉴定。沈兆言无奈之下只好依从，结果自然并非父女。

鉴定结果出来之后，沈兆言以为可以清净了，没想到林烟又盯上了云雾。这个小姑娘长得漂亮可人，沈烨早就知道她的存在，居然串通沈兆言一直瞒着自己，而且两人还在一个学校，说不定已经在早恋，于是又逼着沈兆言给云雾转学。沈烨当然不肯，又和林烟争执起来。沈兆言苦不堪言，为了让家里安宁，落个清净，只好给云雾转学。

虞金金说完前因后果，周梨恍然大悟："难怪，纪棉是沈兆言私生女的谣言原来是这么来的。"

虞金金笑道："对啊，所以你想想，沈烨对纪棉能有好感吗？"

周梨转了转眼珠儿，问道："你不觉得沈烨对纪棉的描述，有些前后不符吗？"

"哪里不符？"

"他在前面提到纪棉的时候，暗示她很有心计，会利用破衣服、寒酸样子、和云雾的差别来勾起沈兆言的同情心，可是半年后，纪棉又似乎成了一个很笨的人。"

"她怎么笨了？"

"如果她聪明的话，应该知道沈兆言抚养云雾是瞒着林烟的。沈家那么有钱，想必住的也是别墅，不缺一间房子，可是沈兆言却在外面给云雾租房子住。而且逢年过节也从来不带云雾去沈家，哪怕让小姑娘孤零零一个人过除夕。这么不近人情，显然有内情。再者，沈兆言请她们吃饭的时候，从来只有父子俩，林烟从没出现过，这不是很明显吗？"

虞金金点头："是啊。而且沈兆言和沈烨都去过祥云小区，唯独林烟从未去过。"

"可是纪棉居然想不到这些。沈兆言告诉她，有困难可以求助于他，她完全可以先去祥云小区，然后让云雾将自己的困境转达给沈兆言，可她却直接找到他的公司，这样一来，就闹得大家都知道了她的存在。"

"所以我说沈烨可能对她没有好感，觉得她穿旧衣服是在耍心机。也许她本来就比较淳朴，想不到那么多，那些都是无心之举，或许是沈烨对她有误解。"

周梨摇头道："我觉得不会。沈烨是个很聪明的人，而且他现在是在讲述以前的事，以成年人的智慧和感观去回看过往，一定会反省、反思，然后领悟很多事。他应该是后来经历了不少事，才给纪棉下了那么一个判断。"

虞金金一愣："你果然是个律师，逻辑思维和推理都比我强。那你的意思是，纪棉并不是笨，她是故意直接去的沈兆言公司？她为什么要这么做？被林烟发现，对她也没什么好处啊？"

"对。我觉得她是故意去的沈兆言公司。至于目的，目前我还猜不出来。后来呢？"

"沈烨只讲到云雾转学到了云顶高中。"虞金金忍不住笑了笑，"云顶高中和一高在海市的对角线上，远得要命，可清北班一周只有半天假，你说沈烨能不气吗？"

"云顶高中啊？"周梨喃喃自语，有点儿走神。

"怎么了？"

周梨抿唇一笑："我老板就是云顶高中毕业的，据说当年是校草，风云人物。"

虞金金乐了："你是不是连你老板上的哪个幼儿园都打听过了？"

周梨美滋滋地点点头，说："差不多吧。"

暗恋一个人可不就是得功课做全，什么都了如指掌嘛。

"不对。"周梨忽然笑容一僵，说了句没头没脑的话。

第八章
别有隐情

虞金金不解地看着周梨："什么不对？"

周梨瞪大了眼睛："云雾怀疑沈烨在外面有人，那天想要拉着我去捉奸，我不想去，就给她出了个主意，让她假装有同学约会。"

虞金金点点头说："我知道，你上次说过。"

"我给她凭空捏造的那个同学就是我老板闻凯。如果是个普普通通的同学也就算了，我老板可是校草，学校的风云人物，她没道理不认识啊？我记得清清楚楚，她当时还问我，这个男人是谁啊，长得好帅。"

虞金金蒙了一下："你给她看的应该是你老板近期的照片吧？是不是你老板长残了？"

周梨呸道："胡说，我老板一直都那么帅。只不过，我给她的是侧面照和背影照，因为我是偷拍的。"

虞金金分析道："侧面和背影真的不好认，除非是特别熟悉的人。毕竟高中毕业那么多年了，大家变化都很大，就算是正面照也不一定能认出来。还有一个可能，他们俩不是同一届的，云雾去云顶高中的时候，闻凯已经毕业了。"

"你说得很有道理。可我总感觉沈烨描述的云雾，和我认识的云雾不是一个人。不提照片这一档事，沈烨明明说过，云雾是你的粉丝，可我亲口问过她，她说不知道你，也没看过你的作品。"周梨放慢了语速，"你说，有没有一种可能，我在健身房认识的这个云雾其实是纪棉，她那天告诉我她是云雾，是骗我的？"

虞金金愣了一下："那她为什么要骗你呢？"

周梨做了一个很狗血的假设："比如说，她也喜欢沈烨，于是冒充云雾和沈烨在一起。"

虞金金立刻否定道："首先，沈烨刻意提过一次，纪棉对他没那个意思。其次，沈烨能一眼分辨出她们俩，纪棉不可能在他面前冒充云雾。"

这也正是周梨想不通的地方。

纪棉如果冒充云雾，就算骗得过所有人，可是绝对瞒不过沈烨，那她这个冒充又有什么意义和目的呢？

刚好，这天傍晚，周梨在健身房又碰见了云雾。

两人在力量区锻炼的时候，周梨刻意观察了一下云雾，又有了一个新的疑点。从沈烨的描述来看，云雾是个学痴，一般这种人有个特点，就是专注力很强，而眼前的云雾明显是一个很容易分神的人，每一个从她跟前经过的人，她都会看上一眼。

周梨练完之后坐在休息区落汗。不一会儿，云雾也来了。周梨还是忍不住想要寻个答案，于是就对云雾说："我有个感情问题，想让你帮忙出出主意。"

云雾笑吟吟地说"好啊"，就在她对面坐了下来。

周梨不好意思地笑道："我有个暗恋了好几年的男人，那天我给你看的照片里的人就是他。"

云雾眼睛一亮："难怪了，看背影和侧面就很帅。"

周梨摸了摸鼻子："我不是个胆小的人，也不是不敢主动去追，就担心表白失败之后要辞职。"

云雾笑了："我懂了，是办公室恋情，对不对？他不会是你的老板吧？"

"你真聪明，一下子就猜到了，就是我的老板。"

云雾笑吟吟地说:"那你就不要主动去追了,想办法让他来追你呗。"

周梨虚心求教:"什么办法?"

云雾眨了眨漂亮的眼睛:"凸显你魅力的方法啊!你认为自己最大的优点是什么?能够吸引到他的地方在哪儿?然后你就在他跟前展现这些,让他注意到你。"

周梨苦恼地叹了一口长气:"在他眼里,我们这些渣渣是没有优点的啊,样样都不如他。他老人家经常明目张胆地鄙视我们的业务能力,尤其是我们的审美、品味。总之呢,他是仙人,我们是尘埃。"

云雾扑哧一声笑了。

周梨认真地点头道:"真的,他这么嚣张是有资格的,因为他本人相当优秀,当年是从云顶高中保送到B大法律系的。"

云雾脸上的笑突然消失了。

周梨心里一动,目不转睛地看着她的表情。

"如果是这样的话,那就比较棘手了。像这种心高气傲眼高于顶的男人,眼光都极其挑剔,而且往往晚婚。"云雾垂下眼帘,长睫毛盖住了眼中所有的情绪波动。

周梨看不见她的眼神,可是明显感觉到了她的心不在焉。

"那我就继续按兵不动吧。"周梨已经得到了自己想要的答案,离开健身房,立刻给虞金金打了个电话,激动地说:"我几乎可以肯定,我见到的这个云雾是纪棉。"

虞金金正在吃泡面,听周梨这么一说,吓得手里的筷子都差点儿掉了:"你找到证据了?"

"我提到我暗恋的老板闻凯是云顶高中的,正常人的反应应该是'哎呀真巧,我也是云顶高中毕业的',然后顺便八卦一下我暗恋的那个人是谁,她认不认识。可是她竟然一个字都没提!就像完全不知道云顶高中一样!"

虞金金听后泄了口气："她这个反应的确反常。但这并不能说明她不是云雾。也许她在云顶高中发生了不大好的事，她不愿意让人知道她也是云顶高中毕业的。"

周梨本来已经很确定自己的猜测，虞金金这么一说，她又有些不确定了，立刻问沈烨什么时候找她。

虞金金说："明天。"

"他下面就该讲到云顶高中的事了。你听完赶紧告诉我啊。我真是迫不及待地想要知道答案。这件事真的太蹊跷了，我相信我的直觉不会有错。"

虞金金忍不住笑道："你放心，我回头一定告诉你。"

九点钟的时候，天气突变，下起了暴雨，应酬提前结束。沈烨坐在车里，看着外面的瓢泼大雨，心情压抑到不能呼吸。

车里常年放着一把备用的雨伞，他没拿，推开车门，冒雨从车库慢慢走到廊檐下。二十米的距离，因为走得慢，他的头发全湿，衣服也被淋透了。

云雾正在客厅里等他，见到他湿漉漉地走进来，急忙去卫生间拿了一条毛巾过来："你车上没有雨伞吗？怎么不打电话让我给你送过去。"

沈烨置若罔闻，越过她抬步上楼，地板上留下一行湿漉漉的脚印。

每次下雨，沈烨的心情都极度糟糕，暴雨尤甚，整个人都会阴郁到让人害怕。

云雾看着他的背影，莫名有些心虚："对不起，我骗了你。那天我没有去见同学，我是和一个女性朋友喝茶，就是想让你早点儿回来。"

沈烨停住步子，站在楼梯上，居高临下地看着她，被雨水淋湿的面孔苍白得有点儿冷酷："你怎么突然想起来要承认？"

云雾仰着脸，声音轻软："你是不是认出了照片上的人是谁？"若非如此，那天沈烨把她从茶社接回来后，不会那么肯定地说她在骗他。

"所以你才承认？"沈烨略带嘲讽地说，"你应该再多做些功课，才能将沈太太做得更好。"

云雾终于被沈烨的表情和"沈太太"三个字激怒。

"沈烨，我不是为了要做沈太太才嫁给你的。我不是因为你的财富和地位才喜欢你。没错，我来自农村，我很穷、很土，十三岁之前只见过一个有钱人，就是沈叔叔。可是我身边从不缺追求者，不缺有钱人，但我还是选了你。至于为什么，你不清楚吗？"

沈烨的唇角浮起一抹微不可见的笑："我当然很清楚，所以我给了你最想要的。"

云雾咬着唇看着他，眼中浮起水雾。

沈烨依然居高临下地看着她："难道不是吗？云雾。"

一滴眼泪掉了下来，云雾狠狠地咬住了嘴唇。不是。

虞金金踩着点赶到玫瑰雾时，沈烨显然已经等了一会儿了，因为桌上的烟灰缸里有一个熄灭的烟头。

两人五次会面，他从来没有迟到过一回，这一点让虞金金深感佩服，因为沈烨不像她这样时间自由。

虞金金赶紧道歉："对不起，我来晚了。"

"没有，今天是我提前到了五分钟。"很守时也很惜时的沈烨开门见山地直入主题。

沈兆言看在云秋的份儿上，让纪棉留在了市里。

云顶高中虽不及一高，但也是一所管理严格的私立高中，对生源的素质要求很高，即使转学过来的也要参加考试，沈兆言本想让云雾和纪棉一起上学，互相关照，可惜纪棉的基础太差，未能通过入学测试，沈兆言只好给她另外找了一所高中就读。

一高开学的那天,沈烨没有在学校见到云雾,放学回家后和林烟大吵了一架。

林烟本来就有点儿怀疑沈烨和云雾早恋,沈烨的反应更证实了她的猜测,于是质问沈烨是不是在和云雾谈恋爱。

沈烨当然否定,两人目前的确只是同学关系。云雾对学习成绩有一种变态的执念,她把学业的成功和报答沈兆言画上了等号。任何阻拦她学业的不利因素都会被她排斥,她绝对不会因为任何人而分心——入校没多久,班里有人追过她,但被她直接拒绝了。

而沈烨过了初中叛逆期,也开始明白事理,不像以往那样随便应付学习。一高人才济济,他无形之中也受到影响,打算努力学习,考个好学校,感情的事等上了大学再说。反正云雾就在他身边,而且云雾对他跟对别的任何男生都不同,这一点他十分清楚,所以他一点儿都不着急。

林烟不信,反问他:"没有谈恋爱你会这么关心她?她转不转学和你有什么关系?"

沈烨气道:"我不想让她转学,因为一高是最好的高中,她在一高可能会考上一流高校,去别的高中可能就只是上个普通大学,你凭什么因为一个瞎猜乱想的念头而影响别人的前途?"

林烟拔高了声调:"我凭什么?凭她现在的一切都是你爸给的!你爸的一切是我和你外公给的!"

沈烨毫不客气地反驳道:"我爸能有今天是他自己奋斗出来的,你不过是给了他一把入门的钥匙。云雾考上一高也是靠的自己的实力,不是谁来到市里上个初中就能随随便便考进一高的。她费了多少心血才考上,你没有权利去践踏别人的努力成果!"

林烟怒了,拍着桌子说:"你越这么维护她,我就越让她走得远远的,你信不信我让她回农村?"

沈烨气得脸色铁青，咬牙切齿道："我本来和她没什么，只是觉得你这么做很过分。如果你真的做了更过分的事，那我也不介意真的和她谈个恋爱给你看看。"

林烟很清楚儿子的个性，一听这话赶紧道："我只是担心早恋影响你的学习，你没有当然最好了。等你考上大学我就不反对你谈恋爱了，相反，我还会支持你找个女朋友呢。"

沈烨当即就问："是吗？找谁你也不干涉？"

林烟马上追加了一句："当然要找个和你条件相当的。"

"条件相当？"沈烨讥笑道，"我还以为你很开明，搞了半天你也在乎门当户对那一套，那你当年干吗找我爸？"

"你爸当初虽然条件很差，一无所有，可是他聪明勤奋，能力很强，而且孤家寡人一个，没有什么乱七八糟的穷亲戚，等于是入赘。"

沈烨冷笑道："你的意思是，让我将来找个孤儿？"

林烟索性直说："当然不是。再说，云雾也不是孤儿。她有亲爹，还有继母、继兄、弟弟、妹妹，这些乱七八糟的关系，将来全都是麻烦。"

沈烨虽然对云雾的家人没什么好感，但听到林烟说得这么难听，忍不住反驳："她们家的人你一个都没见过，就给全家下了这种断语，你不觉得很过分吗？"

"想想就知道是什么人了，还用得着亲眼去见吗？"林烟撇了撇嘴，很不屑地一个一个评断，"她亲爹不用说了，是个没责任心的东西；继母泼辣自私，只关心自己亲生的；妹妹呢，也是一肚子心眼儿。"

如果不是因为纪棉，沈兆言抚养云雾这事，林烟就会一直被蒙在鼓里，按说她应该感谢纪棉，但是冷静一想，纪棉只来过市里两次，不仅知道沈兆言的公司所在，还能找到地方，可见这个小姑娘不简单。

她被继母打了，想让沈兆言出手相助，为何不打电话？为何不在祥云小区等他过去探望，非要大费周章地找到公司里？她自然是知道沈兆言很忙，不知道要多久才有空去看她，那会儿她的伤早就好了，不足够引起沈兆言的同情和怜悯。所以，她必须趁着伤口很吓人的时候让他看到，才能让他下决心管她的事。

沈烨辩解道："他们是他们，云雾不是这种人。"

林烟摆出一副你还年轻的表情，摇了摇头："你不要小看血缘关系，也不要小看遗传基因。哪怕云雾再好，她这辈子都割不断血缘关系。你要是和云雾在一起，肯定避不开她那个乱七八糟的家庭，这些人一定会给你惹麻烦。"

说到这儿，林烟有些伤感，幽幽道："我已经失败了一次，不想你重蹈覆辙。"

第一次婚姻，婆家人际关系复杂，林烟又是个大小姐脾气，相处得水火不容。后来遇见沈兆言，他父母双亡，倒是一个很吸引她的优点。

木已成舟，沈烨只好接受现实。不过幸好颜正和叶城的妹妹叶贝贝也在云顶高中，而且颜正恰巧就在云雾班的隔壁。因此，沈烨经常向颜正打听她的情况。

一开始颜正还没觉察出什么，后来沈烨问得多了，便觉得有点儿不对劲儿，笑嘻嘻地问他是不是喜欢云雾。

沈烨冷着脸说你想什么呢，我是怕她万一在学校有什么事给我爸惹麻烦，我爸现在算是她的监护人。

颜正笑嘻嘻的，也不和他争，心说，你什么时候这么关心过一个女孩儿，别装了。

沈烨陆陆续续从颜正的口中知道云雾期中考试考了年级第五，老师很喜欢她，让她进广播站，参加辩论社团，元旦晚会，她也是主持人之一。

沈烨正被题山题海折磨得欲仙欲死，听了这些他又嫉妒又羡慕："你们学校还有心思搞社团和元旦晚会啊？"

颜正得意地说："对啊，我们学校比较人性化，注重学生的全面发展，没你们学校那么丧心病狂。你们一高就是个锻造高考机器的地方。"

沈烨呵呵一笑，心想等你考不上大学的时候就知道没人性的好处了。

元旦放假一天，头天晚上也不上晚自习。沈烨一出校门就火速打车去了云顶高中。颜正带着校服和出入卡，溜出去把沈烨接进来，带他去看元旦晚会。

新年在即，沈烨来这里有两个目的，一是给云雾带一份新年礼物，二是他认识她这么多年，从来没见过她当主持人，实在好奇她在台上会是什么样。

他穿着云顶高中的校服，冒充云顶高中的学生和颜正一起坐在观礼席上。大礼堂十分阔气，舞台上灯光璀璨，晚会徐徐拉开了帷幕。

当云雾的面孔映入沈烨的眼帘，他简直难以置信，这是他认识了五年的云雾吗？

她穿着白色的曳地长裙，长发披肩，耳畔别着碎钻发卡，就像一颗沉寂的星星突然发出了耀眼夺目的光芒。

"云雾好漂亮啊。"颜正目光直直看着台上的少女，他难以相信，这就是那个在体育馆篮球场上见到的土气、胆怯、内向的乡下女孩儿。果然，环境可以改变一个人。

站在她旁边的男生挺拔英俊，气质高贵，一口普通话标准得如播音员。

沈烨低声问："这是谁？"

颜正小声说："这是我们校草闻凯。"

沈烨"切"了一声："你们学校够俗的，还评什么校草。"

话里虽然不屑，但沈烨心里有点儿危机感，因为这个校草的的确确很帅，很出众。

晚会结束，颜正带着沈烨去找云雾。

礼堂后面的台阶上，云雾和闻凯趴在栏杆上，几米开外就是云顶高中的人工湖，湖面波光粼粼，映着一轮满月。云雾在礼服外面套了一件长款的校服，膝盖下面露出裙摆和一双高跟鞋，即便如此装扮，也依旧有着亭亭玉立的风度。

微风里传来两人的对话，他们同在广播站，都有动听的声音。

"你进校的第一天我就认识你了。你猜为什么？"

云雾回忆了一下，恍然大悟："因为我穿着一高的校服？"

"对，你来云顶高中报到，却穿着一高的校服，而且浑然不觉自己的格格不入。"

云雾莞尔："你是不是觉得我很傻啊。"

"有点儿呆。"

云雾扑哧一声笑了。灯光映在眼里，如星子般璀璨，琉璃般纯净，今夜的她，像是落入凡间的精灵。

闻凯忍不住说了一句："今晚的月色真美。"

说完，他看向了远处的湖面。身侧的女孩儿很自然地接了一句："难怪古人写了那么多咏月的诗。"

闻凯笑了笑，说："是呀。你今天也很美。"说着他单手撑着栏杆，一跃而下，冲着云雾挥了挥手，"新年快乐！"

云雾也笑着朝他挥挥手："新年快乐！"

将一切看在眼里的沈烨在不远处停下脚步，脸上的表情渐渐变得严肃。颜正没有注意到他的神情，扬起手臂喊了声"云雾"。

云雾扭过脸，一看见沈烨，又惊又喜地提着裙子小跑到他跟前，满脸兴奋地说："你怎么来了。"

沈烨低头看着她化了淡妆的脸，语气冷淡："我还担心你在新学校过得不好，没想到你混得风生水起的，这么风光。"

云雾没想到他会是这样的语气，欣喜的笑容凝固在唇角。

沈烨的表情严肃而冷厉："你天天搞这些活动，考大学能加分吗？你别忘了，你的任务是考大学，不是参加社团，也不是主持晚会！"

云雾愣愣地看着沈烨。颜正也愣住了，刚刚看晚会的时候还挺开心，怎么转眼就成了"教导主任"——他对云雾说话的语气一点儿也不像是同龄人，反倒像个长辈。

沈烨说完，扭过脸对颜正说："我走了。"说着，他把身上的校服外套脱下来往颜正怀里一扔，转身离开。

云雾本来想要追他，可是穿着裙子和高跟鞋，都是学校提供的，生怕弄坏了要赔，跑了几步便停下来，眼睁睁看着沈烨消失在夜色中。

颜正一脸苦笑。

云雾莫名其妙地问颜正："他怎么了？"

颜正窘笑道："别理他，他就是大少爷脾气。"

第九章
暗流涌动

云雾回到家里,纪棉见她闷闷不乐的,便问她怎么了。云雾就把沈烨突然跑去学校找她,批评了她一顿的事说了一遍。

纪棉听完嘴角撇了撇,露出一个类似于自嘲的表情:"这有什么奇怪的,他看不起我们乡下人,说你几句难听话,不是很正常嘛。"

云雾蓦然回忆起自己第一次见到沈烨,他站在沈兆言的身后,孤傲的眼神不屑地扫过众人,也包括她……后来,她来到市里,沈烨的确对她很好,也没再用鄙薄不屑的眼神看过她,可这种好,也许只是因为同情。

纪棉继续说:"我在学校里,一开始很多同学都不愿意搭理我,后来我说我是沈兆言的亲戚时,他们看我的眼光立刻就不一样了,很多人开始巴结我。"

云雾愣了一下,说:"你说你是沈叔叔的亲戚。"

纪棉很自然地反问:"对啊,有什么不对吗?"

云雾道:"你这么说当然不对,我们和他没亲戚关系。"

"还有人私下里八卦我是他的私生女呢,他们这样误会最好。"纪棉笑着说。

云雾连忙站起来,说:"不行,你一定要澄清。这样会让沈叔叔的名誉受损的。"

纪棉一看云雾当真了,便换了个说法:"谣言并不是我传播的,也不

是我说出去的，我怎么制止得了？再说，我澄清她们也不信啊，反正有些事越描越黑，倒不如顺其自然。"

云雾急了，忙说："不管别人信不信你都应该说真话啊，你不否认、不澄清，就等于默认了。"

纪棉笑吟吟的，也不当回事："我不和你争，我去睡觉了。"

云雾心事重重地躺到床上，翻来覆去想了半天，不管沈烨对她是喜欢还是同情，他今天说的那几句话也不是没有道理。

云顶高中和一高不同，来到这里上学的大都是家境很好的学生，很多人都会出国，所以学校很注重学生的全面发展，老师们鼓励学生发挥特长，展现个性。可她呢，她还是要老老实实地参加国内的高考。老师让她参加社团，做播音主持，的确很锻炼她的能力，可是对高考来说，这些并没什么用处，等大学里再学这些也不迟。

云雾想通之后，立刻给沈烨发了一条短信："我会全心全意学习，不再分心做别的事情，你别生气了。"

沈烨看完之后也没回复，眼前一直闪现云雾和闻凯在台上的画面，还有两人在栏杆前的对话，心里有点儿堵，于是第二天约了颜正打球。

颜正见到他就忍不住吐槽："你昨天怎么回事，大老远跑过去看晚会，看完了却那个态度。云雾哪儿做错了，你那么批评她？"

"我劝她好好学习，不要把时间浪费在没用的事情上，哪儿不对了？"沈烨一本正经地回答。

"你不会是……"颜正笑嘻嘻地戳戳他，"你是不是看见闻凯和她走得很近，有点儿不开心了？"

沈烨白了他一眼："胡说什么呢？我为什么不开心？我和她又没什么，只是我爸好心好意供她上学，我可不想她耽误自己，整天参加活动不务正业，辜负了我爸一片苦心。"

颜正撇撇嘴，不大相信。

沈烨没好气地瞪了他一眼："你也不看看现在是什么时候，还有心思胡思乱想？"

颜正嬉皮笑脸地拍着胸脯说："好好好，我们团结一致，一门心思考大学。云雾有什么情况我马上向你汇报。"

沈烨不置可否，扔球进框。

沈烨接下来陆陆续续知道，云雾主动退出了广播站和辩论社。

沈烨并不意外，他了解云雾一言九鼎的脾气，既然说了要专心学习，就绝对不会干别的，答应了他的事，她肯定会做到。

颜正还多此一举地告诉他，闻凯和云雾就是普通的同学关系，云雾退出广播站和辩论社后，两人几乎都没什么接触的机会。

沈烨心里暗暗疑惑，难道说，那晚的"月色真美"只是他随口说说，并没有爱慕的含义？

沈烨并不确定。

一晃到了春节，沈兆言往年都会在除夕那天去祥云小区看她们，今年因为林烟知道了姐妹俩的存在，沈兆言就没再过去，怕林烟知道了又要挑事，只是寄了一些年货过去。

保姆照例回老家去了，家里就姐妹俩人。除夕那天夜里，云雾在厨房里备菜，听见外面客厅里纪棉在接电话。

她来到市里半年，普通话已经非常标准，听不出来一点儿青山村的口音，甚至两人私下相处，她也不再对云雾用方言说话，她只想尽快抹去过去的一切痕迹，尽快融入新的生活。

房间不怎么隔音，云雾突然发现，纪棉的声音十分绵软温柔，有种别样的清甜。

"我和我姐一起过……嗯，我不要新年礼物，你唱一首歌给我听好了。"

然后就没了动静。云雾好奇，朝客厅看过去。纪棉一手撑着下颌，一手举着手机，放在耳边，唇角微微勾起，脸上的表情很陶醉。

云雾骤然惊了一下，突然想起放寒假之后，纪棉的手机经常有短信和电话，她不会是谈恋爱了吧？

吃年夜饭的时候，云雾终于忍不住问了纪棉。纪棉笑眯眯地否认了："没有啊，只是学校的一个男同学。"

若是普通的男同学，打电话怎么可能是那个语气呢，还打那么久。云雾沉默了片刻，说："你还是把精力放在学习上吧。"余下的话她没好意思开口，纪棉的期末成绩考得很一般，依这个水准，以后她只能上个专科。

纪棉笑吟吟地说："这个同学比我高一届，刚好可以帮我补习功课，免费的家教呢。"

云雾忙说："那也不大好吧，我可以帮你补课啊。"

纪棉冷冷地笑了笑："他给我补课怎么不好了？你可以和沈烨一起玩儿，我就不能和男同学交往？就连沈叔叔也不能干涉我和男同学交往吧。况且我们本来就没什么。"

云雾无言以对。

毕竟她是只比纪棉早两个小时出生的姐姐，不是父母或者师长。两人又因为幼年分开，在两个家庭长大，并没有亲密无间的那种姐妹亲情，可以毫无顾忌地畅所欲言。纪棉不肯承认，那她也不好再继续追问，更不好去干涉。她只能在心里暗暗担忧纪棉的成绩。

沈兆言虽然从来不强求她们取得好成绩，可是云雾总觉得，学习不好就对不起沈叔叔的这份心意。纪棉显然没有这样的想法，她更多的是想着自己，为自己而活。

快到零点的时候，云雾给沈烨发了一条新年快乐的短信。两人自从元旦那次见面就再也没联系过。

刚刚发完，纪棉找她借手机用。

云雾把手机递给她，随口问了一句："你怎么不用自己的？"

纪棉笑嘻嘻地说："我的话费用太多了，沈叔叔知道了可能会不大好，反正你又不打电话。"

云雾欲言又止。本想劝她节约点儿，毕竟她们俩花的每一分钱都是沈兆言给的，不是自己的，可是一想，今天是除夕夜，自己这么说也太煞风景了，等改天再提醒她。

元旦那天大发脾气之后，沈烨其实有点儿骑虎难下，收到云雾的短信，马上就势下了台阶，兴冲冲拨了电话过去。

对方正在通话中。奇怪，她在这里没有亲戚朋友，和谁打电话呢？

沈烨挂了，隔一会儿再打还是通话中，一个不好的念头顿时涌入脑海——她不会是和闻凯在通电话吧？

拨了五次还没拨通，沈烨坐不住了，拿起衣服就往外走。

林烟正在看春晚，忙喊住他问："你去哪儿？"

"叶城和同学在KTV喝多了，叫我送他回家，一会儿就回来。"沈烨不等林烟起来拦住他就飞奔出了大门。

除夕夜，街上畅通无阻，沈烨打了车，十五分钟后赶到祥云小区，上楼按响门铃。

云雾打开门看见是他，又惊又喜的"哎"了一声，眼里似乎亮起了星星："你怎么来了？"

沈烨没吭声，盯了她几秒钟，目光越过她的肩头，刚好看见纪棉正在打电话，拿着的是云雾的手机，他堵了一路的气和胡思乱想的念头顿时都消散了。

"我爸今天有事，没空过来，叫我来看看你们。"

沈烨的借口冠冕堂皇，云雾一点儿也没怀疑，她把沈烨迎进门说："我们挺好的，沈叔叔不用担心，再说这么晚了，你打个电话就行了，还跑一趟干吗？"

纪棉挂了电话，起身对沈烨说了句很客套的"新年好"。

沈烨点点头，算是回应。

"你们没事我就走了。"

有纪棉在,也不方便和云雾多待,沈烨来去匆匆,像完成探视任务一样,坐都没坐就出了门。

云雾照例送他出去,到了楼梯口。沈烨突然冒出一句:"你的手机别老给别人用,万一有事找不到你怎么办?"

云雾替纪棉解释:"今天不是除夕吗,她和同学们互相拜年,话费不多了才用了一下我的。她平时都不用的。"

沈烨看着她:"你没跟同学拜年?"

云雾笑盈盈地摇了摇头,说:"就给你发了条短信,其他同学都不知道我的手机号,我说我没手机。"

沈烨心里莫名的舒畅:"为什么不说?"

云雾低头踢了下脚边的小石头:"不想浪费电话费。"

沈烨笑了:"你还真是抠门。"

云雾瞪了他一眼:"等着吧,等我有钱了,看我怎么大方。"

沈烨看了看她,轻声说:"好啊,我等着。"

还有几个月就要参加高考的沈烨正月初四就开了学,每天紧张到上厕所都得掐着时间。清明节的时候,他自然也没工夫陪云雾回青山村,他想反正今年有纪棉和她一起。

沈兆言照例给云雾安排了司机。临走前一天,纪棉突然告诉云雾,她今年不回去扫墓了。

云雾问:"为什么?"

"回去万一碰见张霞,我担心她不让我回来。"

"沈叔叔不是都处理好了吗?她应该不会难为你的。"

纪棉"哼"了一声,说:"她见钱眼开啊。万一见到我,再把我绑了送到定亲的那一家呢?"

云雾不敢冒险,于是留下纪棉,独自一人回了青山村。给母亲扫完墓之后，她去了一趟蒋成达家。

沈兆言给蒋成达带了几瓶茅台酒，还有一些补品，让云雾送给过去，以示感谢。因为纪棉的事情是蒋成达去和纪棉的继母周旋的，沈兆言不方便出面。张霞拿了一笔钱，很爽快地答应让纪棉留在省城上学了。

云雾上学的时候学习成绩特别好，蒋成达一直都很喜欢她，见到云雾现在的样子，更是无比欣慰，好一顿夸赞，把云雾夸得脸都红了。

蒋成达又顺口问起纪棉："纪棉怎么没回来？"

云雾解释了原因。蒋成达笑道："怎么会呢，张霞巴不得让她在外边读书，少一个人吃喝，好减轻家里的负担。"

云雾又说："她给纪棉定过亲，纪棉担心碰见那一家人，又生出什么事来。"

蒋成达的妻子洗了苹果端进来，刚好听见这话，惊讶道："定亲？张霞没有给她定过亲啊。"

云雾愣了一下。

"张霞和我提过好几次，打算以后亲上加亲，让纪棉嫁给陈钢，可以省一大笔彩礼。现在农村的青年娶媳妇很困难，彩礼越来越高，这都是重男轻女导致的恶果。"

陈钢就是张霞带过来的那个儿子。

蒋成达笑着叹了口气："没想到陈钢上初中时那么混账，以后竟然要当老师，搞不好过几年要成为我的小同事呢。"

云雾问："当老师？"

"对啊，他复读了两年考上了师范学校。"蒋成达叹气，"不过，现在的年轻人都不愿意回家乡，所以咱们村里一直缺老师。支教的老师来了又走，也不是长久之计啊。"

云雾回去的路上，越想越觉得不对劲儿。

纪棉说张霞为了给儿子凑学费给她定亲收彩礼，可陈钢上的是师范学校，应该是免学费的。而且，张霞打算让纪棉将来嫁给陈钢，为什么要给她定亲？难道是纪棉撒了谎？

蒋老师夫妻没必要信口胡说，而且他们俩也不是那种人。

云雾决定弄个清楚，不然心里一直有个疙瘩。回到家里，她告诉纪棉，今天去了蒋成达的家里，听到了很多关于张霞和陈钢的事。

她没说是什么事，纪棉脸色微微一变："什么事啊？"

云雾不再绕圈子，直接问："你为什么要骗沈叔叔？"

纪棉反问："我骗他什么了？"

"你知道我指的是什么。"云雾直到此时此刻还不相信纪棉编造了谎言，可是蒋老师夫妻俩更不会诬陷她，"他对我们那么好，你为什么骗他？"

纪棉没有回答，漂亮的眼睛毫不闪躲地看着云雾。是谁说说过谎的人会心虚，会眼神飘忽。她不会，她偏不。

客厅里的空气仿佛凝固了。

纪棉缓缓地站了起来，视线和云雾持平："你想听原因吗？那我告诉你。"

她这么说，就等于承认了欺骗。

云雾无比失望和痛心，难以置信地问："为什么？"

"村子里的老师是什么学历、什么水平，你很清楚，你给我的复习资料和辅导书，我根本就看不懂，因为老师讲都没讲过，可能他们都没见过，所以我再怎么用功、再怎么努力也考不上一高。我会像陈钢一样在乡里上高中，像他一样，因为落后的教学条件而考不上大学。不同的是，他是张霞的亲儿子，她可以容忍他一年又一年的复读，最后勉勉强强考上一个生源不足的师范学校。可我不一样，她怎么可能让我复读呢？每一年都得花钱啊！她舍不得的。"

纪棉缓了口气，继续说："所以，我要么是在家里干活儿，要么是出去打工。等陈钢毕业了，和他结婚，可以省一大笔彩礼钱。当然了，如果陈钢在外面上了大学，开了眼界，看不上我，那我可能会嫁给一个连陈钢都不如的男人。"

纪棉的每一句话都像一把锤子，在暗夜里发出沉闷的声响。

云雾看着眼前比自己还要成熟、冷静的纪棉，在心里问自己，纪棉的命运当真会如此吗？她不想认同，可是她也无法反驳。

纪棉露出嘲讽的笑容："你看，这就是我的命运和前途，可以一眼看得到头的一辈子。可是你呢，你到了海市，考上了最好的高中，可以上名牌大学，你的前途很光明，最差最差，也会在沈叔叔的公司里当个白领。"

纪棉看着她，眼神突然变得很尖锐："你没有发觉我们之间的差距吗？这个差距是因为我不如你吗？不是。开始我们是一样的，上小学的时候，我们一样年年拿奖状，妈贴到墙上的，我不比你少一张。我不比你笨，但你能考上一高，是因为沈叔叔把你带出了青山村。"

云雾想说，不是谁都能考上一高的，她付出多少心血，除了保姆，没人知道。她没有在凌晨一点之前睡过觉，没有节假日和寒暑假，大年三十都在做题，上厕所的时候都在背单词。可这个时候，面对纪棉，这些话她都无法说出口。

纪棉红着眼圈继续说："沈叔叔为什么那么偏心，他为什么不管我，只管你？"

云雾的眼眶也红了："他不是偏心，是因为爸根本就不管我，我无家可归，你不知道吗？"

纪棉嘲讽地笑了下："是啊，我还有个家。可他知不知道我在那个

家里过的是什么日子？你跟着咱妈，她不打你、不骂你，也不让你干重活儿，更不会让你看着同龄人去上学，自己在家带小孩儿。我呢？"

眼泪慢慢从脸颊上滑落，纪棉的声音也变得嘶哑："不仅沈叔叔偏心，就连妈也很偏心，给你取名叫纪星，你是天生的星星，我是她的贴心小棉袄。你看，一个天上，一个地下。可既然是贴心小棉袄，为什么她不要我？"

提到过世的母亲，云雾的眼泪夺眶而出："妈没有不要你，也没有不管你。妈做什么东西都是两份，从来没有偏心过，每次家里做了好吃的，妈都会带到学校里给你，你不能这么说她。"

纪棉猛地抹了一把眼泪："好啊，不说她。说你。"

"妈去世了你算是我最亲的人，沈叔叔把你接走了，我特别高兴。我天天盼着你会来接我，让我离开那个家。可是你呢？你在这里享受了这么好的生活，你想到过我吗？你想起过我吗？"

云雾含着泪说："我当然有想到你，我拼命学习就是想有一天能够帮助到你。"

纪棉压抑着的怨恨终于爆发了："你帮我什么？送一堆辅导书？一个手机？几件衣服？我不需要这些，我需要的是你带我离开那个家，你有没有向沈叔叔提过一次，把我也接到城里来？你提过吗？"

云雾难过地看着她："是的，我没有提。我在心里想过无数次，可都没办法开口，因为沈叔叔只是我的恩人，不是我的亲人，我没有资格对他提出过分的要求。所以我一直很愧疚，觉得很对不起你。"

"你不肯帮我，那我只有靠自己。"纪棉看着云雾，一字一顿道，"所以，你有什么资格来指责我？"

云雾伤心地看着她："纪棉，我没有资格指责你，可是你不该骗沈叔叔。你不该利用他的同情心。"

"你别假惺惺地标榜你的三观了。你站着说话不腰疼,得了便宜还卖乖。换成你是我,你就不会这么说了。"

云雾含着泪点头道:"是的,换作我是你,我宁愿坦坦荡荡地去求他,而不是撒谎骗他。"

纪棉冷笑不语。

云雾道:"沈叔叔是很有钱,可是他的钱不是我们的,他给我们一分,我们都应该感激,而不是理所当然地认为这是他应该给的,他不给就是不仁义、不厚道、不作为。他不是救世主,他也不是我们的亲戚,他不欠我们什么。"

纪棉脱口道:"他不欠我,那你呢?"

云雾的心口如同被刀子扎了一般,她没想到纪棉会这么怨恨她。

"我来到海市,并不像你想的那样过着幸福快乐的生活,沈叔叔给我的每一分钱,我都有心理负担,每次考试我都有沉重的压力。我没有出去旅行过,也没有买过衣服,沈烨送的衣服我全都给了你,我去云顶高中报到的时候,穿的还是一高的校服,因为我没有别的衣服。我把我能送给你的东西都给了你,你看不上这些,可这些已经是我力所能及的全部了。"云雾哽咽着说,"纪棉,如果你认为我欠了你,那我也无话可说。"

纪棉厉声道:"你错了,你给的不是全部,只是无关紧要的一点儿皮毛,沈叔叔给你重塑了内核!"

那是因为内核无法给你,只能靠自己重塑。这句话云雾没有说出口。

纪棉含着眼泪盯着云雾,漂亮的眼睛里浮起迷茫和痛苦之色:"我和你长得一样,有着一样的父母,为什么我总是可怜的那个,为什么我总是受罪的那个?云雾,我哪里不如你?我真的很想知道。你告诉我。"

第十章
以攻为守

云雾看着纪棉几乎和自己一模一样的面孔,难过至极:"你没有不如我。从小你就比我聪明、机敏,处事灵活,只是我从来不会怨天尤人。"
　　纪棉红着眼圈反驳她:"那是因为还没等你怨天尤人就已经有人救你于水火!"
　　云雾奔波一天已经疲惫不堪,此刻更是心力交瘁。她有气无力地说:"很晚了,我不想和你吵。"
　　洗了澡躺到床上,云雾辗转反侧,难以入眠。
　　纪棉的欺骗让她难以接受,可她又不能把这件事告诉任何人。永远守着这个秘密,在内心深处她又觉得自己对不起沈兆言。她左右为难,十分煎熬。
　　翌日清早,没等保姆起来,她就提前去了学校。
　　周日,沈烨吃过午饭,陆陆续续给云雾发了好几条短信都未收到回复。眼看要去上晚自习了,还没见回音,他忍不住拨了电话过去,可云雾的手机居然关机了。两人平素都是周末联系,因为云雾住校,学校不让带手机。
　　沈烨等了一个星期,第二周还没收到她的回复,再打电话过去,还是关机。难道是手机坏了?
　　沈烨给保姆打了电话,才知道云雾已经两周没有回祥云小区了,一直

待在学校里。这很不正常，云雾一向生活规律，过着两点一线的生活。

沈烨问保姆她为什么周末也不回来。

云雾从青山村赶回来那天，保姆已经睡了，后来被纪棉的声音吵醒。她被沈兆言雇来，主要任务就是照顾云雾的生活起居，姐妹俩吵架又不归她管，听见了也索性装作不知道。可既然沈烨问到了，她就如实汇报："清明节云雾从老家回来的时候，和纪棉吵架了。我猜，可能她是怕回来，纪棉再和她吵吧。"

云雾的个性，沈烨非常清楚，若非逼急了、惹急了，她绝对不会和人争吵，顶多也就是瞪瞪眼睛，自己气一会儿便好了。

沈烨问："为什么吵架你知道吗？"

保姆醒来的时候只听见两人争吵的后半截，前面的吵架原因不清楚，于是就把她听到的那几段话原封不动地告诉了沈烨。

沈烨气得火冒三丈，拿起书包出了学校，打车直奔云顶高中。

云雾被颜正叫出教室，一眼看见门口走廊上的沈烨，十分惊讶："你怎么来了？"

沈烨先打量了她一下，看她瘦没瘦，这才沉着脸问："怎么回事？这两周怎么不回去？"

云雾说："我在学校看书。"

沈烨反问："你回家不也是看书？"

"在学校效率更高嘛。"

沈烨没好气道："你在厕所效率也挺高的。总是带着一本英语单词小册子。"

云雾瞪他一眼，扭头看颜正，可颜正已经很识趣地走到了三米开外，说他先去食堂吃饭了。

颜正不在，沈烨也就不顾忌什么了，径直问："你和纪棉为什么吵架？"

云雾吃了一惊："你怎么知道的？"

"你和她为什么吵架？"沈烨加重语气，又问了一遍。

云雾本来担心沈烨已经知道吵架的起因，可是他连着问了两次，显然并不知情，于是便说："我让她不要老打电话，很费钱。"

她虽然和沈烨关系很好，可毕竟纪棉是她的亲妹妹，她不想说出真实的原因，怕沈兆言知道后对纪棉有看法。

沈烨怒其不争地瞪着她："我就奇怪了，你看上去不笨不傻的，怎么吵个架都吵不过。"

"……"

"她埋怨你来到市里，没有求我爸把她也带出来，你怎么不问问她，你妈去世的时候，你无家可归，她为什么没有去求你爸和她后妈收留你呢？你那会儿可是比她还可怜，没人管也没人要，无家可归，要不是蒋老师好心收留你，你都要睡到野地里了，你指责她，怨恨过她吗？"

云雾说："我怎么会怨她呢，她在家里说话又不顶用。"

沈烨冷笑一声，说："那你现在不也一样？管不管她，是我爸说了算，你做得了主吗？你干涉得了吗？她凭什么指责你？她把乱七八糟的怨气都发泄到你头上，你就不知道反驳？"

云雾垂着眼皮，看着鞋尖。

沈烨咬牙切齿地用手指点了点她的额头："你是猪吗？吵架都吵不过，笨死了。"

云雾生气了："你大老远跑来就是骂我不会吵架的啊，你管得也太宽了吧。"

沈烨瞪着眼睛说："你被人欺负了我还不管？"

云雾一怔，看着眼前横眉竖眼、一脸不耐烦的沈烨，忽然间不自在起来，不敢看他的眼睛，耳朵有点儿发热，脸颊也有点儿烫。她想自己是不是想多了，也许他只是替自己打抱不平而已。

她赶紧往前走了几步，不想让他发现她的不自然。沈烨一把扯住她的袖子："别走啊，我还没说完呢。"

"你快走吧,你不是还有晚自习吗?"一提到晚自习,云雾的脸色变了,"完了,你这会儿肯定赶不上了。"

从云顶高中赶到一高至少要两个小时。云雾知道一高的严厉,迟到的后果很严重,旷课就更不用说了,所以学生们去食堂吃饭都是一路小跑,被大家叫作"跑饭"。

沈烨很淡定:"反正已经赶不上了,干脆就多待一会儿。"

"老师会往死里罚你的。"云雾急了,扯着他的袖子就往校外走。好巧不巧,在校门口打车的时候,沈烨看到了从私家车上下来的闻凯。

云雾很自然地打了声招呼,然后转开了视线,伸手去拦出租车。

沈烨打开车门坐上去的时候,无意间一抬头,看见闻凯正回头看他。

颜正一直对沈烨说,闻凯和云雾是很纯粹的同学关系,自从云雾退出广播站和辩论社后,两人很少见面。可为什么见到他和云雾在一起,会用这种很奇怪的眼神看他?

高考在即,沈烨全心全意地备战。成绩出来后,他发挥得不错,分数虽然离清华和北大还差一些,但上个985高校完全没问题。是让他复读一年争取考上清华或北大,还是今年就走,沈兆言和林烟产生了分歧。

沈兆言想让沈烨再多读一年,高三再考,说不定能考上清华或北大。林烟持反对意见,沈家的孩子根本不需要清华和北大的光环加持,更不需要靠考取名校来改变命运,何必让孩子再受一年罪。

沈兆言本想坚持己见,可是那天酒桌上突然胃出血,被送到医院后就想通了,算了,何必在意那些,儿子早一年上大学就能早一年毕业回来替他分担重任。

沈烨报了N大,收到录取通知书那天跑去告诉云雾。云雾比他还要高兴,看他的眼神都带着光,满脸都写着崇拜和羡慕。

沈烨意气风发,美滋滋地问:"要不要我帮你补课?"

云雾高兴地点点头,送上门的学霸免费补习,上哪儿找呢。

沈烨想了想说:"那就在附近的图书馆吧,我到了给你电话。"

"不在家里?"

沈烨说:"人多,太乱了。"

他莫名不喜欢纪棉,能不见就不见,甚至对几个好友都没提及云雾还有个孪生妹妹。

等纪棉从外面回来,云雾兴冲冲地把沈烨考上N大的好消息告诉她。

纪棉听到他英语考了满分的时候,既没有羡慕也没有惊讶,波澜不惊地说:"他从幼儿园开始就学英语,而且是外教一对一授课。你想想我们小时候是什么样的学习条件,连老师的英语都是带着口音的,听力就更不用说了,让我们一起参加高考,一点儿都不公平,他考得好也没什么稀奇的。"

云雾本想和她分享喜悦,再顺便激励她一下,没想到被迎头泼了冷水,只好笑着说:"抱怨不公平有什么用,不能因为不公平就不去奋斗啊,正因为有这些不公平,我们才要更拼。"

纪棉笑了笑,说:"怎么拼啊?"

云雾一愣:"努力啊。"

纪棉又笑道:"你以为人家就不努力啊?人家既有钱又努力!"

"……"

她和纪棉越来越说不到一起了,以前还不觉得,自从纪棉和她吵了一架之后,各方面的分歧就愈发明显。总之,她们三观不同,难以沟通。可纪棉毕竟是她同父同母的妹妹,血脉无法割舍,不像朋友,可以远离和绝交,所以她只能选择包容。

一晃暑假过完了,沈烨去N市的前一天,林烟在家里给他收拾行李。

沈烨抱着胳膊靠在门边,默不作声地看了一会儿,突然开口:"我知道你想让我今年就走的原因。"

林烟没吭声,把箱子合上,像没听见似的。

"你想让我赶紧离开这里。"沈烨点到为止,但意思已经被挑明。

林烟转过脸，索性也直说了："对，我是想让你尽快离开，不去云顶高中，也不去祥云小区。"

沈烨把箱子提到门边："放心吧，我会在大学里找个女朋友的。"

林烟半信半疑："真的？"

沈烨点了点头，说："真的。"

林烟暗自松了口气。

云雾知道沈烨第二天要走，晚上发了短信给他，祝他一路顺风。短信没回复，过了半小时，却接到沈烨的电话，说让她下楼。

云雾一出电梯就看见沈烨等在外面。

灯光下的青年有着笔直挺拔的身材和俊美清爽的容颜，是站在人群中能把别人都比成尘埃的那种人。她在青山村见到他的第一眼便觉得和他此生都不会有交集，可是没想到能和他成为朋友。

沈烨对她招了招手："你过来。"

云雾走到他跟前，莫名有点儿紧张："什么事？"

沈烨看着她，神色严肃，问："最近有没有人追你？"

云雾没想到他会突然跑过来问这种问题，尴尬地转开脸："没有。"

"那个闻凯没有追你？"

云雾没好气地回答："没有。"

沈烨又问："真没有？"

云雾急得脸都红了，一副恨不得发誓的表情："真没有！"

沈烨笑了笑："好好学习，不许谈恋爱。"

讲到这儿，虞金金小心翼翼地看了一眼周梨："你还好吧？"

周梨直起腰板："我没什么不好啊。"

虞金金笑着又问："你不是暗恋你老板很久了吗，听到他的过往情史，你……"

"什么过往情史啊，沈烨的讲述中，从头到尾都是他的主观臆断。"

虞金金一愣:"主观臆断?"

"对啊。就凭那句'月色真美',并不能证明闻凯暗恋过云雾。你想,如果闻凯在元旦后开始追求云雾,那沈烨可以推论那一句'月色真美'就是告白。可颜正说,闻凯和云雾就是普通同学,一点儿追求的举动都没有。'月色真美'也许就是闻凯当时看到湖中的月影有感而发罢了。沈烨为何那么肯定闻凯是在告白?他又不是闻凯肚子里的蛔虫。"

虞金金点头道:"这些都是沈烨的陈述,或许只是他单方面的认定。可沈烨讲述这段往事的时候,十分笃定,显然后面有事实佐证。"

周梨很大度地笑了:"是真的更好。闻凯喜欢云雾,至少说明了两个问题——第一,他不喜欢男人;第二,他是有感情的,会喜欢一个人。"

虞金金莞尔:"好吧。"

周梨意犹未尽地问:"讲完了?"

"沈烨让我把前面的内容整理好,先把剧本写出来,他好去谈演员。那个演员的档期比较难碰。剩下的故事等他出差回来再继续。据他说,故事到这儿已经讲了一大半。"

周梨揉了揉自己新烫的小卷发:"这个故事讲到这里,你不觉得有个地方不对劲儿吗?"

"哪儿不对劲儿?"

"你看,云雾连吵架的真实原因都不肯告诉沈烨,因为她想要维护纪棉,不想让沈烨和沈兆言知道纪棉不好的一面。沈烨显然很清楚这一点,那他为什么还要把纪棉的所作所为都写出来?将来拍成戏,大家都能看到,他就不怕纪棉本人看到?他就不怕云雾会生气?这不是送给她的生日礼物吗,用这个'惊喜'把老婆气得半死?"

虞金金被逗笑了:"当然不会用真实名字啊。他是为了方便讲故事才用的真名,剧本里让我把人物名字都换掉。"

"就算换掉名字,云雾和纪棉一看就知道是讲她们的事啊,纪棉不气死才怪,云雾肯定也不会高兴。"

虞金金点头:"是啊,家丑不可外扬。如果沈烨真的想记录他们的感情,完全可以去掉纪棉的部分,或者是一笔带过,不写她有心机的这些事也并不影响这个故事,就是一部纯美的青春爱情戏,可他为什么非要写纪棉呢?"

周梨道:"那只有一个可能,云雾后来和纪棉决裂了,所以不再维护她,也不介意沈烨把她的事情爆出来。"

虞金金惊讶道:"决裂?依云雾的个性,她怎么可能和纪棉决裂?"

周梨竖起一根手指头,很确定地说:"目前就有一个证据,说明她们后来决裂了。"

"什么证据?"

周梨分析道:"她们吵架的原因,沈烨和保姆都不知道。沈烨后来怎么知道的?要么是纪棉自己承认的,要么是云雾告诉了他。这种不好的事情,纪棉会主动说吗?必定是后来纪棉做了让云雾忍无可忍的事情,两人决裂,云雾不再维护她,把她做过的事情全盘托出。"

虞金金很佩服地抱拳道:"真不愧是周律师!"

周梨越琢磨越好奇:"你说,到底是什么忍无可忍的事情导致两人决裂的?"

虞金金忙说:"千万别是两姐妹争一个男人,我最不喜欢这种剧情。"

周梨笑了:"不会。纪棉是个自尊心很强的人,所以被人看不起的时候,她打出沈兆言的旗号。她这么介意别人的眼光,介意自己的身份,沈烨又最清楚她的过去,她肯定不会对沈烨有什么想法的。而沈烨明显对她也没有好感。她那么聪明,不会去做这种毫无把握的事情。再说,依她的长相，找个比沈烨条件差一点儿的男友并不难，你看，她来了没多久就已经有关系不错的男同学了。"

虞金金也被周梨勾起了强烈的好奇："真不知道她现在怎么样了？对了，你见到云雾的时候没听她提起过纪棉吗？"

周梨道："她就提过一次，说纪棉身体很弱，常年有病。所以后来都是她替纪棉来找我。"

虞金金纳闷道："纪棉不像身体有病的样子啊，沈烨和我聊了这么久都没提过她有病。"

周梨也觉得这一点很奇怪，她印象中的纪棉不是个病秧子的模样，看上去神采奕奕的。之所以印象深刻，一是因为她很漂亮，二是来打官司的人大多气急败坏，她当时心情很好的样子，完全不像个苦主。

沈烨出差整整一个星期也没回来，虞金金那边一点儿消息都没有，周梨快要急死了。

那天她在单位加班，忽然想起当初纪棉签的合同，上面会不会有一些蛛丝马迹，或者有用的信息？周梨果断去档案室翻当年的合同。

不提别的律师，光是她一年到头经手的官司就不少，纪棉那个小官司，周梨想了半天也记不起来具体是哪一年的，翻了半天，终于找到了。

身份证复印件上有地址，合同上有电话号码，还有她的签名。周梨拍了照，离开公司准备回家，走到路口，突然有人叫了声周梨。

周梨一扭头就看见了闻凯。

"我正要找代驾，刚好你在，送我回去吧。"不由分说，钥匙已经递到了她的眼皮下。

周梨的小心脏怦怦跳了几下，忙笑着说："好啊，很荣幸开老大的豪车。"

"好看吗？"闻凯指了指不远处停着的新车。

周梨点头哈腰道："好看极了，老大你真的是品味超高。"

"当然。"闻凯坐在副驾驶上，身上有淡淡的酒气，脸上有薄薄的红晕，看来喝得微醺。

周梨心里蠢蠢欲动，如此千载难逢的好机会，错过了未免可惜。

在车子拐到一个人烟稀少的街道时，周梨终于鼓起勇气开口问道："老大，你高中的时候有没有早恋啊？"

"怎么突然问起这个？"

"就……瞎聊呗。"

闻凯闲闲地说："我干吗要陪着你瞎聊？和我说话很贵的，你难道不知道？"

周梨心里有个小人儿在抱头暴走，和律师老板聊天为什么这么累？问了半天，闻凯连一个实质性的字都没告诉她。

可这是千载难逢的好机会，闻凯喝得半醉，刚好碰上她送他回去，这会儿不问，不知道何时才有下次。

周梨豁出去了，厚颜无耻地说："就当满足小的的好奇心吧。"

闻凯斜睨着她，说："我干吗要满足你？"

周梨做了三个深呼吸，死心塌地地闭了嘴。

闻凯用丹凤眼瞟着她："告诉你了，今年一年别给我提加薪的事。"

"……"

闻凯撑着下颌，好整以暇地看着她："成交吗？"

周梨咬了咬牙，说："成交。"

"高中生不许早恋你不知道吗？"闻凯白了周梨一眼，"不过我确实在高中毕业后追过一个女生，但被拒绝了。"

周梨小心翼翼地问："是很明确的那种追求吗？不是什么暗恋、暗示之类的？"

"高中的时候只想着好好学习，不想影响她。那个时候也仅仅是对她有好感，把她当成可以一起奋斗的同学。高中毕业之后发现自己渐渐喜欢上了她，就在暑假的时候明着表白过。"

周梨愣愣地看着他。沈烨应该弄错了，"月色真美"看来并非告白，但是这么说来，他知道闻凯毕业后对云雾表白过？可是为什么云雾一直说没有？

闻凯见周梨在发呆，问："怎么了？"

周梨忙说："太惊讶了，没想到老大你这种神仙般的人物居然还有人会拒绝你。"

闻凯幽幽道："可能是神仙和凡人不能相恋吧。"

"……"

"所以从此以后我就不再主动追别人了，别人来追我比较好。"

第十一章
心心相印

周梨心里转了好几个弯儿，试探着问："老大，你喜欢的那位姑娘是个什么样的人？"

"她是转学来的，报到的第一天，刚好我在校办公室看见她，清清瘦瘦的，穿着一高的校服。"闻凯弹了下手指，"哦，你不是本市人，可能不知道一高有多厉害，想当年，我都差了三分没考上。"

周梨马上说："那是挺厉害的，老大这么优秀的人居然都落榜了。"

闻凯很惬意地接受了这个马屁，继续往下说："我知道她是从一高转学过来的，心里马上就对她高看了几分。没过多久是期中考试，年纪榜单前十名里全是三个字的名字，唯独我们俩的名字是两个字的，还紧挨着。我盯着那两个名字看了好久，觉得很有缘分。"

周梨听见这话，简直太有同感了。她有一次看到她和闻凯的名字排到一起，也是心里暗喜，跟中奖了似的。

"似乎为了印证缘分这回事，紧接着，她进了广播站，又进了辩论社，我们不在一个班，却几乎天天碰面。"

听到这儿，周梨已经确定无疑，这个女生就是云雾。她又忍不住问："那老大你是怎么表白的呢？回头我也学学。"

闻凯凉凉地瞥了她一眼："学我怎么失败的？"

"不不不，"周梨正色道，"吸取经验教训。"

"还能怎么表白？"闻凯狠狠瞪了周梨一眼，"高考之后返校查成绩，我刚好在学校外面碰见她，一时冲动就直接问了。没想到她告诉我，她有喜欢的人，那人比我好一百倍。"

周梨吃了一惊，竟然还有这么一回事，那云雾为什么对沈烨说，闻凯没有追她？

"这么多年的伤疤又被你揭开了。"闻凯很不悦地瞪了周梨一眼。

周梨连忙安慰："怎么可能有比你好一百倍的人？不可能的，老大你就是世界上最好的，没有之一！"

闻凯幽幽地看着她："我真是很喜欢听你拍马屁。给我的感觉就仿佛是……你在暗恋我。"

周梨的心脏猛地一抽，差点儿没来个急刹车。

"不过，我最讨厌别人暗恋我了。"闻凯冷漠地"哼"了一声，"喜欢就说啊，憋在心里长毛了，像臭豆腐一样，呵，憋死活该。"

周梨心惊胆战地瞟了一眼旁边，只见老板已经把眼睛闭上了，皱着眉头，手指头狠狠地揉着太阳穴，仿佛被气到了。

周梨便很识趣地默默开车，心情却十分纷乱。闻凯说他告白过，可是云雾却矢口否认。到底谁在说谎？

车子停到闻凯家楼下，周梨熄了火，轻声叫了声"老大"。

闻凯懒懒地把眼睛睁开，道："你把车子开走，明早上来接我。"

周梨愣了一下，忙谢过老板的好意，说自己打车回去就行了。她开着这豪车总觉得心里紧张，生怕磕了碰了。

闻凯眼风一扫："怎么，叫你过来接我上班，你还不乐意？你是不是明年都不想加薪了？"

"不，不，"周梨马上笑靥如花，"老大，我明天一早来接你，要不要帮你带早餐？"

"要。"闻凯瞥了一眼没眼色、不懂事的下属，冷冷地哼唧一声，"给我送到楼上来。我不吃包子、油条，也不要鸡蛋饼、汉堡。"

周梨忙问:"那你要什么?"

闻凯一抬下巴:"随便。"

随便?这还叫随便?周梨看着老板玉树临风的背影,摸着下巴犯愁:这么难伺候,万一被娶回家了,也很不好养呢。

正忧心着手机响了,虞金金的来电让周梨精神一振,难道沈烨回来了?果然,一接通电话,虞金金就说:"沈烨讲完故事刚走,我就马上给你打电话了。我知道你心急如焚地等着下文呢。"

周梨激动地问:"你还在玫瑰雾?好,你等我。"

二十分钟后,周梨赶到玫瑰雾,迫不及待对虞金金说:"我有件事要告诉你。闻凯对云雾表白过,不是暗示,是挑明,但被她拒绝了。"

虞金金居然一点儿也不意外:"对,的确是表白过。"

周梨一愣:"你知道啊?"

虞金金笑:"我也是刚刚知道的。"

"那云雾为什么要撒谎?"

"她没撒谎。"虞金金给她倒了杯柠檬水,不紧不慢地说,"你听我讲完就明白了。"

云雾高考毕业之后,沈烨正值暑假,立马赶了回来。林烟有点儿紧张,盯了他几天,发现他一没去云顶高中,二没去祥云小区,这才放了心。

沈烨按兵不动,一是迷惑他妈,二是云雾刚考完,想让她好好休息几天。等林烟放松了警惕,他就借故和颜正、叶城打球,去了祥云小区。

走到楼下,沈烨突然停住了脚步,他看见纪棉正站在台阶上和一个男生说话。男生背对着他,个子很高,看样子家庭条件也不错,穿着一双市面上很难买到的限量版运动鞋。

纪棉微微仰着脸,阳光照得她肌肤通透,白里透粉,漂亮的眼睛神采奕奕,顾盼生辉。沈烨想起第一次见到她,她神色沉郁,眼神幽深,通身都有一种暮气，而此时此刻，她却像逆龄生长了一般，健康漂亮，活泼可爱。若是比较起来，她比云雾的改变更大，已经完全看不出她来自一个穷困闭塞的小山村。

沈烨抬步走过去，看见那个男生送给纪棉一串项链，纪棉高高兴兴地戴上。看见沈烨，她脸色突变，赶紧对那男生说了句什么。那男生转过身来，准备离开。沈烨和他打了个照面，两人错身而过。沈烨低头上了台阶，像没看见纪棉，没和她打招呼，径直走到电梯前。

纪棉紧跟在他身后，叫了他一声，沈烨瞥了她一眼，什么也没说。他越这样，纪棉越忐忑，笑了下说："刚才那个人是我的一个同学。"

沈烨语气很淡："都找到这儿了，不是普通的同学吧。"

纪棉摇了摇头，低声说："没有，只是关系很好罢了。他总抽空给我补习。你知道的，我刚转过来，基础不好，成绩差。"

沈烨扫了一眼她的项链，说了句："很用心。"然后讥讽地扯了下嘴角，"随随便便接受别人的礼物不合适吧。"

纪棉再掩饰也是枉然，只好说："你能不能别告诉沈叔叔。"

沈烨故意说："又不是见不得人的事，我爸知道了之后说不定还会夸你呢。"

纪棉急了："沈烨，我帮过你一次，你也帮我一次，不行吗？"

沈烨挑眉："你什么时候帮过我？"

"你知不知道，云雾学校里有个很帅的男生追她？"

沈烨听道"很帅"两个字，第一反应便是闻凯，他不动声色地问："云雾告诉你的？"

"不是。有一次，保姆不在家，我没拿钥匙，就去找云雾。突然有个男生喊住我，我正想说他认错了人，可是没等我开口，他就问我退出广播站后是不是一直躲着他。"

沈烨此刻已经确定无疑，那人就是闻凯，便问："然后呢？"

"我一听就明白了，他肯定喜欢云雾。可是一起读了三年书，他居然连人都认错,我就想捉弄他,说'我为什么要躲着你'。他就开始向我表白。"

沈烨依旧面无表情:"再然后呢?"

纪棉迎着他的目光,犹豫了一下,轻声说:"我说,我有喜欢的人了,这个人比你好一百倍。"

沈烨一言不发地看着她,目光渐冷:"你为什么要替云雾拒绝?"

纪棉很快回答:"我知道你很喜欢云雾,所以帮你拒绝了那个人。"

沈烨问:"你这么做,云雾知道吗?"

纪棉摇头:"她那会儿刚毕业正忙着找兼职,我不想让她分心。"

沈烨冷冷道:"云雾喜欢谁、拒绝谁,是她的事,你没有权利替她做决定,尤其是瞒着她做决定。"

纪棉反驳道:"一个连云雾都认错的人能是真心喜欢她吗?我拒绝他有什么错?再说如果他真喜欢云雾,被拒绝一次就走掉了,那更不是真心。"

沈烨露出讥诮地笑:"这么说,你还是一片好心。"

纪棉点头道:"对。我希望你和云雾在一起。"

周梨恍然大悟:"难怪云雾说没有,闻凯说有。他居然是被纪棉给拒绝了。"

虞金金点头:"对。可我觉得她没那么好心。因为这事发生很久了,她早不提晚不提,偏偏在沈烨撞见她和男同学在一起的时候提出来,明显是为了向沈烨示好,让他替自己保密,不让沈兆言知道,免得沈兆言误会她。"

周梨说:"不错。"

"如果她真的替云雾考虑,就不应该一直瞒着闻凯的事,至少应该告诉她这件事。万一闻凯和云雾是两情相悦的呢?她这么一拒绝,可能会让两人错过一生啊。"

周梨点头道:"的确。她这种自作主张、自以为是的想法真的很可怕。那沈烨承了她的这份人情吗?"

虞金金笑着卖了个关子:"你觉得呢?"

周梨很笃定地说:"我觉得以沈烨的个性不会。"

沈烨的确没有,反而一上楼,就把云雾叫到房间里,把闻凯向她告白被纪棉拒绝的事情告诉了云雾。云雾听完,一脸惊讶,她没想到闻凯会喜欢她,更没想到纪棉会冒充她拒绝了闻凯。沈烨看着她的眼睛,故意说:"你要是喜欢他,可以去解释一下,还来得及。"

云雾脸色一红,转开脸说:"哦,不用解释了,就这样吧。"

沈烨半笑不笑地问:"怎么,你不喜欢他?"

云雾脸上又是一红,不敢看他的眼睛,假装去收拾桌子,背对着他咬牙切齿地说:"你怎么这么讨厌,和我说这些事!"

沈烨笑吟吟地绕到她对面,胳膊撑着桌面,问她:"你打算报哪儿,想好了吗?"

云雾摇头道:"还没呢。"

"我替你想好了。要么报N大,要么报T大。"

云雾面露难色:"N大好难考的,我担心考不上。"

"那就T大,考不上这两个,你就复读。"

云雾大惊失色道:"为什么?其他学校不可以吗?"

沈烨不容置辩:"没有为什么,反正就这两个选择。"

云雾气哼哼地嘟囔:"我不要复读。"

沈烨拿起一本笔记,一边看她清秀的字,一边故作不耐烦地说:"好好研究下选什么专业。"说完,目光停在她的头发上,"把头发剪了吧。"

"为什么?"

沈烨意有所指:"怕有人冒充你,做了什么坏事冤到你头上。"

云雾笑了："不会的。纪棉她就是有点儿偏激，不会做坏事。"

沈烨欲言又止，那可未必。

云雾的成绩出来后，很遗憾离N大差了几分，但上T大完全没问题。T大也是个很棒的学校，和N大在同一个城市。

沈烨比她还急，每天都打电话问，直到她收到T大的录取通知书，这才放心。沈兆言听说云雾考上了T大，十分高兴，隔天抽空请姐妹俩吃饭庆贺。席间，沈兆言问起纪棉的功课。

纪棉面露窘色："我的基础太差，要是早来海市两年就好了，一直有点儿吃力。"

沈兆言和颜悦色道："没事，考不上就再复读一年学。"

纪棉忙说："沈叔叔，我本来就比别人晚上了一年，再复读不合适。我们学校很多学生都准备考艺术类院校，对文化课分数的要求比较低，我也有这个打算。"

沈兆言点头道："也行，你自己拿主意吧。"

回去之后，云雾忍不住对纪棉说："我听说那些学生都要上艺考培训班的，需要很多钱。"

纪棉笑道："放心吧，我那个同学可以帮我出。"

"这样不大好吧。"

纪棉笑："他家很有钱的，不在乎这点儿，况且我也只是暂时借他的，等我哪天当了大明星，就十倍还他。"

云雾斟酌着措辞："还是尽量自力更生比较好，用别人的钱，终归没有底气，哪怕是借的。"

纪棉不高兴地说："我们之间没有那么多计较。反而是你和沈烨，较真儿得我看着都累。"

云雾没法儿再说下去了，三观不同，实在难以沟通。比起纪棉这个亲

妹妹,沈烨反而和她更亲近。

虽然没能和沈烨同校,可是在同一个城市,云雾也暗自高兴。她想起年少时沈烨曾许诺过,她考上大学的时候,会陪她看电影,还是包场。不知他是不是还记得。当然,他若不记得,她也不会去提醒。仿佛心有灵犀一般,她想起这件事的时候,就接到了沈烨的电话,约她晚上去看电影。云雾喜不自禁,说:"好啊,我问问纪棉,看她有没有时间。"

沈烨说:"我只请你。"

云雾愣了一下,心里莫名有种预感,仿佛有一件大事要发生。可是,晚上见到沈烨的时候,他和平时一样,目光一如既往的清亮,没有任何杂念,只是上上下下看了看她,貌似对她今天穿的衣服还算满意。

云雾做了几个深呼吸,也装作若无其事的样子,跟着他进了影厅。奇怪得很,马上要放电影了,影厅里空荡荡的,没有一个人。

沈烨低头问她:"你想坐哪儿?"

"嗯?不按位置坐吗?"

"我包场了。"

云雾十分吃惊:"就,我们两个?"

沈烨点头道:"我不是说过,你考上大学要请你看电影吗,包场。"

云雾又惊又喜:"你还记得啊。"

"我当然记得。"沈烨看着她,"我每一件事都记得。"

"你记性真好,难怪学习好。"

沈烨找了个中间的位置坐下,云雾坐在他的右手边。

电影还没开场,沈烨看着屏幕,慢条斯理地说:"有件事你知道吗?N大和T大只有一墙之隔,还共用一道大门,叫友爱门。不过,学生们都叫它鹊桥门,因为两校之间,谈恋爱的学生比较多。"

云雾脑子嗡地一下,所以,当初沈烨逼着她只能报考这两所学校是别有用意?

"所以,你知道我为什么非要让你考N大和T大了吗?"沈烨扭过脸,眼睛里有让云雾无法形容的光——陌生的、惊人的让人心动神摇的光。

云雾心跳如雷,声音小到自己都听不清:"为什么?"

沈烨没回答,出其不意地握住了她的手。云雾像受了惊吓的小兔子,差点儿从座位上蹦起来,忙不迭地想要甩开他的手。

沈烨紧紧地握着没放,反问她怎么了。

"你干吗我的手?"云雾的脸不由自主地红了。

沈烨神情自然:"以前看电影又不是没牵过。"

云雾面红耳赤:"那是小时候啊。"

沈烨瞥着她:"什么小时候,都十几岁了。"

云雾脸色通红,无话可说,可她那时候真的心思单纯,没想别的,只怕他走丢。沈烨低声低气地说:"是你先牵了我的手的,以后就不可能再甩开了。"

云雾整个人都烧了起来,磕磕巴巴地说:"你说什么?"

"我说什么你不明白?"沈烨目光灼灼地看着她,英俊的面孔离她越来越近。云雾受惊一般想要往后躲,腰身却被他从后面托住。沈烨的面孔近在眼前,好看的眼睛里全是星星,他低声问,"你明白了吗?"

云雾头晕目眩,像有什么东西从头顶上掉下来,狠狠地砸到了她的脑壳上,嗡嗡的耳鸣声萦绕在太阳穴两侧。

"还不明白?"沈烨低头,盖上了她的唇。

那一夜的电影演了什么她全都不知道,整个人昏昏沉沉的,发烧一般不清醒,整张脸上的温度始终没降下来,手也被他握了一晚上,直到回到住处的楼下。沈烨像一年前那样,在温柔的夜风里摸摸她的头,说:"好好学习,以后只许和我谈恋爱。"

第十二章
久別重逢

"好，先暂停一下。"周梨酸唧唧地举起手，"我现在是一颗柠檬精了。"

　　虞金金揪着头发叹气："是的，我听完之后，上下两排牙都酸倒了，现在胃里还在泛酸水。我一个单身狗为什么要听这些。"

　　周梨整理了一下心情，紧接着问下文，没想到虞金金给了个让她吐血的回答。

　　"他暂时就讲到这里，至于接下来的情节，他说要等签了男主角之后再继续。反正故事也没多少了。"

　　周梨正听得欲罢不能，听见这个噩耗，她眼前一黑，忙问："他没提到纪棉？"

　　虞金金摇头道："没有。"

　　周梨最最关心的就是纪棉的下落："就这么虎头蛇尾的，连个交代都没有？那他之前花那么多时间讲她的事情干吗？难道是为了注水吗？"

　　虞金金忍不住笑道："要注水也应该找个女配或是男配啊，两女争一男，或者两男争一女，那样故事才够狗血、够曲折，可是纪棉和他一点儿感情瓜葛都没有，用她来注水一点儿意义都没有。"

　　周梨发挥了律师口齿伶俐的特长，噼里啪啦说道："对啊，这正是我不能理解的地方啊。他和云雾的爱情故事，纪棉既没起什么作用，也不是绊脚石，对他们的感情没有什么影响，他干吗要说那么多纪棉的事呢？就单纯因为不喜欢这个人？可到目前为止，纪棉也就欺骗过沈兆言一次，和云雾吵过一次架，还不至于到了十恶不赦的地步，沈烨为什么非要揭她的短，暴露她的心机？他总得有个目的吧？总得考虑一下云雾的感受吧？哪怕云雾和纪棉决裂，想必也不愿意这么暴露家人的隐私。"

"什么目的我不清楚，不过你放心吧，沈烨在后面肯定还会提到她的。"虞金金很有把握地说，"临走的时候，他特意交代我，纪棉同学送她的项链吊坠也要改，因为剧本里的人名改了，那这朵小棉花也要做相应的改动，要对应她的新名字才行。你想，这么一个心细如发、滴水不漏的人，绝对不会无缘无故地讲一个无关紧要的人的故事。"

周梨摸着下巴："你说得对。显然，原因就在他的最后一次讲述中。可他为什么要留个尾巴不讲？为什么非要等到签了男演员之后才肯让你继续写结局呢？"

虞金金摇头："我也不明白他为什么要这样。不过，剧本没写完就去签演员拉投资是很正常的，边拍边写也很常见。"

"可是他已经付了你全部的稿费啊。你闲着也是闲着，干吗不让你一口气写完呢？"

虞金金忍不住笑："他哪儿知道，这边还有个福尔摩斯等着破案呢。"

周梨意犹未尽："这么吊人胃口太讨厌了。"

虞金金露出一副见惯不惊的微笑："甲方爸爸怎么说我就怎么做呗，不用去猜测甲方爸爸的心思，他们的心思你永远也猜不透。"

周梨悻悻地说："好吧，那就且听下回分解。我送你回去。"

闻凯的车子就停在咖啡店的大门外，周梨按了下车钥匙，对面的豪车嘀一声亮了起来，虞金金一看那个车标，"哇"了一声："你这是发财了啊？什么时候买的车！"

"老板的车，他喝多了刚好碰见我，让我送他回家，然后顺便让我明早去接他上班，还要给他买早餐。"

周梨一边扣安全带一边吐槽："简直难侍候极了，早餐不吃这个不吃那个，问他吃什么，他老人家又说随便，随便他个头啊。"

虞金金斜睨了她一眼："他这是在撒娇呢，你没看出来？"

周梨心口一抖："撒……撒娇？"

"对啊。"虞金金拍了拍周梨的大腿，意味深长道，"明天早上送早餐的时候把他拿下算了。"

周梨咽了口唾沫："这……不……不合适吧？"内心却蠢蠢欲动起来，大清早的，有点儿太劲爆了吧。

虞金金好笑道："你打官司的时候，嘴皮子利索得跟剁饺子馅儿似的，今天这是怎么了？"

周梨腰板一挺："我什么时候怂过？他要不是我老板，我早就下手了，我这不是舍不得这份工作嘛。"

虞金金忧郁地叹了口气："我有一种预感，从明天开始，可能就我自己是条单身狗了。"

周梨忍俊不禁："陆野也是啊。"

虞金金淡淡地笑了一下："有的明星孩子都有了还对外宣称单身着呢。"陆野这样的，没有成名前都不缺女朋友，何况现在。

周梨一向是准时准点坐地铁的人，为了送早餐，她足足早起了四十分钟，赶到闻凯家门口的时候，时间尚早，早餐也还温热。

门铃响了之后，里面传来一声懒懒的询问："谁啊？"

周梨精神抖擞地回答："送早餐的。"

房门打开了，身穿衬衣的闻凯一下子就晃了周梨的眼——他衬衣的扣子前三颗都是开着的。锁骨全都露出来了不说，下面的肌肤也若隐若现。

大清早的如此活色生香，到底是几个意思？

"老大你慢用。"周梨把早餐放在桌上，视线往下飘去，稳稳地落到

地板上,不然总忍不住想往他松开的领口钻。

平时穿着西装,衬衣扣得严严实实,倒是一点儿没看出来,闻大仙人也是有胸肌的人呀!

闻凯很嫌弃地看着纸袋:"这是什么东西?"

"随便啊,你不是要随便吗?"周梨毕恭毕敬地指了指包装袋,那上面用签字笔写着两个大字:随便。

她写的。

闻凯看了看她:"哪儿买的?"

周梨指了指自己:"我自己做的。"

闻凯打开餐盒,拿出鸡蛋肉松葱花卷饼,咬了一口,目光里露出一抹惊讶。

周梨很自得地笑着说:"老大,我的手艺不错吧。"

"不错。明天再给我送一份过来。"

"……"

闻凯抬起修长漂亮的手指,指了指餐桌上一个空着的广口玻璃瓶:"看见那个瓶子了吗?"

周梨不解:"看见了,怎么了?"

"明天顺便给我买束玫瑰带过来。"

送早餐就算了,还要送花,而且还指明是玫瑰?什么意思?

周梨心里乱得像揣着两只互相打架的小兔子,一只说,他这是在暗示你,让你追他;另一只说,他就是个颐指气使的懒蛋,仗着自己是老板就随便使唤女职员,而且是漂亮的女职员!

到底是哪一种啊?我的上帝!周梨屏住呼吸,偷偷观察闻凯的表情,可他脸上没有一丝旖旎,完全是公事公办、交代下属的语气。

这个深藏不露的男人,呵!

周梨按兵不动。

闻凯吃完,抽了一张纸巾,擦了擦嘴角,漂亮的眉毛往上一挑:"怎么，不乐意？"

周梨稳了稳神，低头扣着手指头："没有，我就是担心……我男朋友不高兴。"

餐巾纸从指缝里飘了下去，闻老板一双漂亮的丹凤眼立刻瞪成了椭圆形，气急败坏地从凳子上站了起来。

"你什么时候有的男朋友？你不是一直打光棍在吗？"

"就……刚刚啊。"周梨抬起眼帘，不紧不慢地回答。

屋子里一片静寂。

闻老板的眼睛恢复了正常的宽度，很快就恢复了一贯的风度翩翩："吓我一跳。"

这就完了？

没有表示了？

妄想就这么不明不白、不清不楚地糊弄过去？

呵，不要以为长得美就可以想得美。

周梨把车钥匙放在桌上，十分淡定地转身："老大，我走了。"

闻凯一把扯住了她的手腕，气势汹汹地问："你男朋友让你走了吗？"

周梨"哦"了一声，挑衅地说："刚刚是骗你的，我还没有男朋友。"

闻凯咬牙切齿地拽着她的手腕说："你调戏我是不是？"

周梨一本正经地问："我怎么调戏你了？我是摸你了、抱你了，还是……"剩下的儿童不宜的话，大清早的她就没好意思往下说。

"你要的话……我也不反对。"闻凯往前一步，贴了过来。

周梨只是嘴上逞能，一看闻凯要动真格的，条件反射地想要推开他，慌里慌张中也没拿捏好地方，一巴掌按在了他的胸上，掌心下的胸肌真是手感极好。

"你的手放在哪儿了？小周律师？"带着磁性的声音，近在耳畔，周

梨还没来得及收回罪恶的小爪,唇上便落下滚烫的吻。

"虞金金你真的猜对了,从今儿开始,我不是单身狗了。"周梨一边心神荡漾,一边后悔得要死,那个鸡蛋卷饼里为什么要放葱花呢?

不对,他的吻技为什么这么生涩!难道这还是闻大仙人的初吻吗?

一吻定情之后,周梨连着两个星期没去健身房,一下班就被老板叫走,活动安排得十分紧凑,基本上不到十一点钟不会放她回家。

半个月后,周梨带着肥了一圈的小肚腩重新回到健身房。

云雾见到她,不禁问道:"你是不是改了来健身房的时间啊?我好久都没碰到你了。"

周梨不好意思地笑道:"我是有半个月没来了。"

"出差了吗?"

周梨笑着摇头道:"不是,是谈恋爱了。"

云雾又惊又喜:"哎呀,恭喜恭喜,是不是你老板啊?"

周梨甜滋滋地点了一下头:"是他。"

云雾两眼放光:"快给我讲讲,你们是怎么在一起的?"

周梨也不隐瞒,大大方方地说了那天送早餐的事。云雾听完,扑哧一声笑了:"真有趣,没想到你老板是这样的人。"

周梨听到这儿,一种不对劲儿的感觉涌了上来。

她虽然一直没提闻凯的名字,可是她说过闻凯是云顶高中的风云人物,校草,被保送到B大法律系。云雾当年和闻凯在同一所学校,不仅同在广播站,还同在辩论社,又一起主持过节目,同学三年,云雾不可能不知道这些情况,她也应该知道,周梨口中的老板就是闻凯。

可是云雾评价闻凯的语气完全像在评论陌生人,连闻凯的名字都不提,甚至直到此时此刻,她都不提自己曾在云顶高中念过书。

她为什么不提呢?虞金金怀疑她在云顶高中经历过什么不愉快的事情,所以不想提,可是从沈烨的讲述中,云雾在云顶高中顺顺利利地毕业，没有什么不可告人的过去啊？"

周梨心里的福尔摩斯小人儿又开始蠢蠢欲动。

"云雾，你先生当初是怎么向你表白的？"

"他呀，"云雾笑了，漂亮的眼睛里浮起一抹异样的神采，"他告白的方式很特别，也很浪漫，他给我写了一首歌，叫《月色》。"

"《月色》？"

云雾嫣然一笑："对啊，今夜的月色真美，你知道这个吧。"

周梨听见这句话整个人都不好了，眼前的"云雾"真的是云雾吗？为什么和沈烨的说法对不上？

周梨愈发觉得不对劲儿，从健身房出来后，她迫不及待地给虞金金打了个电话，问道："沈烨有没有什么特长？比如写歌？"

虞金金有些莫名其妙："他没有提过，怎么了？"

"我今天遇见云雾了，她说沈烨是给她写了一首歌向她表白的，而且这首歌的名字叫《月色》。"

虞金金一愣："这怎么和沈烨说的对不上呢？"

"对啊，沈烨是在电影院告白的，而且和少年时在青山村的那个承诺刚好前后呼应，应该不会有假。"

虞金金想了想："在电影院里，沈烨虽然挑明了自己的心意，但并没有说出'我喜欢你'这样的话。或许云雾认为那不是正式的告白，等后来沈烨给她写了这首歌，她才觉得是正儿八经的告白？"

周梨当即说："不可能。沈烨明知道闻凯对云雾说过'月色真美'的话，虽然不是告白，但他也绝对不会再用。他那么心高气傲的人，怎么可能拾人牙慧？"

虞金金虽然内心深处不想接受现实，可也不得不承认，周梨说的是对的："那……除非沈烨撒谎。"

周梨说："他撒谎不就失去了拍这个剧的意义了吗？他这是要拍自传

体性质的一个戏给老婆看啊，他可是一开始就告诉你，不要给这个戏设计桥段，不让你添加任何内容，就纯粹按照他说的故事写。"

虞金金的脑子也乱了。

周梨又说："还有，我问她在哪儿上学，她只说了一高，没提云顶高中。"

"那会不会是她知道你喜欢闻凯，所以不想说出自己和闻凯认识，甚至闻凯追求过她，以免你心里不舒服，你们俩以后见面比较尴尬？"

"这个理由倒是可以解释得通，那怎么解释表白那件事呢？"

虞金金灵光一闪："要不，你带着闻凯去和她见面，看她到底是云雾还是纪棉。"

周梨笑了一声："得了吧。他以前和云雾一个学校，天天见面都没认清楚，甚至毕业后表白都搞错了对象，现在隔了好几年再见面，他要能分得出到底是云雾还是纪棉，那才叫见鬼了。"

虞金金也忍不住笑了，的确是这样。

"反正，我总觉得我认识的这个不是云雾。可是我又实在想不通，沈烨一眼就能分辨出两人，她怎么可能在沈烨的眼皮子底下冒充云雾呢？现在我走到这个死胡同里了，百思不得其解。"

虞金金脑子里忽然灵光一闪："那会不会沈烨知道她就是纪棉，可是为了某种目的，让她假扮云雾。"

周梨立刻问："那真的云雾呢？"

虞金金心里一沉："难道说，常年卧病在床的那个不是纪棉，而是云雾？"

周梨不认可这个推测："难道说妻子生病是一件不可告人的丑事？不能让人知道，还需要一个冒牌妻子在外面扮演健康的妻子？"

虞金金被周梨给问晕了，只好说："你别急，等沈烨讲完最后一段故事，答案就水落石出了。"

周梨急不可耐地问："剧本的男主角签了吗？"

"还没消息呢，反正我已经交了九集剧本给他。"

虞金金和周梨通完电话，打算早点儿睡，洗完澡刚刚躺下，手机响了，一看到蒋汉生的名字，她心里就有点儿发怵。

半年前，蒋汉生找到她和方宝怡，让她们做电影《玄机》的编剧。两人一开始都高兴得不行，直到被蒋汉生逼得足足改了二十七版剧本，快要被虐疯的时候，才知道此人的厉害。

交稿的那一天，方宝怡直接去了商场，买了一后备厢的东西发泄。好在电影找了傅东峻做男一号，方宝怡听说之后一声长叹："傅东峻能演我写的剧本，也算是死而无憾了。"

傅东峻出道十几年，堪称是实力派和偶像派的完美结合，被封为古装男神第一人，前几年主演的一部仙侠片十分火爆，虞金金去理发店，连洗头小哥都在谈那部电视剧，口水喷了她一脸。

虞金金以为剧本出了什么问题，叫了声"蒋老师"之后，心脏就开始颤抖。没想到蒋汉生这次是邀请她和方宝怡参加开机仪式的。

虞金金忙说"好啊好啊""多谢多谢"。挂了电话，她跟死里逃生似的，长舒一口气，软倒在了床上。

开机仪式在嘉和酒店举行，司仪请的是当红娱乐节目主持人——以身材火辣、性格泼辣著称的菲姐。台上背景做得恢宏大气，灯光投射在朱红色宫墙上，迷离梦幻。古装玄幻片的场景就是漂亮，再加上盛装出席的明星，现场真是星光璀璨。

方宝怡和蒋汉生都穿得很正式，只有虞金金仍旧是平素的装扮。

方宝怡在她耳边怒其不争地说："恭喜你，你是全场穿得最土的一个。"

虞金金很有自知之明地回答："你以为我穿得漂亮点儿就能成为全场最漂亮的女人吗？"

坐在最前排的女一号、女二号以及各位女配，全是一水儿的大美人，艳光四射，让人目不暇接。不仅比不过女明星，就连男明星的姿色她也自叹不如啊。

方宝怡激励她道："那也不能自暴自弃，至少不能当最土的啊。"

虞金金不为所动："我们是靠脑袋吃饭的，又不是靠身材打扮，打扮得土一些既可以避免职场性骚扰，又可以避免被人评论胸大无脑，这样一举两得的好事干吗不做呢？"

方宝怡侧头看了看她宽松的裙子下根本看不出来罩杯的胸部，不确定地问："胸大无脑？是说你吗？"

虞金金长了一副白净小巧的面孔，手脚也小，穿衣服素来宽宽大大的，总给人一种很瘦的错觉，事实上她的身材很有料，就连方宝怡都经常被她的外表欺骗。

虞金金低头扫了扫方宝怡的抹胸小礼服，认真地说："如果我来穿的话，应该不用贴两个胸贴吧。"

方宝怡甩给她一个悲愤的眼神。

虞金金马上安慰她："我也就是比你大两个罩杯而已啦。"

方宝怡哀声道："两个……而已？"

眼看安慰的方向不对，虞金金立刻做了调整："你是美少女系的。别人还没看到胸，目光就先被你的脸蛋儿勾住了。"

方宝怡捂住胸口，自欺欺人地想要表示认同，脑中却响起玫瑰雾老板谢少为的声音：我在二十岁之前看女生是先看脸，二十岁之后就……余下的话，他没说，似笑非笑地望望她，一副"你懂的"的表情。

方宝怡在心里把那张讨厌的面孔痛殴了一顿，等回过神的时候，菲姐已经介绍完了一众主创和主演。

傅东峻扮演男一号的消息公布之后，陆陆续续的，大部分演员名单和造型都已经在网上公布，女一号是当红明星万紫，女二号是新秀李濛。唯一的悬念是男二号的扮演者，一直处于保密状态。

"现在，欢迎我们的男二号登场。"

万众瞩目，被在网上沸沸扬扬猜测了半个月的男二号终于要揭秘了，几乎所有在场的人都有一种翘首以盼开箱验宝的兴奋感。就连虞金金也被勾起了兴趣，扶着黑框眼镜伸长了脖子。

方宝怡双手合十："验证奇迹的时刻到了！"

虞金金没心没肺笑着，笑意尚未完全绽开便凝在唇边。

台上的背景是一座流光溢彩的朱红色宫墙，从入口处走上来一个人。

眉眼尚未看清，一股先声夺人的气度便扑面而来。满室璀璨星光，在他出现的这一刹那，忽然黯了黯。

现场从寂静和惊讶中恢复了热度，有人开始惊呼："陆野！"兴奋的热浪一波接着一波，把虞金金的大脑从一片空白的状态勉强扯回正常。

太意外了。怎么都想不到会是他。

《玄机》的男二号亦正亦邪，不是传统意义上讨喜的角色。极有可能吃力不讨好，演出来也褒贬不一。

陆野不温不火多年，直到去年出演了一部电影，在国际上获了大奖才一夜成名。经纪公司对他的定位是走精品路线，诸多广告商找到他纷纷被拒，迄今为止他只代言了某品牌的手表；对剧本更是挑剔，力求作品少而精。他肯接这部戏实在太出人意料了，而且还只是男二号。

虞金金快速做了几个深呼吸来平复自己的心绪，奇怪的是，身边"陆野的老婆"方宝怡居然十分淡定，无声无息，毫无反应。现场看见她的男神老公，而且还将出演她写的剧本，这会儿她不该是一声尖叫从位置上蹦起来吗？

虞金金好奇地扭过头，发现方宝怡的嘴巴已经张成了一个椭圆形，可能是惊喜过度导致反应迟钝。她用手指头捅了捅方宝怡的腰眼："喂，醒醒哦。"

方宝怡发出梦呓般的低吟："掐我一下好吗？"

虞金金遵命。沉浸在幸福中的方宝怡居然没感到疼，捧着脸道："天哪，我写的剧本能让他演，我此生无憾了。"

虞金金不满地斜睨了她一眼："我记得这句话你好像是说给傅东峻的。"

方宝怡眨着开满桃花的眼睛说："上次说的是'死而无憾'，这次是'此生无憾'，怎么能一样呢？"

虞金金呵呵一笑："见异思迁的女人啊。"

"天哪，好帅，好酷，嘤嘤嘤。"身边人声鼎沸，闹哄哄的一片，方宝怡捅了捅虞金金，不满地说："你怎么一点儿都不激动，是不是亲妈啊？稿子是不是你写的？"

"我是个专一的粉丝，我的偶像是傅老师。"

"美男各有千秋，再粉一个会死啊？"

"可是，"虞金金瞟了一眼众星捧月中的陆野，正色道，"看到比我小的，我只会生出浓浓的姐爱。"

方宝怡忍俊不禁："你还母爱呢！"

虞金金低下眼帘，握在掌心里的手机屏幕上映出一张平静如水的面孔。没人看得出来，她此刻的心跳已经快要爆表。

发布会之后是记者单独采访时间，主创人员身边被围了密密麻麻好几层。只闻其声不见其人，而傅东峻和陆野因为个儿高，即便被人群包围，依旧能看见他们的面部。

傅东峻是圈里有名的老干部,为人谦逊低调,对粉丝呵护备至,口碑极好。面对记者的提问,他和善谦逊,有问必答。而陆野那边,看样子是比较……艰难。

但往往就是这样:访问越艰难,记者们越知难而上;访谈对象越沉默,说出来的话便越值钱。

透过人群和摄像机,可以看见陆野轮廓分明的侧脸,唇角微牵着的时候,他的下巴上会露出浅浅的一道沟痕。

方宝怡很没出息地站在一旁观看,虞金金对此并无兴趣,起身要走,方宝怡却拉着她不放,她只好陪在一旁。隔着不远不近的一段距离,采访的声音她们刚好能听见。

"这是你首次接古装戏,为什么会接这个角色?"

"公司的决定。"声音干净磁性,辨识度很高,满分。

"这个角色你喜欢吗?"

"没演过这种,试试。"

完全是负分答案,虞金金忍不住小声嘀咕:"这么坦诚怎么在这个圈子混啊?"

方宝怡马上护短:"他靠脸就够了啊!"

虞金金微笑着不说话了。这时一个脆生生的女声用卖萌的语气提问道:"能不能谈谈你的感情问题呀?"

身后没有动静,冷场。

就在虞金金已做好准备听他说"不能"的时候,却意外地听见一句:"谈过,被甩了。"

这句话一出,现场静默了一秒,然后就跟炸了锅一样。明星的情感问题一向是众人最关心也是最能引发话题的。一旦开了头,记者们就想多打

听一些，可是陆野却不肯多说，别人再问，他便只给出四个字——无可奉告。

这时陆导及时出现，把话题转到《玄机》上，算是替他解了围。方宝怡直接无视了陆导的存在，关注的焦点依旧是陆野的感情八卦。

方宝怡义愤填膺地说："我去，居然有人舍得甩他？我估计那个女人现在肯定后悔得把眼珠子都抠了。"

虞金金低头扶了扶鼻梁上的黑框眼镜，心想粉丝好可怕。

开机仪式结束后，大家一起到酒店顶楼吃自助餐，方便剧组的同事们互相认识。

虞金金正和方宝怡说话，蒋汉生、陆导和傅东峻迎面走过来。

方宝怡连忙上前打招呼，蒋汉生顺口介绍道："这是编剧择一和宝衣。"

傅东峻笑吟吟地点了点头，整个人文质彬彬，儒雅端方，难怪被称为古装男神。

蒋汉生说："剧本有几个地方还有待商榷，今晚上我们先开个会。"

方宝怡和虞金金连连点头，目送三人去了别处。

虞金金捅了捅方宝怡，说："吃东西去。"

方宝怡无肉不欢，端着餐具去等烤羊排；虞金金则拿着餐具去了海鲜区，面对丰盛的食物，半天也不知道选什么，她的心像被海藻缠绕着，突然间食欲全无。

她端着盘子站在角落里默默发了半天呆，恍然间觉得对面走过来一个人，不经意抬起眼一看，盘子差点儿从手里滑掉。

其实，从他踏入影视圈的那天起，她就想过会有这样的重逢。只是现在她还没做好准备，脑子里第一个念头就是用盘子挡住脸。

可是，人已立在她的对面，根本来不及避开，她强作镇定地点点头：

"好久不见。"

本来想要笑一笑，装出云淡风轻的表情，可是唇角的肌肉又硬又僵，根本不配合。考验一个编剧的演技，题目太超纲了。

对面的男人抬起眼帘，犀利的目光从上到下，再从下到上，打量了她两遍，最后落在她额头亮晶晶的两颗大青春痘上，冷飕飕地说："好久不见啊，大婶。"

大婶？！

第十三章
往事如烟

一句"大婶",把时光拉回到四年前,两人相识的第一天。

虞金金忘了具体的日子,只记得那天她从超市采购回来,左手提着一袋米,右手拎着一袋蔬菜和日用品,满头大汗,气喘吁吁地上了四楼。

这栋居民楼原来是师大的教师宿舍,师大搬到市郊后,老师们也跟着迁移到了市郊的新住宅楼,这栋老楼便开始对外出租。虽然楼比较破,但是租金便宜,最重要的是,这儿离虞树就读的师大附中很近,步行也就几分钟。她现在一切以虞树为重,等把这个臭小子送进大学,她的任务就算完成了。

她原先打算让虞树住校,但是仔细一算,走读不仅花钱少,还不用交住宿费和伙食费,反正她自己一个人住,一样要吃饭、租房子。两人在一起,反而更节省。所以她就租了学校旁边的这个房子。

一层楼里住了十几户人家,共用一个走廊,虞金金的房子在最东头,提着东西吭吭哧哧走过去,路过隔壁时发现门敞开着,地上放着一个纸箱,好像搬来了新邻居。

铁打的楼房流水的租户,住在这里两年多,隔壁已经换了好几任租户了。远亲不如近邻,虞金金正打算和新邻居打声招呼,可"你好"到了嘴边又硬生生被她吞了回去。

一个男人背对着门口,正撅着屁股往里挪东西,破洞牛仔裤的裤腰拉

了一截下来，露出后腰上一片黑色文身。这貌似是个不良青年！

虞金金不敢多看，飞快打开房门，钻了进去。她想这栋楼住的几乎都是外来的租户，难免鱼龙混杂，还是多结善缘、少惹坏蛋为好。

放下东西，虞金金匆匆冲了个澡，开始准备午饭。老式房子的窗户不大隔音，而且两家的阳台挨得很近，隔壁的响动这边都能听见。新搬来的邻居折腾了一会儿之后便安静下来，看来这个单身男人的家当不多，不像上一家，一家三口乒乒乓乓收拾了好几天才消停。

十二点十分，虞树准时进了家门，第一句话就是："饭好了吗？"他正是长身体的时候，一天到晚都在饿，一顿没肉吃就仿佛是世界末日。

饭刚上桌，虞树就饿狼似的端起碗往嘴里扒饭，一边吃一边抱怨，油麦菜太淡，麻婆豆腐不够辣，红烧肉太柴了，下次买肥一点儿的口感才好。忙碌了一个小时的"老妈子"懒得理他。对自己的厨艺，虞金金还是蛮有信心的，不然这个嘴巴挑剔的臭小子能吃满满两大碗？

吃饱喝足，虞树把碗一推就扑到房间的单人床上，头一挨到枕头就睡了过去。进入高三，他就过上了凌晨一点睡、早上六点起的生活，永远睡不够，于是利用中午回来吃饭的时间，哪怕只有十分钟，他也要见缝插针地补一觉。

虞金金一边收拾桌子一边吐槽："我真是上辈子欠了你的，这辈子当你姐，给你当老妈子。"她还没啰唆完，床上的少年已经打起了呼噜。

一点钟叫醒虞树，等他走了，虞金金躺到床上午休了一个小时，然后开始码字。这栋楼里的大部分人白天都不在家，除了早晚比较吵闹，白天极安静，很适合她写作。

正写得投入，她听见了吉他声，声音来自隔壁阳台，弹的是保罗·西蒙的曲子，很好听。可惜，虞金金无心欣赏，因为她码字的时候需要绝对安静。

整整一下午，吉他声时断时续，一直没有消停。虞金金对着电脑头晕脑涨，什么都没写出来。想去说一声，又有点儿害怕，毕竟新邻居像个不良青年。

虞金金那时刚开始做编剧，是个枪手，收入很低，而且还不保证能拿到尾款。为了攒钱，她还在网上写连载小说，每天都有任务，不能停更。被邻居吵得一下午没码出来东西，晚上只好熬夜。

第二天奋笔疾书的时候，吉他声在下午三点钟的时候又响了，还是在阳台。这样下去她根本没有办法专心码字。

忍到虞树下了晚自习，虞金金终于鼓起勇气去隔壁交涉。走出门口她又拐回来，洗了两个苹果和一串葡萄放在果盘里，端着到隔壁小心翼翼地敲门。

里面问了一声"谁啊"，声音很冷，却十分好听。

虞金金忙说："我是隔壁邻居。"

房间里传来踢哒踢哒的脚步声，门开了。对面的人因为个子太高，导致率先撞进虞金金视线的是他的穿着——黑背心，花里胡哨的沙滩裤，脚上钩着一双夹脚拖——典型的不良青年装扮。虞金金抬起头，做好看到一张凶神恶煞的邪恶面孔的准备，事实却大大相反。

不良青年竟然长得异常好看，好看到让她这颗久未萌动的心微微地动了一下。

虞金金飞快地露出笑容："你好，我是隔壁的邻居。"

"什么事？"青年居高临下睨着她。虽然他的年纪不大，气场却异常强，眼神犀利到让人不敢直视。

虞金金不由自主地垂下了目光，视线落在他的胸前。不愧是文了身的，就连黑背心都隐隐透出一股杀气。

"没什么事，给你送点儿水果，远亲不如近邻嘛，呵呵。"虞金金一边笑一边把果盘递过去。他肯定是不接的，这个她确认无疑。

果然。

"谢谢。不用。"对方带着拒人千里之外的语气说。

"对不起啊，能不能请您……弹吉他的声音小一点儿，这房子的隔音效果很差，您这边弹吉他，我那边听得清清楚楚，要不您过来听听看就知道了。"

虞金金用生平最温柔、绵软的语气说，恨不得在脸上笑出一朵花来，俗话说，伸手不打笑脸人，就算是古惑仔，他也是人啊。

青年皱着眉头说："大婶，你不上班？白天一直在家？"

大婶……虞金金眼前一黑，心口直往外喷血。

"我在家里上班，嗯，写稿子。"之所以解释得这么清楚，是希望他能理解写作的时候需要安静。

头顶上没吭声，貌似是在打量她。然后响起一声很不耐烦的"知道了"。

"多谢多谢，真是给您添麻烦了。"说完，虞金金带着笑僵的脸快速撤退，回到屋里第一件事就是去照镜子。

镜子里的女人顶着乱蓬蓬的丸子头，戴着黑框眼镜，没有腰身的大T恤衫，肥大宽松的碎花七分裤——没错，是有点儿不修边幅，但也绝不至于像个大婶吧！

哼，等着吧，臭小子，总有一天，大婶要变大神的。

虞金金自从搬到这栋楼里，隔壁邻居换了好几任，有和善的，也有不讲理的。比如上一任，小孩闹起来，夫妇俩根本不理会，一哭就是半个小时，吵得人没法睡。虞金金去隔壁委婉提了一次，女人毫不客气地来了一句'你嫌吵你来哄'把她噎得够呛。看着很面善的都未必好相处，更别说这位带有文身、眉眼凌厉的不良青年了。

虞金金对他肯照顾邻居的感受这一点并未抱有希望，谁知她提了一次之后，白天便再也没有听见大的响动，除了晚上。

虞金金晚上睡得很晚，凌晨一两点的时候，总能听见隔壁的门响，随后是哗啦啦的水声，夜深人静，房间不隔音，有点儿响动都听得格外分明，听动静，对方似乎是在洗澡。趿拉着夹脚拖的声音也很清晰。等一切都平静下来，阳台那边会飘来泡面的香味。

昼伏夜出，带有文身，性格又冷，虞金金推测他可能是个看夜场的古惑仔。于是以后再见面虞金金总是一脸笑容地和他打招呼。

　　不良青年相当冷傲，对她的回应只是点个头，随后擦身而过，从不主动和她打招呼，兼之个子远高于她，以至于视线总是飘在她的头顶，能不能看得见她貌似都是个问题。

　　他第一次正正经经地看她，是在一个暴雨天。她从超市买菜回来，收了伞，甩甩水正要上楼，一抬眼看见隔壁的青年，发现他被瓢泼大雨挡在楼门口。

　　青年偏爱黑色，在家是黑背心，外出是黑T恤，胸前还映着一个狼头，张着血盆大口，露出血淋淋的獠牙。此时他眉眼冷傲，目光如往常一样飘在她的头顶，似乎没看见她。

　　虞金金路过他身边时感到了一丝冷飕飕的煞气，马上条件反射般挤出"友好"的笑容，狗腿地问了一句："你要出门啊？"

　　青年仿佛这才看见她，心不在焉地"嗯"了一声，然后垂下视线，看了眼她手里的雨伞。

　　虞金金马上识相地说："你是不是没带伞啊？这把伞你拿去用吧。"

　　青年倒也没有客气，从她手里拿过伞，说了声"谢谢"，然后认真地打量了她一番，似乎要确认一下她是谁，以防还雨伞时认错了人。

　　撑开伞，青年扭头说了一句："我回来还你。"这也是他第一次认真和她说话。

　　被如此"礼遇"，虞金金有点儿受宠若惊，情不自禁地扭头看了一眼，雨中的身影清瘦颀长，手里随随便便撑把伞，样子帅气，可惜是个不良青年。

　　雨断断续续下到傍晚时分，虞树回来吃晚饭，见到她就嗷嗷大叫："你居然不给我送伞！"

　　"这么近的路，跑几步就回来了，淋一点儿雨还可以洗刷一下你丑恶的心灵。"

"我的心灵怎么丑恶了?"

"剥削压榨你老姐,还不丑恶吗?"

"将来我会报答你的。你要是嫁不出去,我养你一辈子,你算算,你养我三年,我养你一辈子,你赚大了。"

虞金金叉着腰说:"哈,我怎么会嫁不出去?我一定会嫁个宇宙无敌超级大帅哥,他会驾着七彩祥云来娶我。"

"大白天的做什么梦呢。"虞树扯下湿漉漉的上衣,准备脱裤子。

虞金金喝道:"去厕所脱。"

"大家都是男人,怕什么。"

虞金金忍无可忍,一脚把他踢进了厕所。

虞树动不动就说她像个男人婆,不修边幅,蓬头垢面。她天天宅在家里当老妈子,打扮得漂漂亮亮的,给锅盖看吗?

虞树冲了个澡,吃过晚饭去上晚自习,来去匆匆,分秒必争。外面的雨已经停了,虞金金把虞树换下的湿衣服洗好晾到阳台上。隔壁静悄悄的,也没有亮灯,应该是没人。

晚上十点钟是附中晚自习下课的时间,楼道里热闹了一阵——这里也住了几个师大附中的学生。到了十二点多,楼道里彻底安静下来。

夜里是虞金金码字效率最高的时候。屋子很小,只有两间卧室,没有书房,客厅吃饭的桌子就是她码字的地方。

台灯下放着一杯茶,白雾慢悠悠地飘着。她十指如飞,键盘发出轻微的啪啪声。除此之外,还有虞树的呼吸声。时间不知不觉地流逝,茶水渐凉。

万籁俱寂中,门口响起脚步声,紧接着,门被人轻轻扣了几下。

此刻正值夜深人静,这两声低低的叩门声显得十分可怖。这一栋楼里的人鱼龙混杂,极有可能是小偷。

虞金金心头一颤,目光扫了一眼电脑右下角,凌晨一点四十七分。

门背后放着一根粗大的擀面杖。虞金金蹑手蹑脚地走过去,提着擀面杖严阵以待，连呼吸都恨不得憋住。

还好屋内有个半大不小的少年，虽然瘦得跟麻杆一样，但多多少少可以给她壮胆。

她屏住呼吸，打算情况不对时马上叫醒虞树。

再细听，门外却没了动静，随后响起脚步声，不多时，隔壁房门响了一下之后被关上了。

虞金金松了口气，原来是隔壁的。

本来她写稿写得很投入，被这么一吓，断了思路，困意涌了上来。时间也不早了，她关了电脑正要睡觉，忽然闻见了一股泡面的味道。

深夜饥肠辘辘的人嗅觉格外灵敏，泡面就和烤番薯一样，香气比实际的味道要诱人百倍。

寂静的夜晚，泡面的香气真是勾魂摄魄，她躺在床上，闭着眼睛使劲儿嗅了嗅，还是红烧牛肉味的，也不知道换换口味，连吃半个月都不觉得腻吗？

虞金金在泡面的香气中迷迷糊糊睡过去，梦里也吃起了方便面，好大一桶，她搂着吃了一夜都没吃完，硬生生给累醒了。

拿过手机看看时间，再过一个小时就要开始准备午饭了，于是她爬起来去刷牙洗脸。正梳头的时候，外面有人敲门。虞金金拿着梳子往门口走，边梳边问"谁啊"。

"我，隔壁的。"

打开门，一把伞突兀地出现，差点儿没捅着她的胸。伞尖快速地往后一缩，然后是低沉清冽的一声"谢谢"。

"不客气。"她抬起头，脸上展开到一半的笑容忽地僵住了。

黑背心、沙滩裤、夹脚拖变成了白T恤、暗蓝色牛仔裤和深蓝色板鞋。走廊东墙上的窗户敞开着，透过来夏日明媚的光，他站在光影中，她一时间找不到一个合适的词来形容，只觉得眼前的人很耀眼……虞金金看得忘了接伞，直到他把伞往她手里一塞，她才意识到自己的失态，脸忽地一下烧起来。

青年似乎已经习惯这样的眼神，很淡然地走了。

虞金金忍不住又盯着他的背影多看了几眼，考虑着要不要给家里的少年也添一身这样的行头。关上门后，她又打消了这个念头。算了，还是穿得土不拉叽的比较好，免得早恋。

十二点十分，饿狼少年从学校回来一顿狼吞虎咽，吃了一碗米饭之后，他缓过一口气，终于有空看了一眼对面的"老妈子"。

真是越来越过分了，她的头发里居然插了一根筷子！

别人的姐姐都是花枝招展、青春洋溢，他的姐姐整日沉迷于大妈装扮而不能自拔。没有腰身的肥T恤衫就不说了，那条碎花七分裤，一条裤腿可以装他四条腿。

作为一个审美很高雅的少年，这种裤子就算再舒服，他打死都不会穿，她却当个宝，说这样的裤子既有裙子的凉爽，又有裤子的利落，远看不知道是裙子还是裤子，近看还是不知道。

眼球受到折磨的少年，抽了抽嘴角，低头扒饭。

凌晨一点半，楼里的人几乎都已经进入了梦乡。虞金金在虞树轻微的鼾声中敲着键盘，听见隔壁的房门响了一声，接着是哗啦哗啦的水声。

万籁俱寂，所有的响动听起来都格外清晰。

不多久，一股泡面的香气传了过来。虞金金码字到了深夜已经饥肠辘辘，她被这股香气勾到阳台。

没有灯光，也没有月光和星光，几乎是一片伸手不见五指的黑，唯一的光源是她这边客厅里的一盏台灯延伸过来的一点儿微弱光亮。隔壁阳台的破椅子上坐着一个黑乎乎的身影。

一个人租房，一个人打工，一个人深夜吃泡面。孤单、可怜、弱小、无助——不，高大无助。

真是太惨了！一对比，她家这个没心没肺的少年简直是身在福中不知福。今天他放学回来，一看桌子上的饭菜，发出一声天塌了似的惨叫："怎么没肉啊！"

虞金金很奇怪地问："猪蹄不是肉吗？"

虞树苦着脸："这不是肉，是胶质。"

面对如此挑剔的少年，虞金金有点儿崩溃："猪蹄不是肉，我也是第一次听说。"

"这是美容的东西，我又不需要美容。"虞树一副"我已经够嫩"的表情，忽然良心发现似的瞅了瞅她，"你倒是需要多保养了，脑门上好大的包，是青春痘吗？"

虞金金瞪着他不说话了。

毒舌少年继续道："我还以为只有青春期的人才长青春痘，你都这么大岁数了，怎么还长呢？"

虞金金咬牙切齿地撸袖子："我揍你一顿泻泻火就不长了。"

少年识相地闭嘴，端起碗开始扒饭。吃完后他擦擦嘴，语重心长地说："老姐啊，我这几天考试，要多吃点儿肉才有力气考出好成绩。"

虞金金威胁他："考不好我就把你炖了吃掉。"

话虽这么说，晚饭她还是给这个臭小子准备了一碗香喷喷的蛋炒饭，外加一个卤鸡腿。

第二天上午，虞金金去邮局取了稿费，决定给虞树补补身体。

少年最近疯长个子，每天晚上都复习到深夜，营养还是得跟上。凶归凶，心疼归心疼，对这个比自己小了五岁的弟弟，虞金金几乎像半个妈，自一岁起跌跌撞撞学会走路，他就一直是她的跟屁虫。

虽然照顾他很累，可是有个责任压在肩上，并不完全是坏事，每当她感到颓废疲累、前途迷茫的时候，一想到虞树，就会重新生出斗志，像打了鸡血一样。

虞金金坐公交车直奔农贸市场，挑了一只柴鸡，然后让老板把鸡血也装起来，打算回去做个鸡血豆腐汤。

回家的路上，公交车上拥挤不堪，她好不容易找了个位置，见身边有个老太太，便将座位让给了老人家。

在离师大还有一站的时候，她忽然感觉屁股被什么东西蹭了一下，她一开始没想太多，公交车上人多，偶尔被人碰到也是常事。可是没多久，她又感觉到了那种若有若无的触碰，她开始警觉起来，毕竟夏天的公交上色狼很多。

她回头看了看，身后站着一个中年男人，他双眼目视前方看着窗外，一只手垂在腰下，一只手扶着把手。

虞金金心里有点儿怀疑，但是没有证据，于是扭过头，全神贯注地戒备着。当屁股再次被碰到的时候，她一把抓住了对方的手腕。

果然是那个中年男人。

男人有点儿吃惊，很快就镇定自若地说："怎么了？"

这反应一看就是个老手。

虞金金气得脸蛋儿通红，一向保守的她还没谈过男朋友，别说屁股，就连脚丫子都没被异性摸过。盛怒之下胆子也大了起来，她高声道："你说怎么了？"

车里人的目光纷纷被吸引了过来。

这个男人平素遇见的都是敢怒不敢言的妹子，没想到眼前这个看上去柔柔弱弱、白白净净的小姑娘，居然这么剽悍，不禁有些慌张。刚好公交车进站，男人一把推开虞金金跳下了车。

虞金金也跟着跳下车，大喊"站住"。这种猥琐的流氓，绝对不能姑息，不给他点儿教训，以后还会在公交车上骚扰别人。

男人看公交车开走了，立刻变得嚣张起来，威胁她道："你想找揍是不是？"

"你个老色鬼，等见了警察你就老实了。"光天化日，又是在大街上，虞金金也不害怕，拿出手机要报警。

中年男人看她孤身一人，放肆地过来抢她的手机。

虞金金本来气得要命，一看他这么猖狂，挥起右手的袋子，劈头盖脸地朝着他打过去。

袋子里装的是她买的柴鸡，作为武器还很顺手，里面那块儿凝成了水豆腐似的鸡血不知怎么被甩了出来，糊了男人一脸，肩膀上也有。旁边的路人都看热闹不嫌事大，轰然爆笑。

男人恼了，伸手想要抓她的头发，还没得手，突然被猛推了一把，然后以一个大快人心的姿势摔了个四脚朝天。

虞金金扭头一看，又惊又喜："是你啊！"

仗义出手的大侠居然是隔壁的青年。

青年比那中年男人高大半个头，再加上霸道凌厉的气场，那人本来就理亏心虚，再一看来了个厉害的帮手，爬起来就跑。

虞金金连声说着"谢谢"。

"不客气。"青年依旧一副酷酷的表情，双手插在裤袋里，朝着住宅楼走去。

"要不是你帮忙，我肯定要吃亏了。"至少战斗要持续一段时间，不会这么快就胜利。

"没有帮手，你也打得过他。"青年低眉看了她一眼，"你的战斗力这么强。"

他一本正经的表情和认真的语气也不知道是真的夸赞，还是调侃。反正虞金金很感谢他及时出现，啰里啰唆地不停道谢。

青年皱眉听了一会儿，打断她："你袋子里装的什么？"

虞金金说："鸡血啊，我本来要做汤的。"

青年有点儿想笑，又好像嫌她腿短走得慢，抬脚先走了。

柴鸡用砂锅小火慢炖到十二点，整个房间里弥漫着浓郁的香味。

虞金金感觉自己的厨艺已经到了可以开饭店的地步了。从十一二岁就开始操着锅铲给自己和虞树做饭，因为父母都不在家，不自己动手就只能挨饿。

虞树回来后像饿狼一样激动地使劲儿嗅着："好香啊，你做了什么好吃的？"

"鸡汤，给你补补身体。"

虞树立马一副失望又泄气的表情，说："我又不是坐月子，喝什么鸡汤啊。"

虞金金瞪他："知足吧你，有肉吃，有汤喝，你还挑三拣四的。"

"如果不是我挑三拣四，你做菜的水平永远都不会提高啊。"少年学着她的语气，捏着嗓子说，"你不能满足于现状，要不断地挑战自我，不断地战胜自己，这样才会进步。满足现状只会原地踏步，甚至后退。逆水行舟，不进则退。"

"……"

臭小子记性不错，把她平时啰唆他的话原封不动送还给她。

不过虞树也没说错，拜他所赐，这两年她的厨艺突飞猛进，做饭的水平和速度都有了大幅度提升。

虞树口味重，喜欢浓油赤酱的菜肴，不喜欢清淡。他一边喝鸡汤一边唠叨："我喜欢红烧鸡块、辣子鸡丁，做成大盘鸡也行啊，总比这样炖汤好,鸡肉白乎乎的一点儿味道都没有,清汤寡水……啊!"少年抱着头,"别敲头啊,会被敲笨的。"

虞金金收回筷子,威胁道:"再啰唆,信不信我让你吃一年的素!"

虞树小声道:"可怕的女人。"

虞金金气哼哼道:"你不是说我是个男人吗?"

"偶尔也是个女人嘛。"话音刚落,他的脑门上又被敲了一下。

虞树揉着脑门,说:"我吃完了。"

"这么多肉怎么办?"家里没有冰箱,这么热的天,放一夜肯定会坏掉,扔了又可惜。

虞金金正在发愁,突然想到隔壁那个天天吃泡面的青年,说起来,今天他也算是帮了自己的忙,不如送给他。

抱着勤俭节约是美德,不能浪费粮食以及增进邻里关系、友爱和睦相处的原则,虞金金毫不犹豫地端起砂锅走到隔壁去敲门。

房门很快就开了,虞金金笑容可掬地说:"这是我炖的鸡,送来给你尝尝,今天多亏你帮忙。"她当然不能说是因为自己吃不完怕坏掉,所以才送给他的。

"不用,谢谢。"

虞金金料到他会拒绝,端着砂锅径直往里走,边走边说:"来来,让一下,别烫着你。"

青年不得不侧过身让她进去。

门口的桌上放着一箱方便面,看来红烧牛肉的已经吃完了,这次换成了葱香排骨的,真的太可怜了。

虞金金放下砂锅,吹了吹手指头,老生常谈地说:"你不能老吃方便面啊。"

青年不以为然地"嗯"了一声。

"你尝尝吧,是柴鸡,汤特别好喝。"

掀开盖子,一股浓郁的鸡汤味道扑面而来。

这种香气的诱惑,对于一个连着吃了一箱泡面的人来说,根本就无法抵抗。

热情大方的邻居大姐还很有心计地用手扇了扇风,让香气飘得更远了一些。

青年内心顽抗了两秒钟,大言不惭地说:"我这儿没有米饭。"

虞金金马上笑道:"我给你盛一碗过来。"

还好每次中午蒸的米饭比较多,留着傍晚给虞树做蛋炒饭。

可惜中午做的菜都被虞树吃完了,总不能让人家只就着鸡肉吃米饭吧?想了想,除了米饭外,虞金金加送了一碟萝卜丝。

奶白色的小碟子,青绿色细丝,配着红辣椒的碎末,还有几根细细的黄色姜丝。

青年看了一眼就觉得很有胃口,吃到口中,酸脆爽口,微甜和微辣中还有一股芝麻香气,真是下饭利器。鸡汤醇厚香浓,泡着米饭,鸡肉酥烂,而萝卜丝刚好化解了肉的肥腻。

这是他搬来这里,正经吃的头一顿饭,也是最香甜可口的一顿饭。已经打算换着花样吃两个月泡面的决心几乎瞬间土崩瓦解。

吃完之后,他把砂锅和碗筷洗了,送还隔壁。

房门打开,站在对面的女孩儿比他低了一个头,穿着宽宽大大的衣服,愈发显得体格娇小。

她仰着脸笑吟吟地问:"味道还行吗?"

"谢谢,味道很好。"他将砂锅递给她。

虞金金并未觉察到他在看自己,接过空荡荡的砂锅,一方面高兴自己的厨艺得到认可,另一方面,她心里酸酸的,半锅鸡吃得干干净净,肯定是很久没吃过肉了……好可怜啊。

"我叫陆野。"

虞金金抬起眼帘，笑了下，意思是我知道了。

青年看着她："你怎么称呼？"

虞金金又笑了下："我叫大婶。"

第十四章
物是人非

"我有点儿近视，那天没看清。"陆野说完，转身走了。

这么好看的一双眼睛竟然近视？虞金金有点儿难以置信。她也是近视眼，摘了眼镜，两只眼睛迷迷蒙蒙的，像迷路的羔羊，哪儿像他这样明亮锐利。这是一双能说话却看不透的眼睛。

虞金金关上门，这才注意到砂锅有一股香气，拿到鼻子下面一闻，她忍不住笑出了声，隔壁这位青年居然用香皂刷的锅！真是闻所未闻，见所未见。不过转念一想，他从来不做饭，就只吃泡面，家里肯定也不会有洗洁精。

一晃到了傍晚，虞金金关了电脑，去厨房准备晚饭，顺便把淘米水拿到阳台上浇菜。

原来的房客留下大大小小十几个花盆，她搬进来的时候，看着一堆没用的花盆，就琢磨着在花盆里种菜。虽说是为了省钱，可是播种和收获都很有意思，小葱绿莹莹的，拿剪刀剪一段就能吃；辣椒种上就不用管，呼呼啦啦结了一串一串；番茄稍微麻烦点儿，长高了要搭个小架子撑着，然后会有一个一个小番茄冒出来，从青变黄再到通红。

她天天宅在家里码字，就把种菜当成码字之余的消遣和放松，不仅家里的阳台，顶楼也被她开辟出一个小角落，用一个铁桶种了三株丝瓜。这种菜特别好养，也不用施肥，用竹竿撑个架子，它就随便地爬藤。

浇完阳台的菜,她提了一个大矿泉水瓶子上顶楼,忽然听见了隐隐约约的吉他声。她愣了一下,忽然想起陆野,自从她提了一次之后,就再没听见隔壁的动静,他不会是每天在这里弹吉他吧?

她悄然走上台阶,果然看见了他。顶楼上的风吹着丝瓜的藤蔓和叶子,依稀看见一道孤寂的身影。他坐在台阶上看着落日,黑色的背心被风吹得鼓起来,像一个被全世界遗弃的人。

虞金金怔怔地看着他的背影。不知为什么,她心里涌出一种无法言喻也无法描述的潮水般的柔软。她想起自己在得知父母出车祸的那一刻,也是这样一个人坐在楼顶,她甚至有过一跃而下的念头。

她不知道这个人的过去和这个人的来历,可下意识觉得他是一个好人,因为他在帮她收拾那个公交车上的色狼时,眼中有着浓烈的憎恶和怒火。在她仅仅提了一次不想被噪声干扰之后,他就来到酷热的顶楼弹吉他,不去打扰她。

她静静地站在楼梯的入口处,远远看着,可是手里的一桶水很沉。拎了一会儿,越来越沉,她就小心翼翼地放下,纵然已经轻手轻脚,落地时还是发出了一点儿细微的响动。

吉他声戛然而止,陆野回过头。虞金金不好意思地笑道:"对不起,打扰你了。"

陆野绕过丝瓜藤低矮的架子,朝着她站的地方走过来。

虞金金忙说:"你接着弹,我这就下去,不影响你。"

陆野走到她面前:"没打扰,我要出去了。"

"你弹得真好听。"

陆野听到夸奖,波澜不惊,与她错身而过时,淡淡道:"你的菜种得也不错。"

虞金金莞尔。

虞树放学回来,大呼小叫地喊着饿,虞金金及时把饭菜端上来,少年一边狼吞虎咽一边说:"刚才碰见隔壁的,他今天居然和我打招呼了,问你叫什么。"

虞金金一怔。

虞树看着她乱蓬蓬的丸子头，叹了口气说："我本来还想着他是不是对你有意思，想打你的主意，可是我现在一看你这样子，就觉得我应该是想多了。"

虞金金正要一个栗暴敲过去，虞树已经眼疾手快地盖住了脑门："拜托你收拾收拾、打扮打扮。"

虞金金翻了个白眼，"我收拾打扮又没人看。"

虞树痛不欲生："我啊！我不是人啊！"

"对啊，你不是人，你是饿死鬼。"

虞金金熬夜码字睡得晚，第二天还没起床，就听见外面有人敲门。她趿拉着拖鞋，睡眼惺忪地走出卧室，一边揉眼睛一边问"谁啊"。

"我。"陆野的声音非常有辨识度。

虞金金打开房门，果然是他。

他依旧一副不苟言笑的样子，手里提着一只塑料袋，往虞金金面前一送，袋里伸出来的两只鸡爪子差点儿戳到虞金金的胳膊上。

"谢谢你昨天的饭菜，这个还你。"

虞金金没想到他这么较真儿，忙笑着说："哎哟不用了，你太客气了。"昨天送了他半只鸡，今天他还了一整只。

"你不要的话，我就扔了，反正我也不会做。"

别人这么说，虞金金可能不会当真，可陆野的身上有一股奇特的气质，酷酷的、冷冷的，每一句话都带着一言九鼎说到做到的气势。

好端端一只肥鸡扔了太可惜，虞金金只好道谢收下。肉鸡炖鸡汤肯定不好吃，再说虞树昨天已经抗议过了，虞金金便做了一份大盘鸡。本来这只鸡就很大，又加了土豆和青椒，有一盆的架势，比昨天的分量还大，绝对吃不完。

陆野不肯占她便宜,她更不愿意占陆野的,于是果断地盛了一大份儿,再加上一碗米饭,送到了隔壁。连着吃了数天泡面的人,可能真的饿惨了,这边她和虞树还没吃完,他已经吃得干干净净,并把洗过的盘子和碗筷送了过来。

虞金金还没接到手里,又闻见了一股香皂味儿,实在忍不住,就笑着问:"你拿香皂洗的?"

陆野眉头一皱:"怎么了?不行?"

"你拿过来我自己洗就行了。不用客气,我这边有洗洁精。"

陆野不置可否地转身走了。

虞树好奇地伸长了脖子:"谁啊?隔壁的?你们什么时候这么熟悉的?都做饭给他吃了啊。老姐,我不在家的时候,你真的是在码字吗?"

"想什么呢?人家这是礼尚往来。"

虞金金以为两人的礼尚往来会到此为止,万万没想到,第二天陆野又送来一条鱼,台词依旧是昨天那句:你不要我就扔了,反正我也不会做。

虞金金只好又硬着头皮收下,做好之后,左想右想,总觉得不能白占人便宜,于是又给隔壁送了一份酸菜鱼。

一来二去,虞树觉得有点儿不对劲儿,边吃边嘀咕:"我怎么觉得你成了他的御用厨师呢?他买原材料,你替他加工。"

"……"

"他这一招太腹黑了,简直是找了个免费的加工厨师啊。"少年的表情夸张到像发现了新大陆。

虞金金敲敲他的碗沿:"不要以小人之心度君子之腹。人家是不喜欢占小便宜,不白吃白喝,这叫礼尚往来。"

虞树反问:"那他干吗不送你一只烧鸡?要送你生的?"

"……"

"你看你,中招了吧。"虞树摇摇头,叹气道,"老姐我为你的智商堪忧啊。我真的担心你这样以后会被渣男骗。"

一语成谶，这是后话。

陆野吃了她一顿酸菜鱼，翌日又送了排骨过来，台词依旧。

虞金金做好红烧排骨，犹豫了半天，心里也觉得有点儿不对。她送给他半只鸡，他再还一只，她送他一盘鱼，他再还她两斤排骨。那岂不是没完了……你来我往无穷尽啊。

虞金金狠了狠心，没给隔壁送，中午吃饭的时候，她留意着隔壁的动静，果然又闻见了泡面的味儿。虞金金嘴里的排骨有点儿不是滋味。

傍晚时她去阳台给蔬菜浇水，隔壁悄无声息，好像没人。那把旧藤椅上放着一个银灰色的MP3，已经很破了。

虞金金愣愣地看着那个MP3，鼻子酸酸地叹了口气，心想虞树说得不对，要说占便宜也是她占了他的便宜，还给她的排骨、鸡肉、鱼肉，比她送过去的多两倍。

都这么穷了，他还这么实诚。

深夜，虞金金码字到凌晨一点半，看时间不早了，关上电脑去洗澡，然后顺手把内衣洗了，拿到阳台上晾。

夜空黑沉，没有星星，只有半个月亮。她挂好内衣正要转身，忽然闻见了一股泡面的味道。

扭头看见隔壁阳台上模模糊糊有个人，虞金金看着那个黑乎乎的身影，稀里糊涂地说了句："怎么又吃泡面啊？"

说完她又后悔自己不该多管闲事。唉，都是平时管虞树管习惯了。

黑暗中传来低沉的一句回应："没吃的。"

虞金金有点儿心酸，轻声说："你可以自己做点儿吃的啊。"

"不会。"

"那我教你啊。"

"没钱交学费。"

虞金金柔声问："不收费你学不学啊？"

"不学。"

虞金金无奈地笑道："天天吃泡面对身体不好。"

"大姐，你很啰唆。"

"谢谢你给我降了一辈儿。"

"不客气，大婶。"

又恢复了之前的称呼。

虞金金忍不住笑道："早点儿休息啊。"

"这话你应该对自己说。你睡得也不早。"

虞金金认真地问："你是抬杠精吗？"

对面没有回应，黑暗中传来微微的一声笑，轻得像风一样。

虞树念叨着要吃红烧排骨，家里没白糖了，第二天起来，虞金金拿了钱包和手机去超市。她没戴眼镜，没留神脚下，开门就摔了个倒仰。

陆野的门口一片狼藉，散落着一袋垃圾，泡面的汤水从垃圾袋里流出来，淌到了她的门口，让她结结实实地摔了一跤。虞金金不受控制地"哎哟"一声，疼得龇牙咧嘴，尾骨都快碎成齑粉了。

白天楼道里特别安静，陆野听见叫声，开门一看，虞金金躺在地上，伸手一把把她拉了起来，问："你没事吧。"

虞金金吸着气说："夜晚楼上经常有老鼠和流浪猫，垃圾别再放在门口了。"

"不好意思。"陆野很尴尬地看了看她，"你胳膊肘流血了，我送你去医院吧。医药费我来出。"

虞金金看了看说："没事，我小时候经常磕磕碰碰的，这种伤养几天结疤就好了。不过，你得帮我做几天饭了。"

陆野的表情一僵："我不会。"

"没事，我告诉你怎么弄，我弟弟快放学了，你赶紧过来。"

陆野无法推拒，只好跟着虞金金进了厨房。虞金金交代他先去蒸饭，没想到他连电饭锅都不会用。

虞金金也是服气，手把手地告诉他怎么淘米、怎么用电饭锅，然后又让他切了葱姜放到锅里，将排骨用大火烧开后换成小火炖。

虞金金说："炖好了再炒，你先歇着吧。"

陆野坐到饭桌旁边，说："你挺会做饭的。"

"那当然，我是新东方厨师学校毕业的。"

陆野一本正经地看着她："我不喜欢开玩笑。"

虞金金忍不住笑道："好吧，我是X大中文系的。"

屋内没有电视，饭桌上放着一台笔记本电脑。虞金金租房子住在这里，并没有长久居住的打算，当然也没添置家具的意思，能省则省，饭桌被她当作书桌，靠墙的一侧放着一盏台灯和几本厚厚的写作技巧的书籍。

陆野拿起来翻了翻，突然问她："你笔名叫什么。"

"不能告诉你。"

陆野挑了挑眉："为什么？写小黄文的？"

"当！然！不！是！"

"那为什么不能告诉我？"

虞金金反驳道："你的事也没告诉我啊。"

陆野放下书，一本正经地问："你想知道什么？"

虞金金反而一愣，不知从何问起了，想了半天忍不住笑着说："不知道问你什么。"

陆野淡淡道："正常人会问我家庭、学历、收入或者年龄，等等。"

虞金金莞尔："我又不是和你相亲，问那些做什么。"

陆野默不作声地看了她两秒，虞金金突然回过来味儿："你是说我不是正常人啊。"

陆野看看她："你的确很不寻常。"

虞金金没注意到，他用的不是"不正常"，而是"不寻常"。

"那好吧，问问你的工作，方便说吗？"

陆野淡淡道:"在酒吧唱歌。"

虞金金松了口气:"挺好。"至少是正经工作,不是混道儿的。

"挺好?"陆野自嘲地笑了笑,"你不觉得是在做毫无前途、浪费生命的事吗?"

虞金金皱了皱眉,说:"做自己喜欢的工作,不偷不抢,正当合法,怎么叫浪费生命呢?稀里糊涂、浑浑噩噩,到临死的时候发现自己一事无成,连自己喜欢的事情都没做过,那才叫浪费生命!"

"你挺会安慰人的。"

虞金金笑道:"你错了,我不是安慰你。我只是觉得没必要用世俗的标准去要求所有人,每个人都不一样,找到适合自己的才是最重要的。比如我,亲戚们都觉得我不上班,在家里闷着码字,像个神经病,不如出去找个文员的工作。可对我来说,码字就是我喜欢的工作,我的梦想就是成为最好的编剧,写出最好看的故事。追求梦想又有什么错呢?"

陆野默然片刻,自言自语般重复了一遍:"是啊,追求梦想又有什么错呢。"

接下来几天,虞金金都喊陆野过来帮她做饭。第二天他已经能熟练地使用电饭锅,第三天他学会了切菜,第四天做得更好,灶台上干干净净,没有从锅里飞出去的菜。

中午吃完饭,虞金金笑吟吟地问他:"你学会了吧。"

陆野的表情有点儿怪,"你是变着法儿让我学做饭?"

虞金金乐了:"不然你以为呢?我哪有那么娇气,胳膊肘破点儿皮又不是不能动,让你帮忙做饭,就是想教你做饭啊。你一个人住,要学会照顾自己。老吃泡面,身体会受不了的。"

陆野看了看她,什么也没说,只是那一眼凝视格外深长。

虞金金本以为教会了陆野做饭,他就能自己动手,丰衣足食,结果还是每天晚上闻见他那边飘来的泡面味儿,于是隔天又多做了些饭菜,给他送了一份过去。

渐渐地，变成了她每天都为他多做一份饭菜。陆野给她买米、买面、买菜、买肉，把那些"饭钱"变相地还给她。

虞金金和他越来越熟，时常去顶楼听他弹吉他，听他唱歌。她发现这个话很少、又帅又酷的青年，是个很有才华也很有想法的人。只可惜，她比他大两岁，长得也不够美。所以，她只把他当邻居。

虞树考上大学的那一天，打电话说晚上不回来了，和同学出去通宵娱乐。虞金金知道弟弟这三年有多苦，不仅没反对，还笑着说"好啊，痛痛快快玩儿，别失身就行"。

晚上她没做饭，一个人出去找了一个小饭馆，要了一碗面，就着两盘小菜，吃完了回到住处，屋里只有自己一个人，她忽然觉得心里空荡荡的。

好像突然间失去了方向。这三年，她像是在为虞树而活。现在虞树考上了大学，她也解放了，应该庆贺一下。

于是她到楼下的小卖部里买了几罐啤酒，坐在楼顶陆野经常坐的地方，一个人慢慢地喝。

晚风吹动丝瓜藤和叶子，簌簌轻响。她坐在台阶上，看着星星，心里默默地对父母说，虞树考上大学了，你们是不是很开心？说着说着，眼泪就掉了下来，她突然间觉得好累好累，两个肩膀都快要抬不起来。

她坐在漆黑的屋顶，失声痛哭。

空旷无人的顶楼让她释放了所有的压力。她也不知道自己到底哭了多久，好像哭尽了最后一丝力气。

突然肩膀上落下一只手，虞金金吓得"啊"的一声尖叫，差点儿瘫软在地。

"是我。"陆野的声音在耳边响起来。

"怎么是你啊？你今天下班好早啊，吓了我一跳。"虞金金松了一口气，赶紧去擦眼泪。

还好顶楼很黑，他瞧不见她现在眼皮红肿的狼狈样子。

陆野在她身边坐了下来,轻声问:"哭什么?"

虞金金吸了吸鼻子,强颜欢笑地说:"虞树要念大学了,我太高兴了。"

陆野停了片刻说:"我考上大学的时候一点儿都不高兴。"

"为什么?没钱交学费吗?"

"不是。专业不是我自己选的,是别人替我挑的。我一点儿都不喜欢,也不想学。"

"所以你才辍学?"

"对。"

"要不,你重新去考一次大学?"

陆野没回答,把她脚下的啤酒罐一个一个捡起来,放进塑料袋里。

"这次考个自己喜欢的专业。刚好虞树的书和资料都是现成的,你可以拿去用。不会了还可以问他。"虞金金很认真地说,"像你这么有天分的人,应该好好深造,有个长远规划比较好,不要浪费你的才华。"

陆野不置可否:"你很啰唆。"

虞金金呵道:"怎么了?我比你大两岁,啰唆你两句还不行啊?"

"不行。"

虞金金瞪了他一眼,扭头看向灯火通明的远方。

"如果你是我女的朋友,我可以让你啰唆。"

虞金金先是猛然一愣,转瞬便笑道:"开什么玩笑啊。"

陆野扭过头,黑暗中看不清他的表情和五官,可是虞金金莫名感觉到了他炙热的凝视:"你知道,我不喜欢开玩笑。"

那一刻,心底似乎有什么东西破茧而出。虞金金有点儿紧张,有点儿不知所措,又有点儿匪夷所思,腾地一下站了起来。

坐得太久,脚已经麻了,她差点儿摔倒。陆野及时扶住了她的胳膊,随即紧紧地握住了她的手。虞金金挣扎了一下，没有挣脱。年轻有力的手掌有微微的湿汗，和她十指相扣。

虞金金心跳加快，声音开始哆嗦："那个……我比你大两岁。"

"大两岁很了不起吗？"

二十三岁，这是第一次有人向她表白，而且还这样直接，没有暗示，没有前奏，来了个突然袭击。她脑子里乱得不能思考，条件反射般地进入了防御状态。

"我……我不想找比我小的男友……我不是很适合你，你看我不修边幅，不会打扮，我……"

虞金金语无伦次地说了好多，直到陆野将她罩在自己和墙壁中间，低头将她吻住。

无论时隔多少年，她都记得那一幕，那是她的初吻。太久没有被人爱过，陆野的告白像是一把火，烧到了她。她奋不顾身地投入了所有的感情，不过问他的过去，不求未来的承诺，只喜欢眼前的、当下的这个人。

这是简单纯粹，还是幼稚愚蠢呢？她那会儿没想那么多。只知道那个暑假是她二十多年来最开心、最幸福的一段时光。

她有了一个又帅又酷的男朋友，有才华、有个性。

她的弟弟也长大了，假期打工挣到的第一笔钱，全给她买了衣服，自己一分钱没剩。虞金金一边骂他是个不会过日子的败家子，一边哭得稀里哗啦地去试衣服。

紧接着，她收到了第一份真正意义上的编剧合同。

她已经写过好几个剧本，可一直是枪手，没有在剧本上署过名，这次虽然是救场，钱也不多，但可以署名了，对她来说，意义重大。从此以后，她可以名正言顺地说自己有作品了。

因为这种事变故很多，她吃过很多亏，掉过很多坑，所以直到签了合同她都一直忍着没说，等到第一笔定金到账，收到了银行卡的短信通知，她才飞奔上了楼顶。

"陆野！"

吉他声戛然而止，陆野扭过来，眯起眼睛看着她。

虞金金站在那儿，气喘吁吁，心跳如雷，心里盛开着五颜六色的花，每一朵都带着希望和梦想的光环。

"陆野，我签编剧合约了。定金刚到账，好神速，简直不敢相信。"

"恭喜啊。"陆野提着吉他走到她面前。

虞金金仰着脸，激动万分地看着他："你看，说不定什么时候就会梦想成真，陆野，你也会的。"

陆野没有说话，低着头目不转睛地看着她，被梦想照亮的脸是世上最好看的。这一刻的虞金金在闪闪发光，黑框眼镜后面的双眸熠熠生辉。

他情不自禁地伸出手指，摘掉了她的眼镜。

夕阳的霞光映红了她的脸，她说："陆野，你去追你的梦吧，我来养你啊。"

陆野没有回答，用一种虞金金一辈子都无法忘记的眼神盯着她。

漫天云霞在他身后如火如荼地烧着，他的身影绕了一圈金红的光。

那一刻，虞金金想起了自己说过的豪言壮语、做过的旖丽美梦，谁不想有个乘着七彩云霞的盖世英雄来娶自己呢？

可她喜欢他啊，他不是盖世英雄也没关系，就让她去做那个驾着七彩祥云的人吧。

爱到了不分彼此、互为骨血的地步，谁做英雄又有什么区别？

虞树即将去外地念书，虞金金想送他一份贵重点儿的礼物。她带着陆野一起逛商场，请他帮着挑选。路过一楼的名表柜台时，她被吸引住了目光，拉住陆野的胳膊，兴冲冲地说："给虞树送一块表吧。"

陆野看了看那个牌子，欲言又止。

虞金金不知道那是很有名、很大牌的表，看到价钱，吓了一大跳："妈呀，这么贵。"

陆野用一种"你才知道"的眼神笑着看着她，然后给了她一个大台阶："大学生都有手机，谁还用表？你以为还是高中？"

虞金金避之不及地扯着陆野离开了那个表柜，心里闪过一念，也不知道有生之年能不能买得起这样的一块表。没想到四年之后，陆野成了这款表的代言人。

是什么成就了他呢？是才华、运气，还是家人的鼎力相助？

虞金金端着咖啡，不知不觉看向酒店的窗外。晴空万里，浮云朵朵，那些充满阴霾的过去仿佛从未存在过。

卫生间门口的一声惨叫拉回了虞金金的视线。

方宝怡站在酒店的电子体重秤上，一脸痛不欲生地喊道："我不活了，一百一十二斤了！我中午不该吃那么多的！不过，这里的自助餐实在是太好吃了。"

虞金金笑道："可能是衣服太重，脱光了称一下试试。"

"流氓！你也来称一下。"

"不用，我中午都没吃东西，至少比你轻二十斤。"

大队人马午后已经出发去了影视城，主创人员还有别的事，要明天一早出发。虞金金和方宝怡留在酒店，等候晚上最后一次的剧本会。

晚饭刚吃完，蒋汉生就过来喊她们过去。陆导、傅东峻、陆野和两位女演员，陆陆续续到了小会客厅。剧本已经打磨了无数次，但陆导是个精益求精的人，对两个重要的情节点还是有点儿捉摸不定，所以约了众人一起讨论。

方宝怡的脸蛋儿一直都是粉红的，两只眼睛都不够用，一会儿看傅东

峻,一会儿看陆野。

虞金金和她相反,全程低头垂目,视线就定在面前的方寸之地和剧本上。三个小时的讨论会终于结束,幸运的是,陆导决定还是按照已经确定的剧本走,不再修改。虞金金和方宝怡都暗自松了口气,心想,太好了,不用去跟组。

两人走到酒店门口,准备打车离开,突然有人叫了声"虞金金"。

虽然时隔四年,但这个富有辨识度的声音她依旧无法忘记,一听就知道是谁。

方宝怡扭过头,惊诧地看着陆野。大家都习惯叫她们的笔名,陆野叫的却是虞金金,而不是择一,他知道虞金金的真名,只有一个可能,就是认识她。

虞金金回过头,很镇定地看着陆野:"陆先生,什么事?"

陆野目光沉沉地说:"你不是让我还你钱吗?"

虞金金笑了笑:"那请你的经纪人找我就好了。"

陆野淡淡道:"个人私事我不想麻烦别人。"

虞金金只好对方宝怡说:"你先走吧。"

方宝怡一副被雷劈了的惊愕表情:"你们认识啊?"

虞金金笑了笑:"回头再给你解释。"

方宝怡上了车,隔着车玻璃,两只眼睛瞪成了铜铃,不可思议地看着台阶上的两人。

虞金金没看身边的男人,视线落到正前方的音乐喷泉上,声音很平稳:"我知道你不是来还钱的,是有别的事吧。"

陆野看着她的侧颜,说:"对,是有别的事。"

虞金金依旧没有看他,目视前方,自言自语地说:"写小说写剧本的时候,我时常会写到这样那样的误会。一方会说,你听我解释啊;另一方则说，我不听我不听，我就是不听。我自己一边写一边吐槽，你听一下会死啊。"说到这儿，她自嘲地笑了，"真没想到我自己也会碰见这样的情形。不过，我不是矫情，是真不想听。你知道我的个性，我一开始会对别人掏心掏肺，会默认别人都和我一样真诚。但是你若骗我，那就在我这儿被判了死刑，咱们永别。我从未期盼过和你重逢，我对你的解释也没有一点儿兴趣。"

陆野沉默着，目不转睛地看着她。

虞金金把吹到耳畔的头发别到耳后："就算你有天大的苦楚又如何呢？难道有苦衷就可以欺骗别人的感情，糟蹋别人的真诚吗？"

夜风吹着她的头发，她戴着黑框眼镜，很好地掩饰住了她眼中浮起的雾气。

她转过头，对陆野淡淡地笑了一下："无论你怎么解释，都抹不去欺骗过我的事实。解释不过是想取得别人的原谅，减轻愧疚，让自己好过一点儿。很遗憾，我不能满足你。"

说完，她抬步下了台阶。

夜风细细地吹过来，她取下眼镜，慢慢地擦干净上面的雾气。

第十五章
一语成谶

已经长好的伤疤原来还是会隐隐作痛。

今天很意外地碰到陆野，导致虞金金两顿饭都没吃，回到家里，饥肠辘辘的她去厨房煮了一碗泡面。

静悄悄的房间里，泡面的香气慢慢弥漫开，她就着四年前的那些回忆，慢慢地吃完了一碗面，然后洗了个澡。

从卫生间出来，看到手机的信号灯在闪，有添加好友的申请，来自陆野。还有一条来自陆导的消息，给她推送了陆野的名片，让她加一下陆野，说陆野要问剧本的事。

虞金金明知道陆野不会跟他讨论剧情，可不能得罪陆导，只好加上他。出乎意料的是，陆野加了她好友之后并没有发来任何信息。其实，走到今时今日，彼此形同陌路是最好的结果。

虞金金正准备睡觉，方宝怡的电话终于来了，她气势汹汹的，也不叫"亲爱的"了，改叫老虞。

"老虞你真的是太不够意思了，我和你同吃同睡，好得穿一条裤子，你认识我'老公'这么重要的事，居然瞒着我！"

虞金金忍不住笑道："你居然忍了三个小时才来问我。"

方宝怡气道："还不是怕你和他在一起叙旧，打扰到你们嘛！"

"并没有叙旧，只说了几句话我就走了。不信你去看酒店门口的监控录像。"

"快老实交代,你们怎么会认识?"

"四年前,他和我做过一段时间的邻居。我们在同一栋楼租房住。"

"就这么简单?他说的还钱是怎么回事?借你的钱没还?"

"不是,是他经常来我家蹭饭,我让他把饭钱给我结一下。"

方宝怡恨不得飞过去摇一摇虞金金的脑袋:"你是不是傻啊?趁此机会还不赶紧叙叙旧、联络一下感情、抱抱大腿,居然提什么饭费!"

虞金金反驳道:"你才傻呢!抱他的大腿有什么用,剧本还不是要老老实实一个字一个字敲出来。你以为认识了大明星就能马上拿个最佳编剧奖啊?"

"那可以让他给我们介绍点儿资源啊。"

虞金金叹口气:"那您瞧陆先生像是个热心肠乐于助人的人吗?"

方宝怡想起娱记采访他的那个艰难程度,扑哧一声笑了:"人家是高冷男神。"

"对啊,所以你还想怎么样?"

方宝怡失望地嘟着嘴说:"那你给我讲讲他那时候的事儿呗。"

虞金金轻声道:"没什么好讲的,明星也是普通人,一样要吃喝拉撒睡,有着这样那样的缺点。你喜欢屏幕上的他就够了。记住,距离产生爱和美。"

方宝怡什么也没问到,无比失望地挂了电话。

虞金金不是刻意要对她隐瞒那段过去,而是因为陆野现在的身份。他现在是明星,公司力捧的对象,方宝怡是个直肠子,没心机,认识很多圈里的人,朋友很多,万一哪天她喝多了说漏了嘴,骂陆野渣男什么的,搞不好要惹来名誉侵权或是诽谤官司,所以虞金金决定不告诉她。

一周之后,虞金金把写好的几集剧本发给了沈烨。沈烨收到后约她第二天见面,讲述最后的部分。看来男主角已经定了。

虞金金第二天去得格外早。本来她对这个故事并没有什么太大的好奇，可机缘巧合，周梨的老板闻凯居然成了这个剧中的人物，而且在周梨的剖析下，沈烨的讲述也出现了很多疑点，虞金金也很期待，这最后一次的讲述，云雾和纪棉之间究竟会发生什么事。

沈烨依旧是提前三分钟到达，像掐着表一样准时。这一点让虞金金很佩服，因为市里经常堵车，而沈烨身为公司老总一定很忙，不像她时间自由，可他和自己这几次会面，没有一次迟到过。这样惜时守时又自律的一个男人，难怪年纪轻轻就挑起了君安实业的重担。

电影院里，沈烨向云雾表明了心意。云雾并没因为有了他这样的男朋友而打乱自己的生活节奏。她第二天依旧去电脑城打工，工作是高考结束后的第三天找好的，沈烨知道她的脾气，所以没有阻拦，也知道阻拦不了。云雾看似温柔，其实骨子里十分有主见。

在电脑城打工的学生特别多，大部分是大学生，其中有个女孩儿叫祝霏霏，非常巧，也考上了N大。她的父母是从农村来市里做蔬菜批发生意的菜农，家境比较困难，所以她趁着暑假出来挣点儿学费，以减轻家里的负担。

云雾无论是在一高还是在云顶高中，都没有真正结交过朋友，一是学习任务繁重，二是她和那些家境很好的女生总有种说不出来的隔阂。而祝霏霏有着和她相似的家庭背景、相似的个人经历，两人一见如故，很快成了好朋友。

那天，云雾正在电脑城的扶梯口发传单，突然有人拍了拍她的肩膀。她扭头看见身后站着三个年轻人，为首那个正一脸怒气地看着她："你怎么在这儿？"

云雾一愣，她并不认识这三个人。

青年恼火地说："你不是去上培训班了吗？骗我在这儿发传单？"

云雾一听培训班就明白了，忙问："你是不是认识纪棉啊？"

青年气得冷笑道："行啊，纪棉，这招都用上了。"

云雾也忍不住笑了："我真不是纪棉，我是她姐姐云雾，她没说过她

有个双胞胎姐姐吗？不信你打个电话给她。"

青年愣了一下，面露尴尬地说了声"抱歉"。

旁边两个男生忍不住笑了起来。其中一个调侃道："老大，纪棉你都能认错，你是要笑死我啊！"

另一个说："不不，是真的像，你没见过纪棉。我都见过好多回了，刚才也没认出来。"

青年因为认错了人，冷着脸，尴尬地上了扶梯。

云雾从他刚刚的动作和语气判定他应该就是纪棉提过好几次的那位同校男生，两人应该关系很要好，所以才会用那么亲密直接的语气说话。

好奇之下，她不禁多看了两眼。

青年身高腿长，相貌帅气得无可挑剔，而且家境应该不错，穿着一身名牌运动服，脚上是限量版的篮球鞋。因为沈烨喜欢打篮球，经常会在她面前提到这些东西，所以云雾一眼就认出了他脚上的那双鞋，非常贵。

晚上回去，云雾把这件事告诉了纪棉，以免两人有什么误会。

可纪棉一听，当即就恼了："好啊，这个家伙居然连我都认错，我非找他算账不可。"

"大家经常认错啊，有什么稀奇的？"

"可他认识我三年了啊！沈烨什么时候认错过你？太过分了！"纪棉气哼哼地跺着脚。

云雾忙转移话题："这个就是你经常说的比你高一届的那个校友吗？他考到哪儿了？"

纪棉说："H大。"

"那也不错啊。"虽然比不上T大和N大。

"不如沈烨。"

云雾下意识地问："干吗和沈烨比？"

纪棉看着她，说："为什么不能比？"

云雾语塞。

纪棉继续说:"你找了沈烨,我总不能找个比沈烨差的吧。学习不如他,至少在别的方面一定要比沈烨强。"

云雾沉默片刻,然后说:"你总是这样,会不快乐的。"

纪棉笑道:"我没有不快乐啊,正相反,我觉得我越来越快乐了。比较可以给人动力,你不觉得吗?"

云雾摇头道:"我不觉得。我觉得那是一把双刃剑,你会迷失自己,不知道自己真正想要的是什么。别人有什么你也要有,可那东西真的是你喜欢、需要的吗?还是说,会伤害到你的,你也要?"

纪棉挑起漂亮的眉毛,不屑地说:"我当然知道我要什么,所以我才选择了艺考,这个行业挣钱最快。"

"除了钱,应该还有别的追求。"

"有了钱自然就什么都有了啊!沈叔叔不就是典型的例子嘛。"

云雾无言以对。她劝服不了纪棉,纪棉同样也说服不了她。

两人性格截然不同,然而在很有主见这一点上却惊人的相似。

开学在即,沈烨告诉云雾他已经买好了两张机票,云雾却让他退了,说自己和同学坐火车过去,比较便宜。

沈兆言听了之后,觉得这孩子懂事得让人心疼,处处都算计着开销,能省则省,绝不肯多花他一分钱。

林烟知道云雾考到了N大,虽然和沈烨不同校,可毕竟挨得很近,心里十分不安,于是开学那天,她特意亲自去机场送沈烨登机,结果并没发现云雾的身影,这才彻底放了心。

云雾和祝霏霏一起坐火车到了N市。出了火车站,云雾一眼就看见了沈烨,还有一个高个儿男生。

云雾又惊又喜:"你怎么来了?"

"我来接你。"沈烨直接把她的箱子接过来,又把她的背包从肩膀上拽下来,背到自己身上,然后对旁边的男生说:"这是我女朋友云雾。"

男生笑嘻嘻地自我介绍:"我叫安志高,和沈烨是同学。"说着,便去接过了祝霏霏的行李:"我来帮你拿。"

云雾红着脸对祝霏霏说:"这是沈烨。"

沈烨哼道:"你漏掉了四个字。"

祝霏霏和安志高都笑了起来。

安志高家就在本市,私家车就停在广场,沈烨把两人的行李放进去,直接开车前往学校。

半小时后,车子开到了N大附近的凌云街,旁边就是T大,云雾终于如愿以偿地看见了友爱门。

安志高笑嘻嘻地说:"友爱门还有种叫法——鹊桥门,你知道吗?"

祝霏霏乐道:"我怎么听着有一股珍爱网的味道啊?"

安志高说:"我们两个学校互相可以选修功课,成就了很多对情侣,所以才有此一说。"

N大的校门出现在眼前,其实云雾早就在网上看过很多次学校的图片,但都比不过亲眼所见令她兴奋。毕竟这里是知名学府,即便是道路两旁的梧桐树看起来都很端庄典雅,透着一股书卷气。

进了校门便是一个大广场,喜气洋洋的十分热闹,树梢之间拉着红色的横幅,写着"欢迎新同学"。天桥下摆着十几张桌子,五颜六色的大伞上写着法律系、财经系、管理系,等等,全是各个系的招新社团,学长学姐们热情洋溢地给路过的新生发宣传单。

云雾和祝霏霏很快就被几个学长包围了,两人连着说了十几声"谢谢",手里很快被塞满了传单。奇怪的是,居然没有一个人给沈烨发传单,难道他脸上写着我不是新生?

两个女生都是第一次出远门,沈烨和安志高帮着她们安置好了一切。

很巧的是,祝霏霏虽然和云雾不在一个系,宿舍却在同一层楼。军训结束,开始正式上课。其中有几门课是在阶梯教室里上,俗称大课,在班里上的叫小课。

一开始云雾不明白为什么大课都安排在阶梯教室,还是周五,等到了阶梯教室发现了许多陌生面孔的时候,她才恍然大悟,原来这些人是T大的学生,他们选修了N大的一些课程,两个学校是友好联谊学校,教学资源可以共享。

云雾正好奇地打量着隔壁学校的学长和学姐时,突然看见了沈烨,和他一起的还有安志高,以及一个戴着眼镜的男生。

沈烨的英俊带着一股贵气,永远都是人群中最耀眼的那一个。

很多女生都情不自禁地看着他,而他目不斜视,带着淡漠的表情,随意地在走道旁边找了个位置坐下,好像没看见她。

云雾低下头正要松一口气,突然身边的女生碰了碰她。

一抬眼,沈烨不知道什么时候走到了她这一排,就站在过道旁。

满教室的人,目光齐刷刷地看过来,沈烨客客气气地问她身边的女生:"能不能请你换一下位置,我和我女朋友坐一起。"

旁边的女生笑嘻嘻地马上走了,沈烨在众目睽睽之下一屁股坐到了云雾的右侧。

云雾一脸红晕,在桌子底下使劲儿踢了一下沈烨的脚。

沈烨拿起一本书挡着脸,附在她耳边说:"让别人都知道你有男朋友了,免得有人追你,影响你学习。"

云雾瞪着他:"那我还要谢谢你喽。"

沈烨握住了她的手,大言不惭地说:"对。"

整整一节课,他都没放开她的手,要么十指交叉,要么玩儿她的手指头,要么揉揉她的手心。云雾哪里经历过这种"折磨",心里小鹿乱撞,又气又甜地嘟囔:"你这样我怎么安心学习啊。要不,还是先分手吧。"

"你这辈子都不要想了。"沈烨笑道,"你有没有听过一句话?"

"什么话?"

沈烨和她十指相扣:"我们只有死别,没有生离。"

讲到这儿的时候,沈烨停下来,清了一下嗓子说:"抱歉,我出去抽根烟。"

虞金金有点儿奇怪，沈烨和她会面的第二次就问过她，是否介意他抽烟，她说不介意，沈烨也就没有客气。

他今天为什么要出去抽烟？

是平复情绪，还是出去透透气？

虞金金透过玻璃窗看着外面的男人。明明是站在阳光下，他的背影却给人一种孤寂的冷感。

不远处是车水马龙的滚滚红尘，闹中取静的咖啡馆跟那些喧嚣只隔着一道玫瑰花墙。这也是"玫瑰雾"这个名字的由来。

沈烨一手插在裤兜里，一手夹着烟，那支烟一直垂在他的手指之间，他并没有吸几口，大部分时间在自燃，快燃到指尖时，他弯腰在地上熄灭了烟头，扔进了垃圾箱。

走进房间的时候，沈烨神色如常地坐下来："我刚刚在外面想了想，我们的大学生活其实也没什么特别，和普通的大学情侣过得差不多，平时上课，闲暇约会。头一年，唯一算是比较大的事，就是在暑假前，安志高和祝霏霏在一起了。不过，两人走到一起的细节我还真是不大清楚，这个倒是麻烦你自己发挥一下吧。"

虞金金说："没问题。只不过，虚构的情节，他们两位没意见吧？"

沈烨笑了笑，说："没意见，你写一场告白，给观众交代下两人是情侣就行了。"

虞金金点点头，在电脑上做了一个备注。沈烨继续往下说。

纪棉从没接受过任何艺术类的培养，是零基础备考，报了几所知名院校都没有考上，好在文化课成绩不错，最后上了本市的一所传媒学院的表演系，也算是实现了心愿。

沈兆言百忙之中抽空请姐妹俩吃饭，席间对纪棉说："前两天蒋老师给我打了个电话，说你爸问起你。怎么，你一直都没和他联系吗？"

纪棉点了点头，说："我和他没联系过。"

沈兆言笑了笑："你已经考上大学了，跟他说一声吧，我也算是对他有个交代。"

纪棉露出很为难的表情，看了一眼云雾："云雾也没和他联系过。"

"你们不一样。"沈兆言点到为止，剩下的话没再多说。

云雾被判给云秋，纪发就没再当她是自己的女儿，纪棉到底是判给他的，而且还在张霞和纪发的家里长到了十几岁才离开。当初蒋老师出面，也是说让她来海市读书，可不是要脱离父女关系，断绝来往。如今纪棉考上大学，他也算是完成任务，自然要给纪发一个交代。

纪棉当着沈兆言的面答应下来，可是回到祥云小区，根本不提打电话的事。

云雾提醒了好几次，纪棉恼了："我考上大学了为什么要告诉他们？他们又不出一分钱学费，也没有管过我。我不想和他们联系，最好老死不相往来。"

云雾很理解纪棉的怨愤，好言好语地劝道："我知道你不想打电话，可毕竟当初是沈叔叔把你带出来的，总不能没有一点儿交代啊。你就当是替沈叔叔办这件事吧，反正就是通知一声，你以后该怎么样还怎么样。"

即便如此，纪棉也坚决不肯打这个电话。云雾没有纪发和张霞的电话，便给蒋老师打了个电话，请他转告一声。

纪棉知道之后反说云雾多管闲事，几天没搭理她。

云雾不和她计较，不管两人的生活理念和三观有着怎样的差异，纪棉终归是她的亲妹妹。生父和异母弟弟还不如陌生人，纪棉算是她唯一的亲人，她总是尽心尽力地维护和纪棉的关系。快开学的时候，云雾拉着好友祝霏霏一起逛街，要给纪棉买几件新衣服。

祝霏霏早就知道云雾有个双胞胎妹妹，只是没想到长得这么像。见面之后，她左看右看，除了眼神之外，还真没发现有什么不一样，于是惊讶之余，她忍不住发挥了想象力，对云雾说："你们长得一模一样，纪棉以后要是成了大明星，你也不能抛头露面了，否则，肯定有粉丝到处围追堵截找你要签名！"

云雾还没意识到这个问题，忍不住笑起来："就是啊，我还没想到这点呢！那看来我以后出门也得戴墨镜、戴口罩了。"

祝霏霏笑嘻嘻地拍掌："对了，你还可以做她的替身。"

两个女孩儿开开心心地畅想将来，纪棉倒是很冷静地给她们泼了冷水："你们以为明星是那么容易红起来的？每年各个学校毕业那么多人，你瞧有几个红起来的？还不得看运气。"

祝霏霏好心地说："说不定你运气好呢。"

纪棉很直白地说："我的好运气都被云雾占去了。"

祝霏霏笑道："怎么会呢。"

纪棉眨了眨眼睛："你不知道吗？"

祝霏霏疑惑道："知道什么？"

纪棉就把父母离婚后自己被判给父亲，经常受继母责骂，为了照顾弟弟晚上一年学，来到海市也晚了一年多，导致学习跟不上，只好走艺考的路子这些事全都说了出来。

云雾没想到这么多年过去了，纪棉还在耿耿于怀这些"不公平"，又尴尬又内疚，也不知道如何解释和安慰她。

祝霏霏站在旁观者的立场，说："你可能不知道，我也是乡下来的，而且比你来到海市还晚，我是高一转学过来的，第一次考试时成绩全班倒数，然后一路追，追到高三，才勉强追到中游。第一年高考，我考得不好，又复读了一年，才考上了N大。我承认运气的存在，但运气不是最关键的，最关键的是自己的努力。你也可以选择复读的，我认识的人中还有复读两年的。"

纪棉不置可否地"哦"了一声。她想听到的当然不是这种话。

祝霏霏又很诚恳地说："不能将什么事都归结到运气身上。你做得足够好了，自然就会有好运气。"

纪棉笑了笑："你其实就是想说，云雾没有抢占我的好运气对吗？"

祝霏霏说："我不是这个意思。"

"你是云雾的好朋友，帮着她说话很正常嘛，我能理解。"纪棉一副我不和你计较的样子。

祝霏霏也是个较真儿的人，辩解道："我真没有，我只是阐述自己的观点。"

云雾一看两人要争起来，忙拿起一条裙子打圆场："纪棉，你看这个怎么样，你去试试吧。"

纪棉拿着衣服进了试衣间。祝霏霏本来想着她是云雾的妹妹，爱屋及乌，可以多个好友，没想到初次见面就发现彼此三观不同，也就不再和纪棉说话，只和云雾聊天。结果她发现，纪棉兴致勃勃地买了好几件衣服，都是云雾付的款。

等纪棉又进去试衣服的时候，祝霏霏忍不住嘀咕："你们不是同一天生的吗？怎么你跟大了好几岁似的，一直是你掏钱给她买衣服？"

云雾小声说："我不是暑假找了份工作领了薪水吗。她没找工作，没钱啊。"

祝霏霏问："那你去年高考完了就去电脑城打工了啊，她高考完了为什么不可以去找工作？"

云雾语塞，笑着摸着耳垂不说话。

祝霏霏心直口快："我不想挑拨你们的关系，可你是我最好的朋友，我现在心里很不舒服，不说出来会被憋死。你和她同一天出生，仅比她大了两个小时而已，为什么她这么坦然地享受着这份做妹妹的福利？你给她买衣服，她都没说一句'姐你也买一件'，她接受得太心安理得了。"

云雾很大度地说："大一分钟也是姐姐呀。再说了，她小时候确实挺苦的。"

祝霏霏瞪着眼睛说："小时候吃苦是你造成的吗？她说你抢占了她的好运气，这不是不讲理吗？我听了都快气死了。明明是她自己还没上战场就先泄气，埋怨来市里晚了，基础不好。那我基础也不好啊，我一次不行来两次，还不是照样考上了N大。"

云雾解释说："其实她早就想要当演员，就算成绩很好，也会报考艺术类院校的。"

祝霏霏更不开心了："那她为什么说那些话？想让你产生负罪感？"

云雾窘笑道："她就是发发牢骚而已。"

两人正说着，纪棉从试衣间出来，急匆匆地把手里的衣服放到了云雾手里："这件衣服不要了。你帮我把那几件带回去，我有事先走了。"

祝霏霏和云雾本来就是为了给她买衣服才来逛街的，纪棉要走，她们也没继续逛，随后离开了商场。

出去后她们看见纪棉还没走，正站在路边，一辆很漂亮的跑车停到了她面前，纪棉打开车门的时候，开车的男生刚好扭过头，云雾一看，却发现不是那天在电脑城偶遇的青年。纪棉和他很熟稔的样子，笑吟吟地上了车。

云雾心里微微咯噔了一下，难道她换了个男朋友吗？

云雾对上次见到的男生更有好感一些，虽然他看上去有点儿傲气，脾气不大好的样子，可一脸正气，而这位跑车里的男生，笑容油腻，看纪棉的目光也并不纯净。

纪棉晚上回来的时候，云雾忍不住问起这个人。

纪棉一边贴面膜一边说："艺考的时候认识的一个朋友，家里很有路子。将来说不定可以用得上。"

"我觉得他笑起来有点儿色，你小心一点儿。"

纪棉无所谓地说："大家都这么说，还给他取了个外号，叫费小狼。放心吧，他知道我有男朋友，不会打我的主意的。"

这是云雾第一次听到费小狼这个名字，第二次听到则是在一年之后的暑假。

有些表演系的学生，大一就开始接广告、接戏，纪棉没有资源，也没有门路，虽然长得很漂亮，可班里个个都是美女，并没显得她有多么出众。情急之下，她就去找费小狼帮忙。那人一开始认识她就没安好心，酒后想要霸王硬上弓，纪棉躲在卫生间里给男友乔舟打了电话，乔舟赶到酒店，盛怒之下将费小狼打得吐血，断了两根肋骨。

费小狼家里颇有背景，不肯私了，非要让乔舟坐牢。

纪棉眼看事情闹大，急忙找到云雾，想通过沈烨找沈兆言帮忙。沈烨看在云雾的面子上，把这事告知了沈兆言，问他认不认识费家的人，从中周旋和解。

沈兆言听罢，微微皱眉，什么也没说。

过了两天，沈兆言让沈烨转告纪棉，他虽然在海市还算有点儿名气，但也不是什么手眼通天的大人物，这事非得费家松口才行，他帮不上忙。

最后乔家几番周旋，花了一大笔钱才将这件事彻底摆平。

纪棉得知乔舟没事的消息，总算松了口气。云雾也如释重负，告诉纪棉接戏的事别急，先打好基本功，以后有得是机会。

纪棉摇摇头说："你不知道，女演员的黄金期很短，必须要尽快出头才行，不然就会被后辈拍死在沙滩上。"

正说着，纪棉的手机响了，是乔舟的电话。

纪棉笑吟吟地接起电话，脸色却变了，最后答了声"好"，放下电话，她对云雾说："是他妈，要找我谈谈。"

云雾一看纪棉的脸色，直觉不是什么好事，忙问："要不要我陪你一起去？"

纪棉淡淡道："不用。"然后不紧不慢地去洗了脸，化了妆，换了一套新买的衣服。

云雾看着她嘴唇上浓艳的口红，忍不住说："家长可能不大喜欢女生化妆，你还是素颜吧，你素颜就很好看的。"

纪棉拨了一下头发，笑得很牵强："我无论怎么样，她都不会喜欢的。猜得没错的话，她是叫我过去谈与乔舟分手的事。既然如此，那就体面一点儿，我不想可怜兮兮地去见她。我最讨厌被人可怜。"

她蹬上高跟鞋，毫不犹豫地下了楼。

云雾在屋里度日如年般等了两个小时，纪棉回来了。

云雾赶紧问："她没有为难你吧？"

纪棉脱了高跟鞋，勾着唇角讥笑道："就是我们在电视剧里最常见的那个画面，男方的妈妈扔给女主一笔钱，叫两人分手。没想到我也有幸碰见这一幕。"

云雾心里一沉。

"不过，他妈很小气，只给了我十万。"纪棉摊开手，语气很讥讽，"她觉得我是个扫把星、惹祸精，所以觉得给我十万都是施舍。"

云雾心里像被插了一把刀，纪棉是她的妹妹啊。

纪棉扯了扯身上的新衣服："她说，我穿的衣服一看就是换季打折的，顶多两百块钱，叫我别嫌少。你瞧，我在她眼里就是这么廉价。"

纪棉冷冷地笑着，说得仿佛是别人。云雾听得心如刀绞，声音气得直哆嗦："你应该把钱扔到她的脸上！她怎么能这样羞辱别人？"

"我没那么做，我才不傻。我说，五十万我同意分手，十万块我不会分手，我会带着他私奔，你信不信他会跟我走？"纪棉笑着说，"她气得差点儿跳起来骂人。不过，最后还是咬牙切齿地答应了。"

云雾难以置信："你真的要为了五十万和乔舟分手？"

"我早就想和乔舟分手了，刚好他妈给我送钱，何乐而不为呢？拿了五十万，告诉他是他妈逼我分手的。"

云雾急道："我记得，你曾经说过，他对你特别好。在你转学过去的时候，曾经被人欺负，是他救了你，帮了你。你不是很喜欢他吗？"

纪棉苦笑道："是啊，我是很喜欢他。我这辈子第一个喜欢的男人，就是他。可是喜欢又有什么用呢？出了这样的事，他家人死活都不会接受我的，我还不如拿了钱走人。"

"不，你都没有争取，这次的事，错不在你，在那个费小狼。乔舟的家人现在是在气头上，等以后会改变想法的。"

"你错了。就算没有这次的事，他们也不会接受我。"

"为什么？"

纪棉用一种无法理喻的目光打量着云雾："你是不是傻啊，我们是什么样的家庭，你不知道吗？你以为那些有钱人家会接受我们吗？"

云雾语塞，难过地说："我们是很穷，可金钱不是衡量感情的标准啊。你和乔舟感情那么好，就这么轻易放弃，对他来说太不公平了，对你来说也太可惜了。"

纪棉哼了一声："没什么可惜的。留恋过去，只是因为没有出现更好的。没有什么人是不可代替的，也没有什么感情是不可取代的。"

云雾反驳道："不会，沈烨在我心里就是不可取代的唯一。"

纪棉冷笑着说："得了吧，你现在只不过是还没被他家里人知道。等你们的事情被林烟知道的时候，恐怕你会受到比我今天还要深刻的羞辱，而且你会比我更惨，甚至会背上一个忘恩负义的骂名。林烟会骂你，说她们资助你，你却来勾引她儿子。"

云雾听后脸色苍白，像瞬间被抽干了血和精气。她从未想过这么多，这么远。

纪棉摊着手说："所以你看，我们穷就是罪，无论我们怎么付出，怎么真心，只要你穷，就会被人鄙视，被人防备，被人羞辱。"

"不。不是这样的。你说的只是一部分，不是所有的人。"云雾的声音在寂静的房间里显得很有力量。

"你能有今天都是因为一路好运加持。我没有你运气好，所以，我遇见的都是这样的人。"纪棉说完，转身去了卫生间，洗脸、卸妆。

"纪棉，你不能这么偏激。"云雾走到卫生间的门口，很恳切地说，"如果你看到的全都是黑暗，那么你就会一直身处在黑暗中。"

纪棉扭过头，水顺着她的脸颊流下来。

云雾不知道是不是自己的错觉，那些仿佛不全是水，还有眼泪。

纪棉的声音很冷，没有哽咽："这句话的顺序错了。因为我一直都身处在黑暗中，所以我看到的都是黑暗。"

"不，是你自己心里没有光。"云雾十分难过地看着她，"乔舟对你这么好，为了你差点儿身陷囹圄，就算他妈妈反对，你也不应该在这个时候和他分手。你这么做，太不仁义了。"

纪棉不为所动："早一天晚一天又有什么区别？反正都是分手，早了断更好，各奔前程。"

"即便是分手，那五十万你也不能要。"

"我为什么不能要，这是她羞辱我的代价！"

云雾一脸痛惜地看着她："纪棉，你这么做，将来一定会后悔的。"

纪棉冷冷道："我不会，我做过的事，绝不后悔。"

这是两人来到海市后的常态，谁也不能说服谁，谁也不能改变谁。只能眼睁睁地看着本该是最亲密、最亲近的人渐行渐远，形成了截然不同的性格和三观。

第十六章
无心之失

新学期开始，沈烨升入大四，他虽然成绩很好，但没有考研的打算，因为沈兆言年轻的时候应酬太多，饮酒过量，肝脏出了问题，急于想要沈烨回公司接班。

沈烨即将回海市实习，分别在即，自然希望和云雾多待一阵子。但是云雾却恢复到了中考前的状态，约会能推则推。沈烨从不满变成了不解。

别人拼命学习无非是为了找个好工作或是考研。沈兆言曾经提过，让他们毕业后回君安集团上班，云雾当时一口答应了，等于工作问题已经解决，没道理还这么拼命。

沈烨问了几次，云雾只是笑着回答："我就是个学习狂魔啊，你又不是第一天才知道。"

"你是不是有事瞒着我？"以他对云雾的了解，沈烨知道她心里肯定有事。

云雾被问了好几次，终于说出了纪棉被乔舟的妈妈逼着分手的事，当然，她没提那五十万。

不论纪棉是个什么样的人，都是她的亲妹妹，她还是很想维护她，不想让沈烨对她有恶感。

沈烨何等聪明，听完立刻就明白了云雾的意思。

他握住云雾的手，说："你放心吧，我不会让你碰见这样的情况。我会去做我妈的思想工作。我妈其实并不是你想象的那种嫌贫爱富的人，当年我爸很穷，她还不是义无反顾地嫁了。你不用太担心。"

云雾忙说："你误会了我的意思。我不是让你去做你妈的思想工作，相反，我希望你不要告诉她我们的事。"

沈烨不解地问："为什么？"

云雾认真地说："沈烨，你不能否认，我们之间有着很大的差距。现在的我与你妈妈想要的那个人，差得太远、太多。我不想去靠你的反抗去获得她的认可，那样死乞白赖、强求得到的认可，让我觉得羞耻，也让我感到自卑。"

沈烨心里一震。

云雾继续说："不劳而获的东西总是要付出代价的。我要通过我的努力去得到我想要的一切，而不是通过获得你父母的认可来得到。那不是正途，也不是我想要走的路。等我足够优秀的时候，不需要你去抗争，也不需要我去讨好，你妈自然会接受我。"

沈烨被她打动，停了会儿幽幽地问："你想考研？不想回去上班？"

云雾点头道："对。"

"我倒是不反对你考研，不过，我不想和你分开。"

云雾松了口气，笑盈盈地说："距离不是问题啊，你没听过一句话，世界上最远的距离是我站在你面前，你却不知道我爱你。可我们不是啊，哪怕我到了外太空，也知道你爱我，所以我们之间没有距离，对不对？"

沈烨不情不愿地皱着眉头："那你毕业之后有什么打算？"

"你放心，我将来一定会回到君安上班。一是我想报答沈叔叔，二是我想和你在一起。如果将来遇到困难，我随时都可以替你战斗，帮你出谋划策，和你一起解决难题。我不做小白兔菟丝花，我做你的战友，你不觉得这样的我，对你来说更有吸引力吗？"

沈烨看她的眼神，就知道她主意已定，谁也改变不了，只好叹气道："那你答应我，不能出国，只能在国内。"

"好啊。不过，我要是读博，你也不会有意见吧？"

"你还得寸进尺了啊。"沈烨捏着她的下巴，咬牙切齿地晃了晃，"有本事你继续读博士后啊。我沈烨等得起。"

云雾心里不知道有多甜，望着沈烨的眼神都有点儿痴了："你怎么这么好？"

沈烨道："我可没有那么好，我只对特定的人好。不像你，被别人欺负到头上也不知道反抗。"

云雾知道他说的是纪棉，替她辩解道："如果当初是我被判给我爸，那么被继母苛待的人就是我，被留在青山村的人也是我。我的的确确比纪棉的运气要好，她有怨气也难免嘛。"

"你做过对不起她的事吗？你坑害过她吗？你歉疚什么？"沈烨揉揉她的头顶，"你这个傻孩子。"

"你才是傻孩子呢。"云雾拍开他的手，"你不懂的。"

沈烨"切"了一声："我比你懂得多了。我不会把和自己无关的责任也背负到自己身上。我也不会滥发善心。我这个人恩怨分明，疾恶如仇，有恩必谢，有仇必报。"

云雾扑哧一声笑了："没瞧出来啊。"

"没瞧出来吗？你当年替我写了点儿作业，我就以身相许了。算不算有恩必谢？"

云雾赶紧压低声音说："胡说什么呢，别让人听见。"

沈烨贴着她的耳垂轻声轻气地问："你什么时候让我以身相许啊？我都准备好几年了。"

云雾脸色红得像涂了厚厚一层胭脂，顾左右而言他。

沈烨看着他心爱的姑娘心猿意马，不可细思。

一晃到了春节，云雾回到海市才知道纪棉签了一个广告代言。虽然是一个不知名的饮料广告，可也是个很好的开端。

纪棉信心满满地四处留意剧组的讯息，那天接到一个陌生的电话，还

以为是某个剧组的试镜通知,接通之后,竟然是几年没有联系的生父纪发打来的。

原来,陈钢大学毕业后留在了海市,找了一份私立学校的工作,眼看到了成家的年纪,自然要考虑买房。张霞立刻想到了沈兆言,找他买房子肯定可以便宜些,或许可以拿个成本价。纪发对张霞素来言听计从,立刻就给纪棉打了个电话,让她去找沈兆言。

纪棉听到这个要求,气得笑了:"我凭什么给陈钢讨这个人情?他从小就没少欺负我,他揪着我的头发打我的时候,我记得还是您老人家给拉的架呢,怎么,您老人家给忘了?"

纪发被噎得说不出话来。

因为手机开了免提,张霞那边听得一清二楚,她忙接过电话,好言好语地说:"那都是陈钢小时候不懂事,再说了,兄弟姐妹之间打打闹闹不都是常事嘛。"

"兄妹啊?"纪棉咯咯咯笑了起来,"那我就不懂了,您怎么还打算让我嫁给我哥呢?这不是乱伦吗?"

张霞气得想要爆粗口:"你……你……你帮个忙都不肯吗?说到底都是一家人。"

"我小时候吃得最差,穿得最差,干的活儿最多,跟个买来的丫头似的,那会儿你们怎么不说和我是一家人呢?现在倒成一家人了?"

纪发脾气暴躁,抢过手机吼了一声:"你个死丫头翅膀硬了是吧?"

纪棉听见久违的"死丫头"三个字,嘴角浮起冷冷的笑容:"您可真是高看我了,我哪有那个面子,一张口就是几十万、上百万,您可真是太看得起我了。我在沈兆言跟前也没这个面子。"

"行,你个死丫头,我自己去找沈兆言。"

纪棉直接挂了电话,顺便把纪发和张霞都给拉黑了。

云雾从纪棉的电话里已经猜到是纪发和张霞的电话,问她怎么回事。

纪棉狠狠地瞪了她一眼:"都是你,我早就说过不要和他们联系,你非要多管闲事给蒋成达打电话,这下可好,他们开始找我的麻烦了。"

"究竟是什么事啊?"

"张霞想给陈钢在市里买房子,让我去找沈兆言给他们一个成本价,呵,开什么玩笑,现在一套房子几百万,我一张口就让沈兆言便宜一百万?做梦呢?"

云雾也十分无语,想了想,给沈烨打了个电话。

沈烨失笑道:"老家的人,我爸只待见两个,一个是蒋老师,一个是你妈,他们能见着我爸才怪。"

张霞和纪发还真的来了一趟海市。自然,沈兆言根本就不会见纪发和张霞,不熟悉的电话打进来都是秘书接的。纪发找到公司里,也没见到人,因为沈兆言在医院养病。四处碰壁,纪棉以为他们会就此罢休,没想到开学后,陈钢居然和张霞找到了她的学校。

纪棉和张霞已经有数年没见,一看见她,昔日的回忆全都被勾了起来——那些寒冬腊月里的刺骨冰水,那些永远只能最后一个吃饭,半夜被饿醒的夜晚,还有张霞看她越长越漂亮时的盘算目光,她几乎看都不想看这个人一眼,一想到张霞居然想让自己嫁给陈钢,更是直犯恶心。

张霞也不是个善茬,开门见山地数落纪棉:"我养了你这么多年,你连这个忙都不帮,你也太没心没肺了。"

张霞以为纪棉还是当年那个小丫头,可以被她任意拿捏,可惜她想错了。纪棉凉凉一笑,反唇相讥道:"你养我,一开始是把我当丫头使唤,后来是惦记着给你儿子当媳妇,省一笔彩礼钱。你怎么好意思来找我帮忙呢?真是没见过像你这么无耻的。还有你陈钢,自己没本事就别在海市混,老家的房子宽敞着呢。"

陈钢恼羞成怒,吼道:"你真是个忘恩负义的东西!"

纪棉冷笑道:"买房子的钱,我爸给你掏了不少吧。可我印象中,你从来没叫过一声'爸'啊,'忘恩负义'这个词用在你身上更合适吧。"

陈钢气得想要挥拳头,被张霞拉住了:"算了算了,她现在有沈兆言护着,咱惹不起。"

"你们也别来找我了,我离开青山村的那天起,就没再打算和你们有任何联系。"纪棉说完,扭头就走了。

陈钢也不是省油的灯,受了一番羞辱,当然不会白白咽下去。

没过多久,纪棉的校内网上就出现了热帖,叫"忘恩负义的小人纪棉"。洋洋洒洒几千字,将纪棉的家庭背景和过往揭得一干二净。纪棉想要抹去的过去,全都被暴露在众人面前。

这种八卦在学校传开后,很快就传到了微博上。

纪棉并没有什么名气,八卦的热度并不高,眼看就要被淹没的时候,突然一个新的爆料,将这件事推到了众人皆知的地步,因为爆料中提到了海市的地产大鳄沈兆言。

爆料中不仅提到了沈兆言的出身、过去,还提到了他的初恋云秋,以及两人的私生女纪棉。纪发因为纪棉不是自己的亲生女儿,长期虐待她,后来沈兆言将纪棉接出农村,和纪发一家人断绝往来。爆料还提到了张霞的私心,陈钢因为癞蛤蟆吃不到天鹅肉,所以才抹黑纪棉。

八卦越传越热,后来惊动了沈烨。他把事情告诉了云雾。云雾看到那些爆料绘声绘色地讲述云秋和沈兆言的桃色韵事,气得差点儿吐血,她立刻请了假赶回来,让纪棉一定要起诉这个造谣诽谤的人。

纪棉说她没时间,要去横店试镜。

云雾道:"你没时间,我可以替你去。反正我和你长得一样,别人也看不出来。这事牵扯到沈叔叔和咱妈的名誉,必须要澄清。"

沈烨讲到这里,虞金金想起周梨的话。原来,后来去找周梨的那个"纪棉",当真是云雾。

沈烨弹了弹烟灰,接着说:"这个小官司没费什么劲就打赢了。因为当时我父亲正在生病住院,却被人无端造谣污蔑,这口气我忍不下,私下找人去收拾了那个造谣发帖的人。"

虞金金有点儿惊讶，没想到沈烨也有这样的一面。

沈烨淡淡道："没想到这个人居然是纪棉找的，爆料内容也是纪棉授意的，甚至细节都是她提供的。她当时想接一部戏，想要借此来炒作一番。她希望别人能把这个爆料当真，因为沈兆言的私生女会是一块很好用的护身符和招牌。"

虞金金没料到事情居然会这样反转。

沈烨说："我把这事告诉云雾，她不肯相信，回去质问纪棉。"

那是云雾认识沈烨这么多年来，第一次不相信他的话，甚至和他发生了激烈的争吵，认为他搞错了，冤枉了纪棉。可是当她回去问纪棉的时候，纪棉承认了。云雾难以置信，眼睛直勾勾地看着纪棉。

纪棉没有躲避她的目光，她一向是这样，不会用眼神示弱，也不会露怯，她很坦然地说："没办法，陈钢那么做，把我逼到了绝路上，如果我不反击，就永无翻身的机会了。"

"所以，你拿沈叔叔和咱妈的名誉当你翻身的筹码？"云雾气得浑身发抖。

纪棉很不耐烦地解释："只是炒作。"

云雾忍无可忍，问她："纪棉，你还有没有良心？没有沈叔叔，我们现在是什么样？你居然这样利用他炒作？你不觉得羞愧吗？"

纪棉的脸上没有一丝愧意："他对我怎么样？对我很好吗？我可从来没觉得。当年他把你带出青山村，顺手也可以把我带出来，可是他没有，眼睁睁看着我继续在农村受罪。如果不是我自己争取，我这辈子都会在农村里待着。再后来，乔舟出事，他明明有能力帮忙，却袖手旁观。他对我很好吗？我为什么要羞愧？"

云雾气得哆嗦："好，你不感恩他，那咱妈呢？那个爆料，会让别人怎么想咱妈？你这么玷污妈的名声，不会良心不安吗？"

"妈已经过世了。"

云雾爆发出一声咆哮:"对!正因为妈已经过世了,所以我更不能容忍你这么玷污她!"

纪棉从未见过云雾发脾气,一向温柔的云雾爆发出滔天的怒气,整个人都像被火烧着了一样。

纪棉有点儿惊愕地看着眼前陌生的云雾,心想,原来她也是有火暴脾气的人。可她平时居然伪装得那么温柔,真是虚伪。

"我一直让着你,一直觉得亏欠你,是因为曾经有一天深夜,我被妈妈的哭声惊醒。那天你挨了打,在学校里走路一瘸一拐,妈妈难得得痛哭到半夜。我醒来的时候,妈妈抱着我说,你以后对妹妹好一点儿,妹妹很可怜。妈妈走的时候,没来得及留下一个字,可我记得这句话,我把这句话当成是妈妈的遗言。因为我知道,如果妈妈来得及给我留一句话,那一定会是这句。"

纪棉没有一丝动容:"她真的爱我,为什么不肯把我也留在身边?"

云雾再次怒吼:"那是法院判的!你以为妈没有争取过吗?"

纪棉仰起脸,似乎想要忍住一丝泪意。

"沈叔叔,还有妈,这是我的底线。"云雾红着眼眶,很用力地一个字一个字说下去,"你记清楚了,纪棉。"

云雾说完,立刻去房间收拾东西,半个小时之后,她拉着行李箱走到门口,打开大门,她停住脚步,背对着纪棉,说:"以后,我们各走各的路吧。"

纪棉平静地点头:"好啊。"

云雾的声音有点儿哽咽:"纪棉,祝你好运。"

走出祥云小区,云雾才发现自己在哭。

那个从小和她抱在一起睡觉的妹妹,那个纪发对母亲家暴的时候,和她一起拿着笤帚保护母亲的妹妹,已经不见了。

她从此孤单一人,只剩沈烨。

云雾离开海市回到学校,寒暑假再也没回过祥云小区那个"家"。

春节的时候，她给纪棉发了一条微信，祝她好运。纪棉总是把什么事都归结于运气，认为自己一直运气不好。祝她好运，这是云雾发自真心的祝福，希望她能走好运，把心里的阴霾都删干净。

安志高去了美国，和祝霏霏成了异国情侣。沈烨偶尔发发牢骚的时候，云雾便搬出安志高和祝霏霏的例子，让他知足常乐。沈烨也就无话可说，好在海市和T市距离不是特别远，并且交通便利，可以经常过去和云雾见面。

祝霏霏顺利考上本校的研究生，云雾考到了T大——沈烨的母校。

研一那年的圣诞节，安志高缠着祝霏霏去美国看他。沈烨知道后，买了三张机票，带着祝霏霏和云雾一起去找安志高。那是云雾第一次出国，也是她第一次和沈烨一起出行。

安志高给他们定了酒店，同一间房。云雾没有提议要加一间房，沈烨也装作什么都不知道。四人去了帝国大厦，看了自由女神像，然后又逛圣诞集市。云雾和祝霏霏买了好多小玩意儿，一路笑成花。

晚上回到酒店，云雾坐在床上，喜滋滋地看自己的购物成果，突然看见一个红色的小盒子："奇怪，我没买这个东西啊，这是什么？"

沈烨看了看说："你买多了，忘了吧，打开看看。"

云雾打开了那个小盒子，里面还有一个小小的丝绒盒子，再打开，里面是一枚戒指。灯光下那颗钻石亮眼夺目，云雾大惊失色地问："哎呀，这是谁的？怎么装到我的袋子里了？"

沈烨轻声说："你的啊。"

求婚来得猝不及防，完全没一点儿心理准备，云雾愣愣地看着沈烨。他把戒指拿出来，给她戴上，霸道总裁似的说："我知道你愿意。"

云雾想笑，可是鼻子好酸，她仰起脸，深吸了一口气。

"你想哭就哭，在我面前不用忍着。"这辈子尽情地做你自己，沈烨心里说。

"不要，好丢脸。"

沈烨笑着说:"傻孩子。"

"你才是傻孩子。"

多少年不变的斗嘴台词,说过多少次,谁都记不清了。十二年的时光长到仿佛已是一辈子,又短到仿佛刚刚开始。

那一晚,两人第一次同床,谁都睡不着。云雾伏在他的怀里,问他:"你为什么喜欢我啊?"

沈烨说:"你长得漂亮。"

云雾又好笑又好气:"说实话。"

沈烨握着她的手:"实话就是你长得漂亮。"

云雾有点儿生气了,翻过身去。

沈烨从背后抱着她:"你还记得,我有一次送过你一个手机链吗?粉色的星球。"

"记得。"她后来送给了纪棉。

"我当时看到那颗小星球的时候就想到了你。我知道你原来的名字叫纪星。你就像一颗小星球,有着自己的轨道、自己的宇宙,一直不停地在走,没有人能改变你的轨道。不起眼,却很灿烂。"沈烨顿了顿,接着说,"你这样独特,我要一辈子好好待你。你想在哪里举办婚礼?"

云雾想了想说:"我想要个不一样的婚礼,就我们两个,每年都穿一次婚纱,拍一张照片,在不同的地方,比如今年在莫斯科,明年在巴黎,后年在冰岛。这样,顺便还周游了世界。"

沈烨含笑道:"这主意不错。"

云雾和沈烨十指相扣,柔声说:"我们,结一辈子的婚。"

沈烨心里一片柔情蜜意:"好啊,那第一年结婚从哪里开始?"

"当然从这里开始啊。"

沈烨低笑道:"是因为第一次是在这里吗?"

"当然不是,是因为求婚在这里!"云雾脸上滚烫,身后的身体也是滚烫的。

回国后，两人各自忙碌，云雾的生活平静而简单，直到有一天突然接到了纪棉的电话。两人自从上次争吵后，一年多没联系。

纪棉问她在哪儿。云雾说在学校。

纪棉说："我一会儿过去找你。"

云雾一怔："你来T市了？"

纪棉的声音有点儿低沉："是的，我来找你有事。"

"那你在学校门口的饭店等我吧。"云雾给她发了个位置，然后和师姐交代了一声，匆匆下楼，朝校门外的那条街走去。一路上她都在想，是什么事让纪棉跑这么一趟，电话里不可以说吗？

许久不见，纪棉穿得更加时尚光鲜，可脸上的神情却有点儿憔悴。

云雾忍不住关心道："你最近好吗？"

纪棉开门见山："挺好。我来找你，是有件事想请你帮忙。"

"有什么事，你说。"

"你还记得乔舟吗？"

"记得，怎么了？"

"我想和他复合。"

云雾愣了一下，心里奇怪，复合这种事纪棉还要听她的建议吗？她可不是这样没有主见的人。

纪棉接着说："我去找他，他不肯同意。"

云雾略一迟疑："为什么？是因为那五十万吗？"

纪棉的脸上出现了厌烦的神色："对，我解释说当初是他妈逼着我分手的，可没想到他妈居然把我们那次的谈话录了音，把我说过的话都放给他听了。"

云雾叹了口气："那肯定没法儿复合了。"

当初她就坚决反对纪棉拿那笔钱，可是纪棉死活不肯听。

"所以，我想请你帮个忙。你能不能去告诉他，那次是你去找他妈交涉的，那些话也都是你说的，五十万也是你拿了。你和我长得一模一样，声音也几乎一样，你记不记得，他曾经有一次还错认过你。如果你说那是你，他一定会相信。"

云雾默默看着纪棉，听着她的每一句话，心里越来越凉。

纪棉跑到学校来找她，她还是很开心的，以为是纪棉后悔了，想通了，想要和她修复姐妹关系，可没想到是要她背锅。

她还是那个纪棉，一点儿都没变。甚至更没底线了。

云雾的平静让纪棉感到不安。以她对云雾的了解，她一定会很生气，认为这么做是欺骗乔舟，所以她准备了很多说辞来说服云雾，可是云雾却没有动气，只是平淡地问道："你能告诉我为什么要和他复合吗？"

纪棉回答得很迅速："因为没有人比他对我更好，我还是最喜欢他，更无法忘了他。"

云雾看着她漂亮的眼睛，说："你没有说实话。我太了解你了，你不是那么感情用事的人。"

纪棉急切地说："是真的。云雾，我在影视圈里兜兜转转这几年，越发体会到他对我的好，越来越怀念过去的日子。我想我这辈子都不会再爱上别人了。所以我想回头，和他复合。"

云雾见问不出实情，索性挑明："我虽然很忙，但我也是个年轻人，我也关注娱乐新闻，我知道乔舟最近的情况。网上也有扒他背景的帖子，他家里很有钱。"

纪棉微微变色道："你什么意思？你是想说，我是因为他要红了，他家有钱，才想和他复合？"

云雾反问她："难道不是吗？"

纪棉吸了口气，很直白地说："对，我是很爱钱。因为钱能带给我想要的生活。我们和沈烨同岁，他处处比我们高一等，他看我的眼神带着不屑，可是他到底哪一点儿比我强，还不是同一个青山村出来的？他爹身上流的也是青山村的血，他不也是农村人的后代，能比我们高贵到哪儿呢？

不就是沈兆言有钱嘛。所以我想找一个有钱人,想成为一个有钱人,有什么错?"

云雾很无语地看着她说:"纪棉,你最大的错误就是你从来都不觉得自己有错。当年乔舟因为你差点儿身陷囹圄,可是那时你毫不犹豫地和他分手了,而且是拿上一笔钱才肯分手。你怎么好意思去和他复合?"

"我和他分手不是因为他惹了事,而是因为他不思进取,好好的大学不上,非辍学去当歌手!他和我不一样,我是因为家里没钱,想要挣大钱、挣快钱才选择去当演员,可是他不一样啊,他的爸爸是寰宇集团的老总,他将来是要继承家业的,可他居然要放弃一切去当歌手,你不觉得他很可笑、幼稚吗?"

"我不觉得幼稚可笑,你用金钱来衡量所有,才是可笑。这也是我为什么不会帮你去撒谎的原因,因为我知道你现在想和他复合不是为了感情,而是因为他现在得到了家里的支持,他的堂哥是圈内小有名气的导演。他开始崭露头角,前途不可限量。你打算重新利用他。"

纪棉听完涨红了脸:"你就这么看我?"

"我们是亲姐妹,我太了解你了。你连亲妈都可以利用,还有什么不可以利用的呢。现在你正准备利用我,让我去替你背锅。很抱歉,纪棉,我没法儿帮你。"

云雾起身便走。

纪棉气急败坏地追了出去:"云雾,你太绝情了!"

"绝情的是你。"云雾停步转身,"你今天来找我,我本来很高兴,我想,不管怎么样,我们都是亲姐妹,是世上最亲的人,可我没想到,你来找我是给我布置这样一个任务。为了自己的私利,不惜让我去背负恶名。再见,纪棉,祝你好运。"

云雾说了和上次同样的话,转身离开。上一次和纪棉决裂,她心里很痛,很难受,时常后悔,可这一次,她不会了。

过往的十几年,她出于歉疚的心理,对纪棉一再容忍,到了最后,纪

棉终于触碰到了她的底线，她没法儿再继续退让。为了不再被纪棉纠缠，云雾关了手机，住到了祝霏霏的宿舍。

祝霏霏和她无话不谈，听说了这件事，气得无奈地笑了："我真没见过这样的人。幸好乔舟他妈录音了。"

云雾以为躲开纪棉就没事了，没想到纪棉隔天居然找到研究所里来了。当时她正在做实验，师姐一惊一乍地跑了进来，什么也没说，先是左右前后地打量了一下云雾，啧啧称叹道："真是太像了，太像了。"

云雾迷惑不解地问："什么太像了？"

师姐笑着指着门口："你妹妹找你，你们俩简直一模一样，我刚刚还以为你是在逗我玩儿呢。"

纪棉？云雾一愣，放下手里的试管，走出了实验室。走廊的那头站着纪棉，云雾叹了口气，走到她跟前说："你怎么来了？我说过，这件事我不会帮你。"

纪棉急切地说："我现在很惨，毕业了没有戏拍，到处试镜开销很大，我已经借了很多钱，再不还就交代不过去了。"

云雾道："那你把卡号给我，我等会儿给你转点儿钱。"

"不用，我要的不是你那点儿钱。杯水车薪够干什么？"纪棉很不耐烦地挥了挥手，"你没明白我的意思，我想要的是和乔舟复合。他过去对我特别好，也很大方，艺考培训班的费用都是他帮我付的，如果我和他复合，不仅经济上没有负担了，还会有一些资源，所以我一定要和他复合，你明白吗？"

云雾忍无可忍："你利用他一次不够，还要利用第二次吗？"

"我是真心喜欢他的！"

"真心喜欢一个人不是这样的！不会图他的钱，图他的资源！不会在他落魄的时候弃他而去，又在他红起来的时候想要复合！"云雾越说越气，"你越这样说，我越不忍心去坑一个好人。我不会帮这个忙的，你不要再来找我了。"

云雾转过身，纪棉一把拉住了她的胳膊："你必须帮我，你还记得妈妈说过的话吗？"

　　不提还好，云雾想到过世的母亲还要被她拿来利用，怒吼道："你不要提她！"她猛地一挥胳膊，抽出手臂，纪棉出于惯性被她甩开，往后一倒撞到了栏杆上。研究所是座已经有很多年历史的老楼，偏偏那段铁栏杆在纪棉撞上去的时候断了，纪棉随着断裂的栏杆径直摔到了楼下。

　　一切发生得太突然，云雾呆如木鸡，直到听见尖叫声，才知道眼前发生的一切不是她做的一场噩梦。她不知道自己是怎么下的楼，坐在地上软成了一团泥浆，她紧紧地抱着地上的纪棉，浑身发抖，眼泪模糊了眼睛。她什么都看不清，眼前是一团血雾。这是她的妹妹，她即便再怨再气，也从没想过要让她死，更没想过她会死在自己的面前。

　　沈烨停下来，深深叹了口气："云雾是和纪棉一起被送到医院的。她受了刺激，在医院里大病一场，过了很久才出院。"

　　虞金金震惊地看着他，问："纪棉怎么样了？"

　　沈烨道："她死了。"

　　虞金金觉得后背发冷，太意外，太惊愕了，故事竟然会出现这样的转折，她有点儿难以置信。

　　"自从那场大病后，云雾开始有了神志不清的迹象。她把所有的责任都归咎到自己的身上，觉得是自己害死了纪棉，时常会出现幻觉，经常自言自语，最后出现了人格分裂的症状，她有时候是云雾，有时候又认为自己是纪棉，可能在潜意识里，她想要纪棉活着，所以，她替纪棉活着。"

　　虞金金怔怔地看着沈烨，他几乎很少出现情绪波动的脸上，现出一抹无法描述的悲伤。

　　他将没有抽完的烟掐灭在烟灰缸里，抬起深邃的眼眸，说："这个故事，其实是想唤醒她。我想让她知道，纪棉的死不是她的错。她是云雾，不是纪棉。"

第十七章
生死迷局

沈烨走后，虞金金给周梨打了个电话，告诉她，沈烨的故事讲完了。

周梨迫不及待地说："你快告诉我啊。"

虞金金长话短说，把故事的结局告诉了周梨。

周梨的反应和虞金金初次听见时一样，难以置信地又问了一遍："你说什么？纪棉死了？她真的死了？"

虞金金点了点头，叹口气说："我真没想到会是这样的结局，很意外，也很突然。"

周梨恍然大悟："难怪我认识的云雾看上去有点儿奇怪，一点儿都不像沈烨口述中的那个云雾，原来是这么回事。"

"对，沈烨说她看了很久的心理医生，但是一直过不去心里的那道坎儿。她总觉得是自己害死了纪棉。哪怕沈烨把当时的监控录像拿给她看，让她亲眼看那个栏杆断了的画面，她也不能原谅自己。"

周梨叹气说："我能理解她的感受。这种事摊到谁的身上都不会好过，哪怕是一个陌生人死在自己面前，也会留下很严重的心理阴影，更何况是她妹妹。"

虞金金说："原先我们一直不理解，为什么沈烨要费那么多口舌讲纪棉的事，为什么不介意暴露纪棉的心计，也不担心云雾会不开心，原来是这个原因。"

"那，这就是故事的最终结局喽？"

"他说，故事的最后一集，要等开机了再说，他目前还没想好最后这一集到底应该怎么拍，因为云雾现在还没好。"虞金金望着窗外的一地阳光，猜测这个戏的最后一个画面应该是两人的婚礼。

"对了，我记得沈烨说过，他要签了男主角，才让你接着写这最后的部分，男主角定了吗？"

"应该是定了，不过我也没问。我们编剧管不了选角，爱谁谁。"

"奇怪了，你往常不都患得患失，生怕选了不合适的演员，毁掉你的人物吗？怎么这次一点儿也不关心啊？"

虞金金笑道："因为这个故事不是我创作出来的，我全程都在听沈烨讲故事，在我脑海中，这个男主角就是沈烨。所以无论选谁，都不是我中意的。没有人能代替沈烨，你不觉得吗？"

"也是，遇见沈烨这么一个痴情的男人，还长得这么帅，又这么有钱，云雾真是太有福气了，也难怪纪棉一直对她有敌意。哎，仇恨都是由不公引起的。"

虞金金叹气："纪棉是自己作的，乔舟那么好，如果她不和乔舟分手，也就不会有这样的结局了。"

"对了，我怎么没听说过娱乐圈有个叫乔舟的啊？是最近才爆红的新人吗？"

虞金金笑着说："这是虚构的名字。沈烨说牵扯到明星的隐私和过往，不方便让我知道，所以就虚构了一个名字。他让我不用改动，剧中就叫乔舟这个名字，因为在纪棉的心里，他的作用就是桥和舟，过河拆桥，上岸弃舟。"

周梨听到最后这句话，有一种很诡异的直觉——沈烨记恨纪棉。

恨的原因，只是因为云雾的病吗？

纪棉自私又偏激，好像全天下的人都对不起她，理所当然地让别人为她付出、为她所用，利用别人的时候从来都理直气壮，可她罪不至死啊。

即便她的死刺激到了云雾,让云雾变得神志不清,这并不是纪棉的错,是云雾自己过不了心里的那道坎儿。沈烨是个智商高、明事理的人,不会想不到这一点。

那为什么在纪棉死了之后,沈烨依旧对她充满恨意呢?在给她前男友取"乔舟"这个名字的时候,蕴含的恨意太明显了。

周梨忍不住打开电脑,搜寻关于T大的新闻。奇怪的是,近三年来都没有任何有关楼梯年久失修引发意外的报道。T大是国内知名学府,出了这么大的事,新闻居然一点儿不报道?

周梨查了一个小时也没有找到相关的新闻,她觉得很奇怪。现在讯息这么发达,怎么会没有这条新闻呢?

她再次搜寻纪棉的信息,居然搜到了她大二时接的一个饮料广告,因为厂家不知名,那个广告拍得比较俗气——她拿着一瓶饮料,瓶子紧贴在脸颊上,美目盼兮,巧笑倩兮。

周梨放大那张图片,发现这个照片上的纪棉和她认识的云雾真的完全一模一样,看不出来任何分别。当看到她整齐而雪白的牙齿时,周梨心里猛地咯噔一下,想起来一件事。

云雾的牙齿特别整齐,白到发光,周梨曾经很羡慕地问过她,她说她做的烤瓷牙。做烤瓷牙的明星很多,但寻常人不太会去做这个,一是价钱比较贵,二是要磨损真牙,所以一般人不会轻易动这个念头。

难道说,云雾精神分裂到了要把牙齿都整得和纪棉一样吗?

这不可能吧……

周梨后背泛起一丝凉气,又去搜寻寰宇集团或是环宇集团,可惜一无所获,因为叫这名字的公司还不少,包括很多小说里的男主人公,也都来自"寰宇集团",要么是总裁,要么是太子爷。

周梨又换了个方向,从新晋当红小生开始找起,这就更多了。正看得眼花缭乱时,她的身后传来咬牙切齿的质问:"周律师,你这是打算精神出轨吗?"

周梨一扭头就看见闻凯醋气冲天的俊脸,两只丹凤眼快被气变形了。

周梨一本正经地说:"跳出来的广告,我刚刚不小心点进去的。"

"呵呵,刚刚?"闻凯抬手看了看表,"我已经来了七分钟零二十三秒。"

周梨有点儿百口莫辩了,只好硬着头皮道:"我工作了一天,眼睛干涩,头昏脑涨,看看美男养养眼不行啊!"

闻凯指了指自己:"看我还不够?他们有我好看?"

周梨笑得快要呛住。

闻凯咬牙切齿:"真是身在福中不知福!见过了大海的人,居然还去看小河沟,你是不是老眼昏花了?"

周梨反驳道:"山珍海味吃多了也要换换口味嘛,我就不信,你见到美女就不想多看几眼?"

闻凯哼唧一声:"像我这样格调高雅的人,怎么会看重皮相?"

"真的吗?那你以前怎么喜欢的都是美女啊。"

"谁说的。"

"你敢说云雾不是美女?"

闻凯听见"云雾"两个字,整个人都呆了:"你怎么知道她?你是不是调查过我的过去啊?你这职业病是不是有点儿过分了?"

周梨翻了个白眼,说:"别自作多情了,我才懒得去调查你的过去,再说,云雾又不是你的前女友,我有必要去调查吗?"

闻凯走到她面前,质问她:"老实交代,你怎么知道得这么详细?你是不是钻到我心里了?"

周梨莞尔:"说来话长,是云雾的老公请了虞金金写剧本,很凑巧知道了你们的事。"

闻凯震惊:"这么巧?"

"对啊,就是这么巧。"周梨笑嘻嘻地看着闻凯,"我告诉你一个秘密,你可能会后悔,不过也没什么好后悔的,就算你找对了人,也是被拒绝,结果一样。"

闻凯皱眉:"什么意思?我没听懂。"

周梨清了清嗓子,说:"闻律师,你毕业后在校门口碰见的那个云雾,其实不是云雾,而是她的妹妹纪棉。你表白的对象错了,拒绝你的人,不是云雾,而是纪棉。"

闻凯吃惊不已:"不可能吧,竟然还有这样的事?"

"对啊,长得一模一样的孪生姐妹。你稍等。"周梨再次点开纪棉拍过的广告,"你过来看看这是谁。"

闻凯凑到跟前,瞪圆了眼睛,问:"这不是云雾吗?她什么时候拍过广告啊?"

"这不是她,这是她的妹妹纪棉。"

闻凯吸气:"太像了吧。"

周梨突然想起来一个问题:"对了,你当年和云雾比较熟悉吧,她有没有什么特征?"

"什么特征?"

"就是比如有什么小动作、小习惯,或者胎记、伤疤、痣什么的?"

闻凯皱眉:"这都多少年前的事了,我哪记得。"

"你好好想想。"

闻凯在屋里转了两圈,突然想起来一件事:"对了,她是个左撇子。不过,她写字时用左手,吃饭时却用右手。我记得当时很好奇,就问过她一次。她说小时候她妈硬给纠正过来的,说吃饭时用左手,将来和别人同桌吃饭的时候容易和人碰筷子,很不方便。"

周梨若有所思。现在提笔写字的机会很少,吃饭的机会倒很多,可是她吃饭用的是右手,又看不出来什么。

闻凯搂着她的肩膀晃了下,问:"想什么呢?吃饭去吧?"

"不了,我今天要去健身房。"

"那我等你啊。"

"不用等我,我还有事没做,你先走吧。"

打发走闻凯,周梨做了个表格并打印出来,径直去了健身房。

云雾果然在。见到周梨,她笑吟吟地打趣道:"今天怎么舍得来,没约会啊?"

周梨笑道:"我本来就是三天打鱼两天晒网的,现在有了拖油瓶就更懒了,好佩服你,坚持了这么久。"

云雾偏头一笑,说:"管理身材是一辈子的事啊,我是要活到老、美到老的人。"

周梨看到她的笑靥,脑子里浮现出那张广告画报,身上再次生出一股凉意。

等到两人健身完毕,坐到旁边休息的时候,周梨从包里拿出一张表格:"对了,请你帮个小忙,我们所里最近要搞个客户回访,你作为我的老客户,帮我填一下这个回访单吧,很简单的,打几个勾就行了。"

为了不被拒绝,周梨把这个回访单做得特别简单,总共没几项。

云雾一看也不费事,就接过笔,用的是左手。

周梨盯着她的手,看到她在"满意"的那一项后面打了三个勾,然后在最下面签名,用的还是左手,写了一个绞丝旁后她突然停下来,扭脸看着周梨:"我签纪棉才对吧?当初是纪棉委托你打官司的,签她的名字比较好。"

"对。"周梨此刻可以肯定她是左撇子,因为她用左手写的字,字体很流畅,不像是临时练出来的,而且她接笔的时候用的也是左手,潜意识里,她就是用左手写字的人。

和云雾分别后,周梨坐在车里,不禁失笑,可能是自己太敏感了,听到沈烨说纪棉死了,居然还在怀疑眼前的云雾是纪棉。她拿起那张调查表,正要撕掉,看见"纪棉"这个名字,突然心里一动。

一个人写惯了用了二十年的名字,习惯使然,她签名时一定会写自己的名字。云雾提笔就写了个绞丝旁,显然她是要写"纪"字。

会不会，纪棉也是左撇子？当她写下绞丝旁的时候，突然意识到不对劲儿，然后借机和她说话掩饰了过去？

周梨越想越觉得奇怪。

有没有可能沈烨说的不是真的？纪棉没死，死的是云雾？可即便坠楼而死的是云雾，那为什么也没爆出新闻？或者说，根本就没有T大研究所坠楼这回事，是沈烨编造的？

周梨是个急性子，立刻给虞金金打了个电话，噼里啪啦说完她今晚的发现。

虞金金看着电脑屏幕上自己敲出来的文字，愣住了："怎么可能呢？沈烨为什么要说谎？"

"这是我唯一想不通的地方。我不知道沈烨为什么要说谎，所以我才不敢肯定我的猜测。但我的直觉告诉我，我在健身房见到的这个人，应该就是纪棉。"

"如果她是纪棉，那她为什么要说自己是云雾呢？"

周梨摸着下巴，喃喃道："对啊，为什么呢？"

虞金金和周梨谈论了半天，也没谈论出个所以然，最后泄气地说："算了，我就是个编剧，任务就是写完这个剧本，至于沈烨的真实生活究竟如何，我们没必要知道。"

周梨抓心挠肺地叫唤起来："福尔摩斯探案集的最后两页被撕掉了！这是要憋死我啊！"

"我看你还是专心去谈你的恋爱吧，我也赶紧写完剧本交差。"

周梨仍不甘心："有情况你及时向我汇报啊。"

虞金金向她保证："周律师您放心。"

最后的几集，虞金金写得很快，两周后交给沈烨，沈烨又让她把全部内容重新捋一遍定稿。又过了两周，虞金金交了稿，自此全部剧集基本顺利完成，只剩下最后一集等开机后再写。

沈烨看了之后给虞金金打电话,说他很满意,而且影视剧很快就会开机,让她等消息。

虞金金惊讶道:"这么快啊。"

"有个朋友是影视公司的老总,我早就和他打过招呼,你这边写剧本的时候,那边就开始筹备了,所以很快。"

可能是一切进展得很顺,沈烨的声音听上去也很轻松:"这个剧你是唯一的编剧,到时候需要你跟组,辛苦你了。"

跟组是写在合同里的条款,虞金金客套道:"这都是我应该做的,不辛苦。"

这一次跟组将会是最轻松的一次,因为前面的剧集沈烨都认可了,就差这最后一集。

交完稿子是最开心的时刻,虞金金挂了沈烨的电话,立刻给方宝怡打电话,约她一起逛街。方宝怡是个购物狂,约她吃饭、看电影可能会被拒绝,约她逛街她从来不会拒绝。

虞金金一身轻松,加上这笔稿费的确很丰厚,她咬咬牙,买了好几件裙子,方宝怡也不甘落后,比她还奢侈浪费,两个人满载而归。吃完晚饭,正准备回家,虞金金突然接到蒋汉生的电话,说《玄机》杀青,陆导请她们俩第二天去参加杀青宴。

虞金金犹豫了一下,说身体不舒服,让方宝怡去就可以了。

方宝怡一听急了:"这么好的机会你为什么不去?你是不是傻啊?"

"我刚刚解放,明天想睡一整天,放松放松。"

方宝怡跺着脚说:"那你后天再睡啊,看美男放松不好吗?而且还是两个大美男啊!"

"我是死宅属性,社恐患者,你又不是不知道。再说了,在家里玩手机,看两百个美男也不是问题,何必跑现场去看啊。"

不管方宝怡怎么说，虞金金就是不去，不想再碰见陆野。虽然他未必会参加那个杀青宴。

第二天，方宝怡气鼓鼓地自己一个人去了。虞金金一身轻松地躺到床上，昏天黑地地睡着了，也不知道几点几分，她被门铃声惊醒。

她爬起来，迷迷糊糊地问了声："谁啊？"

"我，方宝怡。"门外的回答有点儿声如洪钟的架势。

虞金金一边揉着眼睛一边开了门，方宝怡风风火火地走进门，兴师问罪似的说："老虞，你真不够意思啊！"

方宝怡一生气就叫她"老虞"，这是铁律。虞金金一脸迷茫，问："我又怎么惹着你了？"

方宝怡把手里提着的一个袋子放在桌上，一手叉着小蛮腰，一手指着这个袋子，凶巴巴地说："这是陆野让我转交给你的，蹭饭的饭费。"

虞金金戴上眼镜一看，袋子上的标记正是他代言的手表的品牌。

方宝怡啧啧地说："价值百万的蹭饭费，我的亲妈，你当年做给他吃的是龙肉还是凤肉啊？"

虞金金听到"价值百万"也吓了一跳，窘笑着说："可能是算上利息了吧，现在不是物价飞涨嘛。"

方宝怡小手一挥，说："老虞，你别给我打马虎眼，快老实交代，你和陆野到底是什么关系？"

虞金金心虚地说："和谐友好的邻里关系啊。"

"和谐友好个屁！你别糊弄我了，老虞，我本来想上网查这块表的价钱的，没想到查出来这一款表的名字叫真爱。"

方宝怡气呼呼地敲了敲袋子，说："你要是再不老实交代，我可就在微博上爆料了哈，立刻上热门你信不信？标题就是，陆野的真爱！"

虞金金连忙解释："宝怡，我真不是故意瞒着你，陆野现在是明星，我怕你口无遮拦说漏了，会引来很多麻烦。"

方宝怡立刻举起手掌："我发誓我会保密。"

眼看扛不过去了，虞金金只好硬着头皮承认："对，我和陆野……曾经在一起过。"

方宝怡虽然在路上已经猜到了一些，可是亲耳听到虞金金承认，整个人还是傻掉了："我的天啊，这也太劲爆了吧！那后来，为什么……分手了啊？"

"就是因为分手的原因有点儿不光彩，我才不想告诉你。"

"不光彩？他还是你？"

"当然是他啊！"虞金金瞪了方宝怡一眼，"当年他搬到我隔壁的时候身无长物，只有一把吉他，穷到天天只吃泡面。我一直以为他家境贫寒，孤苦无依，就很同情他，一开始是送点儿好吃的，后来……每天深夜等他从酒吧回来，给他留饭。没想到他一直在骗我，其实他家里很有钱，是个名副其实的富二代。"

方宝怡吃惊地说："就因为这分手啊？"

虞金金反问道："这种欺骗你觉得无所谓吗？看别人被自己骗得团团转很好笑？"

方宝怡摆了摆手，说："不……不是，我是觉得比起那种穷光蛋冒充富翁，骗取无知少女的感情和金钱要好得多。"

虞金金摊手："你不能这么双标啊妹子，穷光蛋装富翁和富翁装穷光蛋，都是欺骗，都是在玩弄别人的真诚。"

方宝怡窘笑着捏了捏手指，说："就感觉好了那么一丢丢吧。"

虞金金黯然道："可让我真正失望透顶的不是这个，而是他其实有女朋友。"

方宝怡被震住了，半晌吐出一个"呸"字："脚踏两只船？这也太渣了吧！"

虞金金点头道："你还记得我们俩第一合作的那次吗？就是蒋汉生找我们救场的那一次。"

"记得，我们被关在宾馆里熬了几个通宵，差点儿没猝死。"

"对，当时我们被叫到剧组，关在房间里，点灯熬夜地赶剧本，头发都快急秃了，我心急如焚，因为虞树马上就要去外地上大学，我得赶回去送他。等我归心似箭地赶回去，虞树告诉我，我走的第二天，有人来找陆野，因为老房子不隔音，吵架争执的声音比较大，虞树过去看是怎么回事，没想到来人是陆野的父母。

"三人吵得很凶，虞树也没插上话，最后陆野摔门走人，一夜未归。

"第二天，又来了个漂亮女孩儿，敲陆野房门半天没人回应，便过来敲我们的门，想要在这边借个凳子，在门口坐着等陆野回来。

"虞树好奇，问她是谁，她说她是陆野的女朋友。虞树一听差点儿气晕，不过他平时嘻嘻哈哈跟个皮猴子似的，那天倒沉得住气，没说我和陆野的关系，就套那个女孩儿的话。

"那个女孩儿很健谈，说两人相恋多年，感情特别好，还给虞树看了她手机里两人亲密的合照。又说陆野是和家里赌气才出来的，她都不知情，还以为陆野在学校里上课呢，后来陆野的爸妈找到她，让她过来劝陆野回去继续上学。

"那女孩等了几个小时都没等到人，第二天又来了，陆野还是不在。她就再没来过了。

"我回去的那天，虞树就把这些事告诉了我。我的脾气你是知道的，我给他留了一封信，塞进门缝里，和虞树离开了那里。然后换了电话，从此就当这个人没出现过。"

方宝怡知道虞金金不是个会撒谎的人，可她真的难以相信自己的偶像会是这么个渣男。

她小声小气地问:"会不会那个女孩儿是他的前女友?"

虞金金苦笑着扶了扶眼镜,"如果是前女友,还会来管他的死活吗?他父母会找前女友来劝他?而且那照片也是最近的,不是几年前的。"

方宝怡怒道:"没想到他是这样的人,太恶心了,粉转黑!"

虞金金露出自嘲的苦笑:"我一个穷得叮当响的人居然还去可怜人家富二代,签了一份编剧合同就以为自己了不起,甚至口出狂言要养他,现在想想还真是可笑。难怪那会儿他听了之后一句话都不说,可能心里也在笑我是个傻子吧,就是那种癞蛤蟆想吃天鹅肉的傻子。"

方宝怡心里一酸,安慰道:"你别这样说啊。亲爱的,你很棒,值得更好的男人。"

虞金金笑了笑:"我早就不难过了,这事你知道就行了,千万不要对任何人提。"

方宝怡气道:"就他这样的,你还维护他啊。"

虞金金点着她的小脑瓜儿说:"我不是维护他,我是维护你啊笨蛋。大嘴巴乱说会引来官司的,名誉侵权要赔钱的。懂吗?"

方宝怡闷闷地说:"知道了,不过就这么便宜他啊?"

虞金金无奈地说:"那还能怎么着?打他一顿还是骂他一顿?"

方宝怡冲着袋子抬抬下巴:"那你就收下这块手表,让他出点儿血解解气。"

虞金金笑了,心说我才不要。等方宝怡一走,她就给陆野发了条微信:"我有点儿事,想要和你的经纪人见一下,助理也行。"

陆野回复得很快:"好,你定时间和地点,我让助理过去。"

虞金金懒得往外跑,就把小区门口肯德基的位置发了过去,然后提起那个袋子准备出门。走到门口,她忽然又停住了。方宝怡说里面这块表价值百万，出去万一被人抢了就惨了，于是她果断地去厨房找了个垃圾袋，套在了纸袋的外面。

　　刚好到了晚饭的点儿，肯德基里面排队的人还挺多，虞金金哆哆嗦嗦地把袋子紧紧地攥在手心里，在后面排队。睡了一天，她饿得不行，陆野助理来之前她想先吃点儿东西。

　　等了一刻钟，终于轮到她了，虞金金点了两个汉堡、一杯可乐、薯条和鸡翅，心满意足地端到了座位上。心情不好的时候，自暴自弃地吃一下高热量的东西还是蛮有快感的。

　　虞金金一手套着塑料袋，一手拿着汉堡，美美地咬了一口。刚吃到一半，听见门口一阵骚动，也不知道是怎么回事，突然好几个人都站了起来。虞金金没戴眼镜，眯着眼睛看着门口，好像看到一个很高的人走了进来。等那人走到三米开外，虞金金终于看清楚了，来的人是陆野！

　　虞金金手里的汉堡差点儿掉下去，他居然没戴帽子、口罩，身边也没人跟着，就那么光明正大地走了进来。

　　店里瞬间骚动起来，正在排队的几个小姑娘更是发出了尖叫声。

　　虞金金急得直剁脚，他现在是风头正劲的明星，一举一动都被人盯着，她可不想被人拍到上娱乐版新闻。而且她现在穿的可是盖住屁股的宽大卫衣、破牛仔裤，还是素颜，头发也没洗！

　　可想而知，如果被拍到，明天的照片要丑出天际。

　　虞金金扔了才吃了几口的汉堡，急忙起身，在陆野还没来得及坐到她对面的那一刻，像地下工作者一样，以迅雷不及掩耳之势把塑料袋往他手里一塞，然后将卫衣的帽子往脸上一盖，抬脚就走。

　　陆野一把拉住了她："你不是找我有事吗？"

　　旁边的人已经围了上来，"陆野""陆野"地叫了起来，外面也开始有人朝着这边过来了。眼看就要被围住，虞金金急了："快放手啊！"

陆野就是不放，眼神很坚定："去你家说吧。"

虞金金心里简直想要骂娘，可再不答应就要被围在这个店里了，明天如果不上热搜，她把名字倒着写。

"好好好，快走。"虞金金低着头捂着脸，急匆匆地往外跑。陆野也跟着疾步走了出去。

两人一路跑进电梯，虞金金才舒了口气，然后狠狠地瞪了一眼陆野："你今天出门是不是没带脑子啊。"

陆野垂着眼皮，默不作声。

"你不是说让助理来吗？"如果知道他亲自来，她怎么也不会约在肯德基啊。

陆野没有回答。

虞金金越说越气："拜托，你以后见到我就当不认识吧，我不想再有第二次。"

陆野还是不吭声。虞金金自己也说得没趣了，气哼哼地闭了嘴。

电梯到了她家的楼层，虞金金走到门口，没好气地说："你就在这儿等着，叫人来接你吧。"

陆野终于开了口："等着让邻居看见？"

虞金金一想他长得这么招眼，站在电梯口，过来过去的邻居看见更麻烦，只好打开房门让他进去。

陆野站在门口打量着她的新房子，眼神有点儿异样。虞金金换上拖鞋，没好气地说："没拖鞋，自己找个地方待着别乱走。"

说着她就进了厨房去煮泡面。真是倒霉，一天没吃饭，刚刚叫了一份丰盛的肯德基，还没吃上几口就扔了，气死了。

"别吃这个，没营养。"

身后突然传来陆野的声音，虞金金吓了一跳，扭过头不耐烦地瞪着他:"叫你别乱走,把我的地板踩脏了。"

"我一会儿给你拖。"

虞金金喝道:"不用,出去。"

陆野没出去,反而走进来,扯着她的胳膊把她往外拉。

虞金金比他低了大半个头,力气也无法和他抗衡,被他拉出厨房,站在门口气得不行:"你干什么?"

陆野低声说:"我给你做饭。"

"不用,我吃泡面。"

"你不是说吃泡面没营养吗?"

虞金金脱口就说:"我过去傻啊。"

陆野看着她,空气寂静如凝固了一般。

他微微叹了口气,扭过头,把锅里的泡面给倒了。

虞金金气得快要晕倒:"这是我家啊,这是我的东西啊,喂,你到底要干什么?你赶紧叫你经纪人来接你走啊。"

陆野低声说:"你很啰唆。"

虞金金的心口像被人打了一拳,重重的一记闷痛,疼到她不能呼吸。

"你要是我的女朋友,我就让你啰唆。"

四年前的话言犹在耳,铭刻在心。可是后来呢?后来呢?

在眼泪即将落下的时候,她转过身去。

第十八章
破镜重圆

在卫生间里洗了把脸，虞金金对着镜子做了几个深呼吸，直到眼睛看不出任何异样，这才擦干净脸上的水迹，走到厨房门口。

陆野正背对着她切菜。一个洗锅都不会的人，居然在切菜！虞金金吃惊到把到了嘴边的话都忘了，站在门口愣了十几秒才问："你有没有给你的经纪人打电话？"

陆野没回身，说个声"没有"。

虞金金吸了一口气，说："电话号码多少，我来打。"

"记不住。"

虞金金气道："那你去手机通讯录里找啊。"

陆野弯着腰继续切菜："手机在裤兜里，你过来拿，密码是1206。"

虞金金没有上前，转身出了厨房，坐在沙发上发呆。1206是她的生日。将电视机打开，她也看不进去，耳朵里全是厨房的动静。

过了半个小时，陆野终于出来了，虞金金吃惊地看着他做出来的两道菜一个汤。要不是亲眼所见，她真不敢相信，这个当年什么都不会的人居然能练出这样的厨艺。

陆野话不多，今天尤甚，默默地把饭菜摆好，又去卫生间拿了拖把，去拖厨房的地板。

虞金金本来一肚子火,可陆野这样沉默寡言,任劳任怨,她实在发不出脾气来,只好耐着性子说:"谢谢你,你不用收拾了,赶紧回去吧。还有那块表,我不能要,请你带走。"

陆野头也不抬地说:"你吃饭吧,吃完了我就走。"

虞金金只好去吃饭,出乎意料地,他做的菜味道还不错,虽然比她做的差了一点儿,不过也算是可口了。

陆野拖完地,默默地坐到她对面,看着她。虞金金刻意不去看他,埋头吃饭。这一幕真的很像四年前,不同的是,那时候是她看着他吃。

虞金金放下筷子,说:"我吃吃完了,你走吧。"

陆野没说话,拿起碗筷走到厨房,打开水龙头要洗碗。

虞金金气急了,走过去关了水龙头,质问他:"你不是说我吃完了你就走吗?"

陆野垂着眼帘说:"我是个骗子,你又不是不知道。"

虞金金咬了咬牙:"你到底要干吗?"

陆野抬起头,眼里含着不达目的誓不罢休的坚毅:"你知道。"

虞金金长长地叹了口气:"好,你是想解释过去的事,行,你赶紧说,我洗耳恭听,说完了请你赶紧走。"

陆野轻声说:"你稍等。我先把碗洗了。"

这不是故意拖延时间吗?虞金金心里想着,回到客厅双手抱臂坐在沙发上,气哼哼地等。

十分钟后,陆野洗完碗出来,坐在她对面。

虞金金很不耐烦地催他:"快点儿说吧,其实讲过去的事一点儿意义都没有,纯粹是浪费时间。"

陆野深深地看着她:"对你来说,这个解释没什么意义,但对我来说,再也没有比这更重要的事了。就算是犯了死罪,也该给犯人一个申辩的机会吧。"

虞金金冷笑一声:"在我这里,脚踏两只船,是不需要申辩的死罪,斩立决。"

陆野斩钉截铁地说:"我没有脚踏两只船。我可以发誓,我在遇见你之前,只交过一个女朋友,但是在我离家出走之前就已经分手了。"

虞金金瞪了他一眼,说:"你可能不知道,在你父母来的第二天,你的女朋友也找上了门,当时是虞树接待的她,问得清清楚楚,她说她是你的女朋友,而且还给虞树看了你们的亲密合照。"

"当时我们的确已经分手了。不过,我曾经很喜欢她,为她做过很多事,我父母以为她在我心里很有分量,以为我会听她的劝,所以给了她一笔钱,让她当说客。"陆野顿了顿,继续说,"我之所以没有对你说起我的家庭和过去,也是因为这个人,我不是故意想要骗你。"

很喜欢她,为她做过很多事……虞金金无声地笑了下,果然还是初恋最难忘。

陆野垂下目光:"我是家里的独子,父亲对我的期望很高,管教也很严,高压之下音乐是个很好的放松方式。深夜下了晚自习,我会躲到教学楼的楼顶弹一会儿吉他,抽一根烟。

"有一天我在顶楼碰见一个女孩儿被同学欺负,还受了伤。我呵斥了那几个女生,带她去诊所包扎。

"她很聪明,好像知道我每天都会去顶楼。

"第二天我到顶楼,看到了一瓶矿泉水和一封信。

"第三天是一瓶水,一张CD。

"她看上去柔弱无依,但是又很倔,很坚韧。奇怪的东西总是能引起人的好奇。我开始关注她、同情她,在学校里罩着她。

"她长得很漂亮,也很会说话,经常用崇拜的眼神看我,说我是她的英雄。年少轻狂的时候，人总是很容易被虚荣心左右。所以当时我们的关系很好，毕业之后就顺理成章地在一起了。

"我们那个学校参加艺考的学生很多，她夸我很有音乐天赋，有世上最好听的声音，应该好好地学学声乐。人人都喜欢被人理解欣赏，我也不例外。我报了班，开始正经地学习音乐。她说她也想走演艺这条路，我就给她也报了个班。我觉得我们志同道合。"

"高考的时候，我想报考音乐学院，被家人强行阻拦，去念了我不喜欢的专业，过得很煎熬。而她顺利考上大学学表演。

"后来因为急于出道，她被人占了便宜，我接到电话赶到宾馆，失手把那个人打到吐血。"

虞金金起初无所谓地听着，可是听到这儿的时候，脸色忽地变了。

这么巧？

陆野接着说："等我家人费了很大劲儿把这件事摆平，她却提出了分手，并很快有了新男朋友。我才知道自己很傻，被她利用了很多年。失去了寰宇集团老总儿子的身份，我其实什么都不是，一文不名。所以遇见你的时候，我什么都没提。"

虞金金震惊地看着陆野，问："你的前女友是不是叫纪棉？"

陆野的脸色一变，反问道："对，你怎么知道？"

虞金金急忙又问："那你有没有接《玫瑰雾》这部戏？"

陆野点头道："接了，我还没来得及告诉你。"

"这太巧了，不应该有这么巧的事。"虞金金喃喃道，"不，有些不对劲儿。"

陆野很不解："怎么了？"

"我要去打个电话。"虞金金说着，拿起手机进了房间，拨通了周梨的电话。

"周梨，你现在方便吗？我跟你说个事。"

"你怎么了，声音这么严肃。"

"我发现有件事很不对劲儿，可是我又说不出来哪儿不对劲儿。"虞金金拿着手机在房间里转圈。

"你快说啊。"

"我刚刚知道了乔舟是谁，"虞金金吸了口气，"就是陆野。"

周梨在电话里也是倒吸了一口气："是他？"

"对。所以，我现在觉得这件事有点儿不对劲儿了。我有种很不好的预感，这事太巧合了，巧合到像是一个局。"

"你是说，沈烨找你写这个剧本，其实真正的目的在陆野身上？"

"对啊，否则为什么沈烨一定要在定下男主演之后才肯讲述后面的故事？因为他担心陆野看到后面的剧本，发现这是纪棉和他的故事。双胞胎的故事很多，纪棉一直很忌讳自己的出身和过去，不会提到农村的事，甚至很少提到自己的姐姐云雾。沈烨只给陆野看前面的部分，陆野压根儿不会想到那是纪棉和云雾的故事。"

"我明白了，沈烨找你来写这个剧本，是因为他想找陆野来演这个戏。陆野看到编剧是你，一定会接这个戏。"

虞金金感觉有点儿发冷："沈烨为什么一定要陆野来演这个戏呢？说实话，这个剧也不是非陆野演不可。"

周梨略一思忖，给虞金金出主意："你不妨直接问沈烨。因为你和陆野碰面是早晚的事，知道这一切也是早晚的事，沈烨既然料到会有这么一天，设了这个局，那他肯定会想到这些，给你一个解释。"

虞金金在房间里冷静了片刻，拨通了沈烨的电话。

沈烨的声音一向很镇定，带着一抹凉凉的清透，他知道她的笔名，却从来不叫她择一，习惯叫她虞编剧。

"沈先生,我有件事想要问你,希望你能如实回答我。"

沈烨客气道:"好,你尽管问。"

"你是不是因为陆野才来找我写这个剧本?"

"对。"沈烨坦然地承认了,"有一点我很抱歉,其实云雾并不是你的粉丝,她没有看过你的小说。我找你写剧本,是想让陆野来演这个剧。为了让你能接这个剧,假冒了你的粉丝,很抱歉,所以我在稿费上给你做了补偿,希望你能原谅。"

虞金金有点儿没脾气,的确,他给的稿费是她目前身价的五倍。她真的没法儿说什么。

"你为什么一定要找陆野来演?"

"有两个原因。"

虞金金握紧了手机,听他继续说:"第一个原因是,我想你和陆野重归于好。我知道你们的故事,我也知道陆野这四年来一直在找你。你们是很好的一对,我希望天下有情人终成眷属。"

虞金金愕然。

"还有一个原因,跟你和陆野无关,是关于我个人的,这个我不方便说。不过我可以保证,我对你和陆野绝对没有任何恶意。"

挂了电话,虞金金走出房间,神色有点儿奇怪。

陆野关切地问:"你怎么了?"

虞金金觉得这事没法儿隐瞒,索性径直问他:"你最近和纪棉有没有联系?"

"没有。"陆野的回答很笃定,"一年前她来找我复合,被我拒绝了,从那以后,我们没有再联系过。"

虞金金定了定神,说:"陆野,有件事我要告诉你。《玫瑰雾》这个戏,里面的尹阡和尹陌就是云雾和纪棉。这个故事是云雾的丈夫沈烨委托我创作的,是自传体故事,里面的人物都是有原型的,包括你,也在这个故事里。"

陆野用不可思议的目光看着虞金金:"你说的是真的?"

"是真的,我刚刚跟沈烨确认过。你在剧里的笔墨并不多,但是……"虞金金迟疑了一下,"但是,因为你,纪棉死了。"

陆野愕然:"纪棉死了?"

虞金金点头道:"你没有看到后面的剧本。纪棉为了跟你复合,去找云雾帮忙,让她承认当年和你妈谈判的人是云雾,拿了五十万的人也是云雾。云雾不肯骗你,拒绝了纪棉的要求。纪棉拉着她不放,云雾甩开她的时候,她撞断了栏杆,坠楼身亡。云雾因此受了极大的刺激,开始神志不清、人格分裂,沈烨想要拍这个戏来唤醒她。"

陆野问:"那沈烨知道我和纪棉的关系吗?"

"他知道。"

"既然知道,为什么要找我来演这个戏?"

"我刚刚问过他,他说了两个原因。第一个原因就是……"虞金金犹豫了一下,还是如实说了,"他说,他知道我们的故事,也知道你一直在找我,所以想借这个机会让我们复合。可我觉得这不是真正的原因。真正的原因是另外一个,但是他没说。虽然他保证这件事对我们没有任何恶意,可我还是心里不安。我觉得,你推掉这部戏可能会更好。"

陆野沉默片刻,说:"纪棉和我之间早已成为过去,我要扮演的也不是我自己,而是沈烨,我不觉得有什么,只是一个角色而已。"

"纪棉死了,你是不是很难受?"

陆野看着她,说:"如果我说没有,你会不会觉得我很绝情?"

虞金金不知如何回答。

陆野道:"一个利用了我很多年,在我差点儿为她坐牢的时候,还不忘讹我母亲五十万的人，你觉得我还会为她伤心吗？况且，那是好几年前的事了，我早已经放下了。"

虞金金抿了抿唇，说："我总有一种不好的预感，沈烨拍这部戏，既不是为了唤醒云雾，也不是为了纪念两人的感情，而是另有目的，所以你最好还是别掺和进来。"

陆野说："没事。"

虞金金问："是不是违约金很高？"

"不是。现在我人气很好，不管拍什么都有热度。这个戏红了，编剧也就红了。你是唯一的编剧，所以我不会解约。"

沈烨真的算无遗策。陆野即便知道了这个故事的全部，也不会解约，因为他想要虞金金借他的名气红起来。

想到这儿，虞金金实在烦躁，皱着眉说："你不要这样，我不想承你的情。"

陆野诚恳地说："你写的剧本特别好，这个剧一定会红，到时候是我承你的情。"

陆野不肯，虞金金也无法勉强，于是把桌上的袋子递给他说："你回去吧。"

陆野没接，手插在裤兜里："我今天一个人出来的，拿着这么贵重的东西恐怕不安全，下次吧。"

虞金金一脸的拒绝："没下次了，请你助理来拿吧。"

陆野定定地看着她，说："你还是很关心我，对不对？"

虞金金什么也没说，飞快地把门关上了。

第二天陆野又来了，借口是来拿那块表，可是一来就待着不走，又强行给她做饭、洗碗、拖地。虞金金三番两次赶他走，一直赶到晚上十点钟，"陆保姆"才被赶出家门。

虞金金累得长舒了一口气，瘫在沙发上歇了会儿，然后去洗了澡，顺便把洗好的内衣挂到阳台，突然发现楼下停着一辆车，路灯下依稀站着一个人，他带着鸭舌帽，帽子下有星星点点的亮光。

虞金金通过帽子确定车旁的人是陆野无疑，他为什么不走？

过了一会儿，她悄悄过去看，人还在，手里的那点儿火星也还在。抽烟对嗓子不好，他可是歌星出道的啊。虞金金终于还是忍不住，给他发了条微信："别抽烟了。回去吧。"

陆野回复道："那我明天再来。"

虞金金实在受不了了，第二天一大早就收拾了东西离家出走，去投奔方宝怡。

方宝怡最近接了个活儿，对方急着要稿，给她安排了酒店，让她二十四小时全心全意地码字。

虞金金上门的时候，方宝怡叉着小蛮腰上下打量她："你怎么回事啊，好端端的不在家里享福，跑到酒店里蹭住是几个意思？不至于这么想我吧？"

虞金金把这几天发生的事说了一遍，让方宝怡给她支招。

方宝怡听完眼睛都亮了："既然当初是误会，他没有脚踏两只船，那你就和他重归于好啊！他对你这么痴心，天天上门服务，你为什么躲着他？我的天哪，这是多少人梦寐以求的事，你居然避之不及，我说你是不是傻啊！"

"我们之间的鸿沟比四年前还大，现在他不仅是寰宇集团老总的儿子，还是炙手可热的明星。"

方宝怡豪气地一挥小手："那又怎么了？你也不比他差啊！你马上就要成为炙手可热的大编剧了！"

"我可不去做梦。再说了，你也知道我最烦改稿子，四年前都写好的

结局，我不会更改的。"

虞金金躺在床上，吃起了方宝怡的零食。

"不想改稿？你以为你是甲方爸爸啊，你这才是做梦！"方宝怡招呼虞金金，"你也不能白来啊，来来，帮我改改这一集。"说着，毫不客气地给了她一集剧本。

寄人篱下，吃人嘴短，虞金金只好帮着改稿。

到了晚上，方宝怡继续奋笔疾书，虞金金交了差，优哉游哉地上楼去按摩。

这次的甲方爸爸还挺大方，安排的酒店环境还不错，楼上还有按摩馆。进入码字行业后，虞金金最大的爱好就是按摩。每天码字腰酸背痛，被按摩师傅一顿捶打揉捏，是最享受的事。

虞金金趴在那儿，脑子慢慢放空。

"师傅，麻烦你用点儿力气啊，就像刚才那样。"肩头的力道大了一些，可虞金金还是觉得不够，她忍了一会儿又说，"再大一些。"

按摩师傅的手劲忽然间增大，虞金金又受不了了，心想，忽轻忽重的，这个师傅手艺太差了，还是换一个师傅吧。

虞金金说"师傅你稍等"，然后抬起头，入目的并不是一件白大褂，而是一条黑色长裤。她心头一跳，目光上移，撞上陆野低垂的视线。

虞金金一个鲤鱼打挺从按摩床上跳起来，打算立刻离开。陆野的动作比她更快，弯腰将她的鞋子捡起来，退后了两步，靠在另一张按摩床上。

虞金金气结，总不能这么一路光着脚奔回去。

"你怎么在这儿？"

"方宝怡告诉我的。"

虞金金咬牙道："这个叛徒。"

陆野低头看着她，问："为什么离家出走？"

虞金金心说为什么还用问吗,她冷着脸说:"把鞋子给我。"

陆野把手背在身后,低声说:"聊一聊吧。"

虞金金破釜沉舟地盘腿往床上一坐:"好啊,聊一聊。"心说,好让你死心。

陆野没有立刻开口,目光在她身上流连了许久,才轻声说:"这四年来我一直在找你,我知道你就在这个圈子里,但是不知道你的笔名,而你也不用真名。那天在《玄机》的开机仪式上见到你,我本来想好好和你谈谈的,可是开口的那一刻,我突然很委屈。"

虞金金瞪圆了眼睛问:"你还委屈?有没有搞错?"

陆野垂着好看的眉眼,自嘲地勾了勾唇角:"对,很委屈。你连一句解释的机会都没有给我,就不辞而别,让我苦苦找了你四年,所以一赌气叫了声'大婶'。你能原谅我吗?"

虞金金很大度地说:"无所谓了,反正就是大婶。"

陆野看着她:"我也无所谓,不管你是大婶还是大妈,我都喜欢。"

空气突然一静,心里浮上来闷闷的钝痛感,当年都没听他说"喜欢"这个词,稀里糊涂就答应了他。迟到了四年的告白让虞金金鼻子有点儿发酸。

她缓了缓才说:"四年前的那三个月对你来说是一段很特别的经历。而我刚好在这段时间里出现在你的面前,给了你一些照顾,这种关照可能会让你迷惑,也让你觉得新鲜。你不曾遇见过我这样的人,也不曾经历过这样的生活。你可能是一时好奇,这是新鲜感造成的假象。其实我又平凡又普通。"

陆野打断她道:"你的确平凡、普通,而且很擅长用贬低自己来拒绝别人。"

虞金金忍无可忍,跳下床,光着脚就要往外走。

陆野堵住她的路，单手搂住她的腰，把她按到按摩床上坐下，然后弯下腰去，帮她穿上手里的鞋子，柔声说："可是我喜欢。"

虞金金像被点了穴，感受着脚上温热的掌心。那股热流从下往上走，径直逼到了眼眶。

她仰起脸，飞快地吸气，然后冷着脸跳下按摩床往外走。

陆野跟在她的身后，依旧是光明正大、毫无遮拦的脸，来来往往的人都在看他，露出惊讶的表情，还有两位小姑娘停下脚步死死地盯着他看，似乎不敢确定却又随时要扑上来。

虞金金急了："你把口罩戴上！"

"不戴。"

"你要干什么？我不想被人拍到。"

陆野正色道："拍到了我就承认。"

虞金金瞪圆了眼睛问："你承认什么？"

陆野看着她，目光深情款款："承认恋情。"

虞金金气到眼前发黑："你疯了吗？"

陆野笑："没疯，你回家我就戴上。"

虞金金咬牙切齿："我现在就回去。"

陆野拿出了口罩。

进了电梯，虞金金忍无可忍地指着他："你现在动不动就拿这招来威胁我，你行啊你。"

陆野垂着眼皮："被甩了之后，心理有点儿变态。"

虞金金沉默不语。

"我说的是真的。"

"什么真的？"

"被拍到了我就承认。"

"你敢!"

"没有什么是我不敢的。"

"你!"

"你对我好一点儿,我可以先不说。"

虞金金气得不行,又无可奈何,当天就搬回了住处。

之后数天,陆野只要没有通告,就会来虞金金这里报到。一向死宅的她开始频繁外出,逛街购物、看电影,总之,找各种借口往外躲,尽量不待在家。可当她在外面"奔波"一天,累成狗,精疲力竭地爬上楼,就会发现陆野等在她家门口……

虞金金有点儿崩溃了,还好沈烨那边发来了消息,说《玫瑰雾》马上就要开机。虞金金从未像这次这样盼望着进组,因为戏一开拍陆野就会忙得没工夫骚扰她了。

作为一个小成本制作的网剧,虞金金估计开机仪式会比较简单,没想到规模并不亚于电影《玄机》。仪式场地定在一个很豪华的酒店,很多娱记到场,围着主创人员挨个采访。

女主角李若曦是一位新晋小花,清纯漂亮,很符合虞金金心目中云雾的形象。记者问她一人分饰两角的感受,她说:"是挺有挑战性的。姐姐那个角色比较好演,妹妹这个角色阴狠偏激、心理阴暗,可表面又清纯漂亮,一点儿也看不出来心机深沉,所以很考验演技。不过,我会尽力让大家满意。"

陆野作为男主,也少不了被提问。

"为什么接这部戏。"

"因为编剧是我的朋友。"

虞金金差点儿炸了,恨不得跳上去捂住他的嘴。

"编剧是谁啊?"

"择一。一位很有才华的年轻编剧。"

虞金金隔着老远递眼刀过去,陆野却像没看见似的。也或许是真没看见,他眼睛近视,却不喜欢戴眼镜,隐形眼镜也不喜欢戴。

"等会儿你们可以采访一下她。"

虞金金听到这句话,立刻拔腿就走。她知道陆野是一片好心,可他也不想想,他现在的女粉那么多,万一被人扒出陈年旧事,她岂不是成了众矢之的?

虞金金对陆野的"娱乐圈"智商感到忧虑,远远地避开了众人,到一楼大厅里等着开机仪式结束,直接奔赴拍摄现场。

今天天气很好,又是选的良辰吉日,外面艳阳高照,虞金金站在大厅的植物后面,心不在焉地踱着步。

落地玻璃窗外,一辆宾利停在了台阶前,侍者打开了车门。虞金金无意间抬眼,正好看见沈烨和云雾一起下了车。

虞金金只看过云雾的照片,没见过真人,她没想到真人如此光彩照人,甚至盖过了女主角李若曦的风采。

自然,除了相貌之外,她的衣着也有不可磨灭的功劳——奢华美丽的曳地长裙,华美的首饰,通身气度不凡。如果不是知道她的身世,谁能想到她来自一个穷困闭塞的小乡村呢?

虞金金被云雾惊艳到看直了眼。她想,难怪沈烨会喜欢上云雾,抛开她让人喜爱欣赏的个性,就单单这一张脸,也足以让人神魂颠倒了。

两人都没看见她,虞金金索性也就没有打招呼,眼睛只顾得上看云雾。

她真是太美了,挽着沈烨的手,十指纤纤,如玉葱一般,上面戴着一颗红宝石戒指,嫣红如血。

"你到底要送我什么礼物啊?"

虞金金惊叹她的声音也那么好听，普通话无比标准，听不出任何方言的痕迹。

沈烨的神色很冷淡，语气也不冷不热："等一会儿你就知道了。云雾。"

"私下里，你能不能叫我纪棉？"

虞金金震惊到差点儿出声，她捂着嘴，整个人都呆住了。

沈烨的目光冷冷地落到她的脸上："我叫你云雾，是想时时刻刻提醒你，别忘了你现在是云雾，不是纪棉。"

第十九章
水落石出

"周梨，我跟你说一件事，今天《玫瑰雾》开机仪式……沈烨来了，带着……纪棉。"虞金金太过惊愕，话都说不利索了，断断续续地喘着气，继续往下讲，"纪棉没死，我亲耳听到纪棉对沈烨说，你能不能私下里叫我纪棉；沈烨说，我叫你云雾，是时时刻刻提醒你，你就是云雾。"

周梨情不自禁地"啊"了一声："我就说嘛，健身房的那个云雾就是纪棉。我的直觉果然是对的。"

"难道说，坠楼而死的是云雾，不是纪棉？"

周梨肯定地说："虽然沈烨说过，他讲的故事全都属实，但我可以肯定，结尾那个部分是他虚构的。因为没有相关新闻报道，而且我有个客户也是T大毕业的，我问过他，他也说没有这回事。所以，即便云雾死了，也是另有原因，绝对不是在T大坠楼身亡的。"

虞金金难过地捂住心口："我希望云雾还活着，只是出于某种原因离开了沈烨，沈烨要纪棉假扮她。我不希望她死了。她虽然不是我创作的角色，可是我很爱她，我受不了这样的结局。"

"你先冷静一下，别声张，仔细观察一下到底是什么情形。"

虞金金平静了一下情绪，脚步发软地上了楼。

秦导演和沈烨站在一起，周围围了一圈娱记，正在提各种问题。

秦导演介绍道："这个剧是沈先生献给太太的生日礼物，而且故事的原型就是沈先生和他的太太。"

沈烨英俊潇洒，气质出众，即便在一众明星面前也毫不逊色，又对妻子如此恩爱宠溺，几乎酸翻了在场的所有女娱记。

虞金金听见身边的两个女生在小声议论。

"羡慕死了。"

"妈呀，活生生的偶像剧。"

"唉，他直接自己演自己得了，长得这么帅。"

"得了吧，人家是君安集团的老总，分分钟挣多少万的那种，给你拍戏，你给得起片酬啊？"

"自己演自己还给什么片酬啊。"

虞金金看着纪棉，她虽然是笑着的，可是那一抹笑意非常牵强，毫无欣喜之色。沈烨扭头看着她，说："我本来想在你生日那天，等剧杀青了再告诉你，可忍不住想提前给你个惊喜。"

纪棉再次挤出一丝夸张的笑容："谢谢你，我没想到，是很惊喜。"脸上的腮红和粉底盖住了她的脸色，但能感受到她的声音有点儿发颤。

"这是男主角，陆野。"秦导演介绍道，"这是沈烨和他的太太。"

"你好。"沈烨含笑向陆野伸出手。

陆野回握，目光转向纪棉，微微颔首道："你好，沈太太。"

纪棉的表情更加僵硬，甚至连笑容都维持不住了，搭在沈烨臂弯里的手握成了拳，这是一个极度紧张和不安的小动作。

虞金金观察陆野的神情，猜测陆野并没有认出她是纪棉，因为她前几天才告诉他，纪棉已经死了，陆野绝对不会怀疑眼前的人就是纪棉。

"沈烨，这里人很多，我有点儿喘不过气，我想先回去。"

虞金金听出她的声音在发抖，和刚才在一楼听见的明媚清朗的声音明显不同。

"那我和你一起走。"沈烨立刻很体贴地拍了拍她的手背，然后对众人抱歉地颔首，"不好意思，我们失陪了。"

旁边响起羡慕的声音："沈先生对他太太真是好到让人嫉妒。"

"是啊是啊,简直神仙眷侣,没法儿再找到更般配的。"

"戏里戏外都是活生生的偶像剧啊。"

沈烨脸上的笑容在上车之后立刻消失得一丝不剩,他解下领带,慢慢地绕到了手指上,然后慢慢地握起了拳。

车子离开了酒店,驶入车流中。

"你什么要拍这个戏?"纪棉的声音依旧在发颤。

沈烨看着窗外,淡淡道:"没什么,就是讲一讲我们之间的故事。"

"那你为什么要找陆野来演?"

沈烨的回答不痛不痒:"因为陆野长得很帅,也正当红,找他来演,话题性更足,热度更高。"

纪棉急了:"别的演员也可以,我想问的是,你为什么偏偏找他?"

沈烨斜瞟了她一眼:"怎么,你怕他认出你来?你不是一直自诩演技很好,红不起来只是因为运气不好吗?还是说,演云雾你没信心?"

纪棉的脸色很难看。

沈烨笑了笑:"你知道陆野为什么肯接这个戏吗?因为这个戏的编剧虞金金是他的心上人。他这四年来一直在找她,一直在等她。他接这个戏,就是因为这是她写的。他想挽回这段感情,这是最好的机会。"

纪棉的眼里浮起痛色。她的确爱钱,可她也的的确确爱着陆野,那是千帆过尽之后,她才发现自己最值得珍惜的人,所以她当时不惜一切代价想要挽回他。

"我很乐见其成,希望陆野和她有情人终成眷属。因为这个女孩儿才真正值得陆野去爱。她不知道陆野的家庭背景,只是单纯地欣赏他的才华,爱他的个性。在他最落魄的时候,支持他、鼓励他、爱护他。不像你,陆野差点儿为你坐牢,你不仅和他分手,还和他妈讨价还价,讹了五十万。"

纪棉看着沈烨,脸色苍白:"是云雾告诉你的?"

沈烨摇摇头说："云雾一直在替你遮掩阴暗面，从来不会告诉我这些。我是在云雾出事后，从祝霏霏那里知道的这件事。我真的很吃惊，你竟然是这样的人。你一直说，你肯和我结婚，不是为了我的钱，追你的有钱人很多，我还真以为你是想要帮我走出伤痛，才舍身相助。"

纪棉的脸色更难看了，她磕磕绊绊地说："那是因为……因为他妈妈羞辱我，所以我才……"

沈烨抬手打断她："放心，都过去四五年了，陆野不会认出你。何况他知道这个戏的由来后也没有要求解约，可见已经彻底放下过去了。"

纪棉紧张地问："这个戏，都写了些什么？"

沈烨扫了她一眼："你晚上陪我吃一顿饭，我会把剧本发给你，让你好好看一看，里面都讲了什么，写了什么。"

沈烨的目光和语气让纪棉莫名有种不好的预感。

开机仪式结束，下午就直接开始拍摄，最先拍的是云顶高中的部分。因为是第一天，收工很早，导演叫住了陆野和虞金金，说："沈先生要请你们两位吃饭，已经在校门口的温馨园等好久了。"

温馨园这个地方虞金金知道，因为剧本里有一场温馨园的戏，而且就在云顶高中的对面，虽然很近，助理还是开车把两人送到了温馨园门口。虞金金以为只有沈烨在，没想到当服务员推开包厢的门，她看见"云雾"也坐在沈烨的身边。

虞金金一眼看去，根本无法确定这个"云雾"究竟是云雾还是纪棉，可是留意到她看见陆野的表情时，虞金金立刻肯定了这是纪棉。因为只有纪棉才会在见到陆野时，露出异样失常的表情，云雾不会。

虞金金暗暗后悔自己刚才没有告诉陆野纪棉没死的事，因为她根本没想到纪棉也在。下午片场一片混乱、人多眼杂，陆野又忙着拍戏，她也没工夫去说。

沈烨笑吟吟地站了起来："本来想中午请你们吃饭，我太太身体不适，我们提前离开了，所以改在了晚上。"

虞金金忙说:"沈先生您太客气了,沈太太没事了吧?"

"没事,她就是身体有点儿弱。所以我一直让她去健身房锻炼。"沈烨含笑看向陆野:"陆先生,你以前见过我太太吗?我怎么觉得你们好像不是第一次见面的样子,倒像是故人重逢。"

陆野看了一眼纪棉,点了点头:"的确见过一次。那是很多年前的事了。"

沈烨笑笑,低头问纪棉:"你对陆先生有印象吗?"

纪棉扯着嘴角,想笑却又笑不出来:"没什么印象。"

沈烨对虞金金说:"对了,虞编剧应该知道这个地方,剧本里有一场戏,我请云雾在这里吃过饭。云雾,你还记得我们当时吃了什么吗?"

"不记得了。"

沈烨对陆野道:"当时我点了一份蛇肉,说是黄鳝,我知道她怕蛇,等她吃完了才告诉她。她气得捶了我一顿。"说完扭头看着纪棉:"这种事你也能忘,记忆力也太差了,以后还怎么好意思说自己是学霸。"

纪棉听见"学霸"两个字脸色再次一变,而陆野的目光也扫了过来。

菜早已经备好,顷刻之间,服务员把菜全都上齐了。

沈烨很体贴地夹了一筷子鲈鱼放在纪棉的碟子里:"多吃点儿鱼,补补脑子吧。"

纪棉神色不定地拿起了筷子。

陆野突然开口问:"沈太太吃饭习惯用左手?"

沈烨道:"对,我太太是左撇子,她妹妹也是左撇子。不过是用右手吃饭。"

纪棉几乎是立刻就放下了筷子。而陆野听见这句话,站起身说:"很抱歉,沈先生,我突然身体有点儿不舒服,要先走一步。虞编剧,麻烦你替我买点儿药。"

沈烨笑了笑,说:"身体要紧,虞编剧你照顾好陆先生。"

陆野阔步出了房间。虞金金赶紧追了出去。

包厢里的灯光照着纪棉苍白的脸，此时的她形同木雕。

沈烨举起茶杯，慢慢地喝了口水："我想他应该认出你了，所以一刻都不想多待，一眼都不想看你。"

纪棉声如蚊蚋，浑身发抖："你为什么要这样做？"

"你看完剧本就知道了。"沈烨拿出手机，把剧本发到她的微信上，"这部戏的内容全部属实，只除了结局部分。最后一集，我还没想好到底怎么写，你看完了，不妨给我点儿建议。"

看完剧本已经是深夜，万籁俱寂，别墅里静到没有一丝烟火气。

纪棉脚步虚浮地上了楼。书房里的灯亮着，沈烨显然是在等她。

一向对她紧闭的房门大开，沈烨坐在一张西式的单人沙发上，灯光下的面容俊美得仿若雕塑一般，透着一抹毫无人气的冷。

他面无表情地看着她，问："看完了？"

纪棉气息不匀地问："你为什么要写我死了？"

沈烨淡淡道："该死的不死，我觉得这不公平，所以在虚拟的世界里，我要还云雾一个公平。"

纪棉的声音都在发抖："你什么意思？"

沈烨站起来，说："你是不是以为，我真的不知道云雾为什么会发生车祸？"

纪棉在他的目光下，情不自禁地后退了一步："是因为天气不好，所以才发生了意外。"

沈烨慢慢地走到她面前："我本来也以为是一场意外，直到我听到行车记录仪里的一些话才知道真相。你要不要听一听，你都说过什么？"

沈烨打开手机，片刻之后，房间里响起纪棉的声音。

"你的运气一直比我好，爸妈离婚的时候，你跟了咱妈。妈去世了，又有沈叔叔来救你。更不可思议的是，沈烨居然喜欢你。他怎么会喜欢你呢？我一直苦思冥想，不能理解。就因为你漂亮吗？可是漂亮的女生那么多，你到底哪里打动了他？我真的不知道。

"说真的，我很羡慕你的好运气。这些年来，我付出的不比你少，可得到的却远远没有你多。你好像不费吹灰之力就得到了你想要的一切，而我却辗转迂回，怎么都得不到。我这辈子最大的运气，大约就是遇见陆野，可我那时年轻，不懂珍惜，目光短浅，为了五十万就放弃了这段感情，到后来，我再也没有碰见比他更好的男人，你不知道我有多后悔。

"我真的很恨你，云雾。你只用举手之劳就可以帮我挽回陆野，可是你不肯。你眼睁睁地看着我痛苦，看着我绝望，看我这辈子都要失去最爱的人，可是你呢，却和沈烨做神仙眷侣。

"凭什么你可以这么幸运，我就非要不幸？我记得你说过，沈兆言和妈是你的底线，那沈烨呢？沈烨是不是你的底线？"

"你什么意思？"

"没什么意思。生日那天，他和几个朋友聚会喝多了，我说我是云雾，过来接他回去，他的朋友认不出我，就让我把他带走了。我们共度了一夜，我还录了个小视频发到你微信了，你看一下。"

"你！"云雾的声音气得有些发抖。

"这世上哪有什么完美，不完美才是常态。你凭什么可以拥有一份完美的感情，让所有知道的人都羡慕和嫉妒？看了这个视频，哪怕你们不分手，这辈子也应该心里都不会舒服，都有一根毒刺，而且永远也拔不出来，陪你到死。"手机里传来纪棉咯咯的笑声。

云雾的声音气愤却不失冷静："我对沈烨的信任胜过对我自己。沈烨清醒的时候绝对不会错认你我，所以不会有任何事发生。他喝醉了也许会认不清，但他什么都做不了，这点你自己心里应该很清楚。我就算看到视频，也不会介意。"

纪棉挑衅地笑道："我本来也不是为了让你介意。这个视频我要给林烟看。林烟一直都不喜欢我们，我无所谓，反正我也不打算嫁给沈烨，可是你呢，你为了得到林烟的认可，拼命努力。林烟要是看到这个视频，恐怕你就是努力到了天上，她也不会同意你嫁给沈烨的。还有，如果君安集团的人知道沈烨和他父亲资助的一对姐妹纠缠不清，轮番上床，你说传出去会怎么样？"

"纪棉你疯了吗？"

"我是被你逼疯的。你不让我好过，那你也别想好过。"

"你到底想要怎么样？"

"你去找陆野，我就把视频删掉。这事就当从没发生过。"

"纪棉，你不要冲动，你等我回去，我们好好谈谈。"

"我只给你一天时间，如果明天这个时候你不来找我，就别怪我不客气了。"

……

"纪棉，机票和高铁票都没有了，我能不能明天再回去？"

"呵呵，你不是一向都运气很好吗？居然也有买不到票的时候？"

"我明天一定赶回去。"

"不行，你今天爬也给我爬回来！你不是很厉害吗？不是什么事都难不倒你吗？"

……

"你现在在哪儿……高速上？很好。还有两个小时十七分钟，你恐怕要开快点儿了。"

……

"你到哪儿了？还在X市？呵呵，那你恐怕来不及了。"

……

"还有半个小时，我在小区门口的快餐店等你，你要是没赶到，我就把视频发给林烟,做个热身。"

……

"真遗憾,天公不作美,今天下暴雨。原来你也有运气不好的时候,哈哈哈哈。"

……

沈烨关了手机屏幕,看向对面脸色惨白、摇摇欲坠的纪棉。

她真的没有想到沈烨会知道真相。云雾出事后,他没有找她算账,还答应了和她结婚,她暗暗欣喜,以为自己和云雾一模一样的长相会慢慢地抚慰他的伤痕,会代替云雾在他心目中的地位,可是她万万没有想到,等待她的是这样一场报复。

"沈烨,你听我解释,我……我真的没有想要害她。她不肯帮我和陆野复合,我没有办法才出此下策。"纪棉急忙辩解,"就算她真的不回来帮我,我也不会把那个视频发出去的。"

"你只给她一天的时间,时间紧迫,她没买到高铁票和机票,为了能赶回来阻止你,她不惜开车赶回海市。那天天气不好,她在高速上开车不能分心,你呢?你陆陆续续给她打了十七个电话!催她的命!"

沈烨缓缓地吸了口气,把喉间那一股血腥之气压下去:"你还说你不是故意,不是存心,不是想要让她送命吗?"

纪棉无话可说,脸色苍白,心虚到不敢看他的眼睛。

沈烨咬牙切齿地看着她,如果眼中有刀,此刻早已经将她碎尸万段。

纪棉无法控制地微微发抖,心虚地解释:"我真的不是故意的,我没想到会这样。"

"对,你永远都是无辜的、不幸的、倒霉的,错的都是别人,亏欠的都是你。我也觉得你挺可怜,所以给了你最想要的东西。金钱、财富、地位,还有爱情、好运,只不过,这些都是云雾名下的,你想要得到这些,只能永远顶着云雾的名字。"

夜深人静，宽阔的房间里，每一个字都有回音，沈烨的声音低沉凌厉，每一个字里都带着彻骨的恨意。

"那个小视频，是我生日那天喝醉了酒被你录下来的。这份生日礼物让我刻骨铭心，所以，我拍一个网剧还给你，让你最心爱的人来演。在剧里，他喜欢的是云雾；在剧外，他和虞金金重归于好。我告诉大家这个剧的原型就是我和云雾，等戏播出后，所有的人都知道云雾的妹妹是个阴狠恶毒的女人，已经咎由自取死于非命，现在活着的是云雾。所以，你就只能一辈子当云雾。"

纪棉厉声道："我没有死！我不想一辈子当别人。"

沈烨慢慢地笑道："你看，大家现在都知道纪棉是个什么样的人，她如果活着，谁还会待见她呢？这么一个自私阴狠、心如蛇蝎的女人，大家一定会避之不及，谁见到她都会恶心唾弃。你说，她是不是死了更好？"

纪棉的脸色一片苍白。

沈烨走到她的面前，弯下腰，慢慢地问："你得到了你最想要的，金钱、财富、地位，还有云雾的好运气，你可以尽情地做一辈子云雾，不是很好吗？"

纪棉哭泣道："不，我当初说我扮演云雾，是为了帮你走出伤痛，我是好心帮你疗伤。"

沈烨冷笑一声："你怎么会这么好心呢？你只是想当沈太太，过有钱有势的生活。遗憾的是，这个世界上是没有秘密的。尤其是当我这样大张旗鼓地拍一部戏出来，大家一定会对我们的事感到好奇。他们一定会去深挖，然后发现很多疑点，最后发现你不是云雾，而是纪棉。

"即便我对外坚称你就是云雾，可纸包不住火，这个秘密总会渐渐被越来越多的人知晓。

"祝霏霏和安志高知道，陆野知道，虞金金肯定也会知道，接着，还会有更多的人知道你到底是谁。

"你以后每见到一个人都会害怕他是否知道你的底细，知道你的真实身份，知道你的一切都是偷来的，是用云雾的血换来的。你这辈子都要活在恐慌和不安中。"

纪棉狠狠地摇着头说："不，我不会这样任由你摆布。我要恢复我自己的名字。"

沈烨目光冷厉："故事的最后一集我还没让虞金金写。你如果愿意当一辈子云雾，我就让她写个好结局，让你体体面面地就那么坠楼死掉。如果你不愿意，我就让她修改剧本，把你死掉的那部分重新修改，最后一集，就按真实的来，让大家看看你有多恶毒、多丑陋、多卑鄙。"

纪棉的手指在微微发抖。

沈烨慢慢道："你说，你是要做这样的纪棉，一辈子就像活在阴沟里的老鼠一样不敢见人，还是要做一辈子的云雾，活在一座用她的名字做成的监牢里呢？"

两个结局都让纪棉遍体生寒，如果是前者，她这辈子就真的完了，名声被毁，事业无望，人人对她避之不及，鄙薄唾弃。而后者，也让她并不好过，她将永远失去"自己"，失去"自由"，她要时时刻刻活在恐惧中，担心被人知道内情，被人发现她的真实身份。

"沈烨，我真的不是故意的，那只是个意外。你为什么非要这么报复我呢？"

"为什么？你说为什么？我每次看到你一脸无辜，好像天下人都负了你的时候，真的很想一刀杀了你。可那样太便宜你了，凭什么你一刀就痛快了，可我要痛苦一辈子呢？"沈烨看着她，眼中充满鄙视、厌恶与痛恨，"而且为你这种人陪葬，实在是不值。"

第二十章
花开花落

"故事的最后一集,就写易阡带着尹阡四处求医,给她找了一个最好的心理医生,终于解开了她的心结,又拍了一部网剧作为生日礼物送给她。最后,尹阡恢复了健康,和易航过上幸福的生活。"

沈烨目光飘忽,看向窗外:"最后一幕就是两人在纽约拍婚纱照……片尾是:谨以此片献给我此生挚爱,云雾。"

虞金金记下这最后一笔,抬起眼睛看着沈烨。每当讲起云雾的时候,他眼中总是会亮起藏不住、演不出来的一抹温柔。

"你觉得这样的结局如何?"

"很好。"虞金金很中肯地点头,"这是喜闻乐见的结局,有情人终成眷属,王子和公主过上幸福的生活。"

沈烨闻言无声地扯了一下嘴角:"故事通常都是大团圆结局,善有善报,恶有恶报。可惜,现实生活却并非如此。有人做尽了坏事却得不到惩罚,手上沾满鲜血却号称无辜,做出杀人诛心之举却自称无心之失。更可恨的是,这些人却可以逍遥法外,法律都对他束手无策。"

虞金金心情复杂地看着他,不知该如何回应他的话。

沈烨端起茶杯喝了口水,慢慢地看着杯中浮起来的几片茶叶:"你应该有很多话要问我吧。"

虞金金一愣,犹豫了片刻,说:"我只是个编剧,沈先生让我写这个故事，这是我的工作。我确实有很多疑惑，但我想问的问题又超越了工作的范围，恐怕会有冒犯，所以还是不问了。"

沈烨笑了笑，说："我想，陆野应该告诉你了，我身边的这位沈太太是谁。你不好奇我为什么要编造一个结局吗？"

虞金金点头道："我的确好奇，不过这是沈先生的个人隐私。我只想知道云雾是否安好。虽然我没见过她，可是我真的很喜欢她，我希望她平平安安，健健康康。我更希望，沈先生和她有情人终成眷属。"

"她那么好，谁不喜欢她呢？"沈烨凄然一笑，"可惜，这世上再也没有这个人了。"

虞金金心里一沉，问道："她到底怎么了？"

沈烨没有立刻回答，他点了一根烟，徐徐说道："我讲述的故事从头到尾都是真的，只有一个地方是虚构的，就是纪棉的死。因为我认为，该死的人是她。"

虞金金的心猛地一沉，想问又不敢问，也不忍心问，该死的人是纪棉，难道说，云雾死了？

沈烨弹了弹烟灰，接着说："真实的结局是，纪棉让云雾帮她挽回陆野，遭到拒绝，便设计拍了一段我醉酒后的视频，以此来要挟她，限定她那天必须赶回去找陆野解释，否则就公开视频。云雾没有买到机票，驱车数百公里想回来阻止她。那天下着暴雨，高速路上，纪棉给她打了十七个电话催她，最终发生了车祸。"

虞金金即便已经做好了心理准备，可听到这个结局，她依旧难过得不知说什么好，只感到惋惜、遗憾，还有无法言喻的心痛。为云雾，也为沈烨。在说到车祸两个字的时候，沈烨的表情让她不忍心去看。

"我一开始也以为是一场意外，直到我听到行车记录仪上留下的一些通话记录，才知道真相。"

虞金金终于明白了沈烨的用意："所以，你和纪棉结婚是要报复她。"

"对。一个恶人葬送了一个好人的生命,毁掉了别人的一生,却完全不用负法律责任,还可以逍遥法外,这太不公平了,她必须付出代价。为什么都是好人给坏人陪葬?坏人给好人陪葬才是天理。不过,陪葬的方式有很多种,我送给纪棉的就是其中之一。"

虞金金彻底明白了沈烨的复仇方式,就是给纪棉一座无形的牢笼。

作为害死云雾的凶手,她不仅没有承担任何责任,心理上也没有半分悔恨和自责,甚至可以坦然地做沈烨的妻子。这样的人,又如何指望她能幡然悔悟,去赎罪和悔改呢?

沈烨惩戒她,并不为过。可这样的复仇方式让虞金金很难过。

"沈先生,我不会劝你原谅纪棉、放过纪棉,因为我知道你很爱云雾,要为她复仇,为她找回公道。可是,你这样也困住了自己。一辈子那么长,你……"

虞金金说不下去了,鼻子发酸。

沈烨望向窗外,咖啡厅外的玫瑰墙枝繁叶茂,玫瑰缠绕盛开。

"我和她在一起十四年,像是长在一起的两棵树,根系相连,共生共死。我设想过的每一个人生场景里都有她,展望过的每一段人生旅程,走在我身边的人,都是她。"

"如果没有她,"沈烨垂下眼帘,将烟熄灭,"我这一辈子,也就结束了。"

"反正我不要叫沈璐,我不会写那个字,妈妈,妈妈!"粉团似的小女孩儿奶声奶气地撒娇,一边耍赖皮一边往她怀里拱,"妈妈,那我叫沈王行不行?"

这下连司机都笑出了声。

庆安忍着笑捏她的小鼻子说:"这是爷爷取的名字,不能乱改的。"

"那为什么姐姐的名字那么好写,我的这么难。"

沈白很有长姐风范地说:"那是因为爷爷知道你很聪明、很厉害,所以把那个难写的字交给你啊。"

沈璐眨着大眼睛兴高采烈地问:"真的吗?"

"当然是真的啦。"沈白咬着一块儿小饼干,很认真地点头。

庆安忍着笑,悄悄对沈白竖了竖大拇指:"宝宝好棒,哄妹妹的功夫一流。"

沈白谦虚地说:"和爸爸比差远了呢。"

庆安莞尔。

沈璐忽然指着窗外,说:"妈妈,你看,那儿有个阿姨。"

别墅的围墙外站着一个消瘦的女人,一动不动地看着沈家的大门。

庆安愣了一下,让司机停车。

她轻轻地推门下车,走了过去,问道:"你好,请问你找谁?"

纪棉慢慢地回过头来,看着身后这个清秀素雅的女人——二十七八岁的年纪,穿着米白色长裙,手上戴着一串沉香木手串,细细地绕了手腕五六圈。

她冷冷地说:"我不找谁,随便走走。"

庆安看着她的脸,露出恍然地表情:"你是云雾?"

纪棉听见这个名字,立刻条件反射般眩晕心悸,头疼欲裂,几乎下意识地就把风帽戴在了头上,而她也瞬间明白了这个女人的身份。难怪沈烨在五年前放了她,让她出国。原来他是找到了新欢。什么海枯石烂,此生挚爱,还不是浮云?抵不过俗世红尘的诱惑。只是没想到,沈烨娶的竟是这样一个平凡普通的女人。

"我听沈烨说你在英国,你什么时候回来的?"庆安对她这个前妻似乎并无敌意,笑容平静而温柔。

"妈妈,快回家吧,我好饿。"两颗小脑袋从车窗里伸了出来。

庆安把手指举到嘴边轻声"嘘"了一下,两个小姑娘把头缩了回去,乖乖地坐好。

纪棉忍不住问:"那是沈烨的女儿?"

庆安含笑点头道:"对,白露那天生的。"

纪棉的心里一阵恍惚,她和云雾分开的时候,也是这么大。她记不清小时候是不是喜欢过这个姐姐,只知道后来越来越厌恶她。云雾的存在总是衬托出她的不幸、她的平庸。

每个人谈起这对姐妹都很惋惜,说她运气不好,被判给纪发,后来云雾被沈兆言接到城里,村子里的人更说她运气太差。

没有对比,或许她就不会感到不甘心、不公平。她渐渐认同了别人的说法,给自己贴上了运气不好的标签,这个标签像个魔咒,一生都挣脱不了。但又像安慰剂,在她事事不顺的时候,可以把所有的原因都归结于运气不好。

五年的时间里,她顶着云雾的名字生活,只要有人看她,她就会怀疑对方是不是知道她的底细,有人在背后窃窃私语,她就会怀疑是不是在议论她。

渐渐地,她不敢出门,也不敢见人,活在这座金丝牢笼里。这是五年来她第一次回国,今天只是心血来潮想来看看这座监牢,没想到这么巧,被沈烨的妻子撞见。

你瞧,运气不好的人就是这么倒霉。她自嘲着转身离开。

"祝你好运。"

纪棉忽然心口一抖,惊惧地回过头:"你是谁?"

"我?"庆安笑了,双眸弯起,泛着温柔而澄净的光,"我是沈烨的妻子,我叫庆安。"

玫瑰雾

作者
是今

封面绘图
怂松鼠

内文版式
严岩

图片总监
杨小娟

特约编辑
向伟

责任发行
周冬梅

出版社
中国致公出版社

总出品
湖北知音动漫有限公司

制作出品
知音动漫图书·漫客小说绘

图书在版编目（CIP）数据

玫瑰雾 / 是今著. — 北京：中国致公出版社，2019

ISBN 978-7-5145-1494-0

Ⅰ. ①玫… Ⅱ. ①是… Ⅲ. ①长篇小说 – 中国 – 当代 Ⅳ. ①I247.5

中国版本图书馆CIP数据核字(2019)第236390号

本书由是今授权湖北知音动漫有限公司正式委托中国致公出版社，在中国大陆地区独家出版中文简体版本。未经书面同意，不得以任何形式转载和使用。

玫瑰雾

是今 著

出　　版	中国致公出版社
	（北京市朝阳区八里庄西里100号住邦2000大厦1号楼西区21层）
出　　品	湖北知音动漫有限公司
	（武汉市东湖路179号）
发　　行	中国致公出版社（010-66121708）
作品企划	知音动漫图书・漫客小说绘
责任编辑	徐　慧　向伟
装帧设计	杨小娟　严岩
印　　刷	中印南方印刷有限公司
开　　本	880mm×1230mm　1/32
印　　张	9
字　　数	190千字
版　　次	2019年12月第1版
印　　次	2019年12月第1次印刷
书　　号	ISBN 978-7-5145-1494-0
定　　价	35.00元

版权所有，盗版必究（举报电话：027-68890818）
（如发现印装质量问题，请寄本公司调换，电话：027-68890818）